终有一日
那执着的力量
总会春暖花开

米花

图书 影视

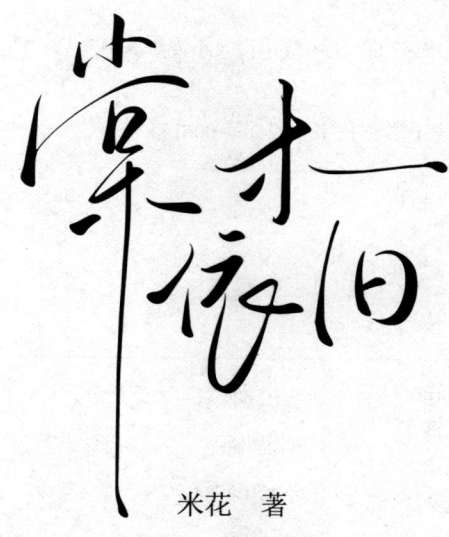

米花 著

天津出版传媒集团
百花文艺出版社

图书在版编目（CIP）数据

棠木依旧 / 米花著. -- 天津：百花文艺出版社，2024.2
ISBN 978-7-5306-8752-9

Ⅰ.①棠… Ⅱ.①米… Ⅲ.①中篇小说—小说集—中国—当代 Ⅳ.① I247.5

中国国家版本馆 CIP 数据核字 (2024) 第 006154 号

棠木依旧
TANGMU YIJIU

米花 著

出 版 人：薛印胜
选题策划：胡晓童
责任编辑：胡晓童
装帧设计：安柒然
出版发行：百花文艺出版社
地址：天津市和平区西康路35号　　**邮编**：300051
电话传真：+86-22-23332651（发行部）
　　　　　　+86-22-23332656（总编室）
　　　　　　+86-22-23332478（邮购部）
网址：http://www.baihuawenyi.com
印刷：天津鑫旭阳印刷有限公司
开本：880毫米×1230毫米 1/32
字数：238千字
印张：9.5
版次：2024年2月第1版
印次：2024年2月第1次印刷
定价：42.80元

如有印装质量问题，请与天津鑫旭阳印刷有限公司联系调换
地址：天津宝坻经济开发区宝中道北侧5号1号楼106室
电话：（022）22458633 邮编：301800
版权所有 侵权必究

目录 CONTENTS

影片一
棠木依旧 …… 001

影片二
烬燃 …… 109

影片三
破晓 …… 221

彩蛋
守得云开见月明 …… 293

影片一

▶ 棠木依旧

我和池野分手的时候,闹得很僵。

他愤怒地将拳头打在玻璃酒柜上,血流不止。最后又跪在地上抱我,声音颤抖:"木头,你什么眼光啊,你怎么能喜欢别人?我不分手,没什么事是亲一下解决不了的,你说对不对?乖宝,我们不分手……"

几年后,我和朋友创业失败,无奈之下去求了海上集团的执行总裁。

那男人正是池野。

饭桌上,他晃了下酒杯,身体微微后仰,挑眉看我:"许棠,没什么事是亲一下解决不了的,你说对吗?"

01

坦白来说，我料到了池野会给我难看。毕竟当初分手，我们闹得太不愉快。

他记恨我，所以才会在饭桌上盯着我笑，笑意却未达眼底："许棠，没什么事是亲一下解决不了的，你说对吗？"

我见过他年少时意气风发的样子，知道他向来心高气傲。

我曾经又何尝不是心高气傲的人。可我没他那样的资本，从来都没有。

所以我向他举杯，姿态低了又低，恳求道："池总，从前是我不对，您大人不计小人过，大家同学一场，相识十几年了，我向您赔罪，您念个旧。"说罢，我喝了那杯红酒。

对面坐着的男人姿态肆意，一手拿酒杯，一手随意地搭在桌上，只好笑地看着我，并不言语。

我立刻又倒了一杯，敬他："对不起池总，我错了。我们手上的项目跟进两年了，只要做到销售阶段绝对赚钱。我知道您不一定瞧得上佳创这种小公司，也不乏赚钱的项目可以投资，但这是我们团队全部的心血，它真的是很有意义的，请给我们一个机会，证明产品价值……"

话说到最后，连喝三杯，我已经眼圈泛红，再不知如何开口了，只要池野嗤笑一句"你们的价值与我何干"，我想我会立刻因为这份"强求"羞愧难当。

在他面前低头,总是会让我耗尽勇气。

好在,他没有那样说。

他瞥了我一眼,有些烦躁地点了根烟,缓慢吞吐:"当年啃半个月馒头,都不肯花我一分钱,如今低声下气来求我,反倒喝了我半瓶白马。"

我愣了下,下意识地看了眼桌上的红酒,顿感面上无光,立刻道:"对不起池总,您不高兴的话,我可以赔您。"

"讲清楚,哪个赔?怎么赔?"他眉头一挑,来了兴趣般,目光灼灼地落在我身上。

"我赔您一瓶酒,恳求您给佳创一个机会。"

"一瓶酒?许棠,你还是心气太高了,摸爬滚打这么多年都没压下去,真是可惜。"

他看着我笑,声音揶揄:"无本求利是空手套白狼,你把我当傻子?"

"池总,我是在求您。"我被他说得红了眼睛。

"求人不该是这个态度,至少,得像我当年那个样子。"

当年是什么样子?

我和池野是高中同学,大学时确定恋爱关系,在一起三年,最后我单方面提出分手。

没有什么狗血情节,也没有不得已的苦衷,仅是因为我不想继续和他在一起了。

那段时间我们时常吵架、冷战。恰逢我爸去世,姑姑家的表哥来学校看我,摸着我的头说我瘦了,叮嘱我好好吃饭,照顾好自己。我一时没忍住,靠在他怀里哭了。

随后这场面被人看到,拍照发给了池野。

他质问我是不是喜欢上了别人。我想分手，借着这个由头，便认了。

他不敢置信，疯了一样将屋内所有的东西都砸了，拳头打在玻璃酒柜上，血流不止。最后又跪在地上抱我，声音颤抖："木头，你什么眼光啊，你怎么能喜欢别人？我不分手，没什么事是亲一下解决不了的，你说对不对？乖宝，我们不分手……

"亲一下，然后就当什么都没发生过，跟以前一样好……"

他将我拉进他的怀里，俯身吻我，我奋力挣扎，一巴掌打在他脸上。

池野眼中渗着红，又哭又笑，疯了一样。

那时，我们都还年轻，二十出头，好面子，又心高气傲。

如今六年已过，他自然该是个成熟稳重的成年人。

我自然也是。

"人终究会被年少不可得之物困扰一生。"

我在看到这句话的时候，总会不由自主地想，世事总是无疾而终，哪有那么多圆满可言。人间别久不成悲，能够困扰一生，只能说明失去得不够多罢了。

池野从小到大，家境殷实，人生一帆风顺，没栽过跟头。唯一栽过的跟头，大概便是我了。

这也注定了，他耿耿于怀。

成年人的对弈夹杂着年少时的恩仇，点燃了那段不体面的过往。而我无能为力，注定要向他低头。

佳创是我全部的心血。

当初开公司时，还只是我、美珍和秦师兄三个人。

嘴上说着奋斗容易,那些熬过的日日夜夜、掉过的头发却都赫然昭示着奋斗的不易。

后来,公司陆续增加了几人,我们一起做软件、接合约,一步步做大。在开发了一款可服务于大型企业的 PLG(产品驱动增长)类型产品时,却因融资方的问题面临生存困境。

没有足够的资金和资源去运作,便是死路一条。

永丰电子的徐总倒也愿意帮我们,但他条件太苛刻,背后真实目的是想将佳创据为己有。

除了永丰,最有能力救我们的便是东铭。

东铭是海上旗下公司,所以他们的执行总裁可以决定我们的生死。

我没有退路。美珍和秦师兄前期垫资,把婚房都抵押了。社会和现实总会教我们做人,挫去一个人的骨气和锐气。

我不想输,所以如同当年池野求我一样,跪在了他面前:"池总,求您帮忙。"

池野大概没想到我会真的跪,一瞬间的愣怔过后,一把将我捞了起来,恼怒道:"谁让你跪了?许棠,你知道我说的不是这个!"

池野带我去了一家私人会所。三楼包厢很高档,暗调的灯光下,有人在品酒笑谈,有人在梭哈打牌。

见他过来,很快有人让出了位置:"哥,你来了?"

牌桌旁那几人,叼着雪茄,身边皆有美女做伴,耳鬓厮磨,言笑晏晏。

池野坐下后,我便也老老实实地坐在了他旁边。

桌上堆着纸牌和筹码,他们却没有继续玩,反而将目光落在我身上，调侃道："太阳打西边儿出来了，阿野竟然带了个美女过来。"

"哥，别怪我们没提醒你啊，待会儿温晴姐要过来，被她看到又要红眼圈了。"

"嘿，温大小姐红不红眼圈的，他不一定在乎，小周助理哭起来才好看，他指定心疼。上次酒会阿野喝多了，小周助理来接人……"

几人谈笑间，我沉默不语，池野冷冷地瞥了他们一眼："闭嘴。"

他们仿佛这才反应过来什么，看了我一眼，纷纷将话题又扯开："打牌打牌，加筹码！"

高档私人会所，有钱人的聚集地，富家子弟云集。

这不是我该来的地方。

诚然这些年我很上进，和美珍及秦师兄一起把公司开得有模有样，但也仅是有模有样罢了，把佳创摆到他们其中任何一人的面前，都是不值一提的。

寒门即便出了贵子，阶层跨越也难如登天，需要好几代人的努力。

我很早之前便意识到，我和池野不是一类人。

他们打牌，动辄几十万的筹码，而我十六岁那年，却要因为九千多块钱被我妈掰开嘴灌农药。

人活着真不容易。

许是喝了池野那半瓶白马，我后知后觉地感觉脑袋有点蒙，有那么一瞬间，看着热闹的牌桌，灯光交错，记忆恍惚。身处喧闹之中，却不知自己究竟在何处。

出神之际，池野突然伸出一只手，握在我的手上。

我们距离很近，我穿着简约的半身裙，原是将手放在自己腿上的。他也跟着把手放在我裸露的膝盖上，继而又堂而皇之地翻过我的左手，十指紧扣。

我抬头看他。他坐姿慵懒，身子微微后仰，拿牌的那只手搭着桌子，衬衫袖子卷到小臂，露出小截流畅漂亮的线条，面上是一派满不在意的模样。

见我看他，他眉头挑起："怎么了？"

"没事。"我摇了摇头。

他接着看牌，很快便松开了我的手。

我刚松了口气，没多时他手机又响了起来。

面上有些不耐，他把牌往我手里一塞，起身出去接电话了。

轮到我出牌时，桌上的人都在看我，我有些尴尬："不好意思，你们这个，我不会打。"

"没事没事，那就先不打，大家聊聊天，妹妹你看着很眼熟啊，我们是不是在哪儿见过？"

"我去，江晨你胆子贼大，阿野带来的人你也敢勾搭。"

"谁勾搭了，是真的眼熟。"

"晨哥，待会儿我哥要是打人，我们可不帮你啊。"

"滚，我缺女人吗，犯得着惦记他的？"

那名叫江晨的男人，是池野的发小。

眼熟是必然的，因为在我还是池野女朋友时，与他见过不止一次。

当然，他认不出我也是必然的，这些年我变化挺大。

大学时是齐耳短发，细碎的刘海，戴着一副近视镜，满满的书卷气。池野那时总说我是书呆子，又说我长了一张娃娃脸，太过乖巧，看上去就很好欺负——也很想欺负。

如今的许棠，蓄了长发，摘了眼镜，身材纤瘦，还会化漂亮的妆。

总归是变成了成熟的大人，与从前比，当真判若两人。不过若仔细看，总能认出来的。

如江晨这般的花花公子，认不出来只能说是乱花丛中迷了眼。

他们这些人总是这样的，没什么奇怪。

"在聊什么？"

池野回来后，说笑间牌局继续。

我将手中的牌还给他，他没有接，而是坐下点了根烟，手指从容不迫地敲在桌上，抬了抬下巴："你打吧。"

"我不会。"我轻声道。

他笑了一声，换了一只拿烟的手，接着身子朝我靠拢过来，以半环抱的姿势伸出右手，从我手里抽出一张牌："出这个。"

这姿势，几乎是胸膛贴着我的后背，将我整个人揽在怀中。

低沉的声音在耳边擦过，若我侧目，定能看到他近在咫尺的脸。

熟悉又陌生的气息，耳旁抚过的温热触感，我只感觉面上一烫，定然是红透了耳根，像个煮熟的虾米。

他比谁都清楚，我怕痒，最怕别人在我耳边呵气。

果不其然，他轻笑，低低地"啧"了一声："出息。"

我越发面红耳赤了，极力正色，拿牌的手微微用力。

他仍保持着半环抱的姿势，握住了我的手，又在我耳边低声道："别紧张啊木头，哥哥教你打。"

瞬间，我脑子有片刻的空白，记忆中有似曾相识的画面袭来。

那是当年我与他谈恋爱期间，有次因为琐事置气，冷战几天，依旧是他先低头，晚上打了电话过来，可怜兮兮地哄我："木头，我喝多了，来接我好不好？

"真不要哥哥了？我头好疼啊，你快来好不好，我想你，你带我回家……"

我拿着外套出门,到了酒店,看到他在和几个朋友打牌。房间内有横七竖八的酒瓶,他也当真有了几分醉意,见我过来,牌也不打了,立刻走过来抱住了我。

他抱得那样紧,微微弓着身子将我整个人包围,脚步还踉跄了下,头埋在我颈间,像个小孩子般欢喜:"你来了,不生气了吧?"

房间是他开的,牌搭子是他喊来的,他却二话不说要跟我走。那帮朋友不乐意了,说酒也陪了,狗粮也吃了,他在这儿过河拆桥,非要他打完那一局,赢了才可以走。

我虽是他女朋友,但实际和他那帮发小并不太熟。池野不搭理他们,他们便合起伙来拉我,把我按在座位上,往我手里塞牌,嚷嚷着"让许棠替你打"。

我拿着一把牌不知所措。

池野便在这时从背后拥着我,握住我的手和牌,在我耳边低低地笑:"别紧张啊木头,哥哥教你打。"

我有种感觉,池野是故意的,他对我的报复才刚刚开始。

一瞬间,我身子紧绷,额头和身上都微微出了汗。

池野见状嗤笑,倒也没再多说什么,一圈牌打完,懒散地靠回了椅子上。

我后背激出的汗意刚刚消散,人还未回过神来,又见他敲了敲桌子,缓缓勾起嘴角,看着我道:"不舒服?楼上有房间,要不我们过去?"

这一次,不再是低声耳语,而是旁若无人一般,引得全场的目光都望了过来。

四目相对,他漆黑的眼睛,沉静得了无波澜,看不出任意意味。

自认识他起,我便知他是个多么嚣张的人。即便如今此去经年,骨子里仍藏着年少时的不可一世。

知道我脸皮薄,好面子,所以才会在众人面前脱口而出。

那些望过来的目光杂陈交错,有探究,有好奇,也有讶然。想来是今晚池野的作风不同以往,也让有些人感觉出不对了。

那迟钝了许久的江晨终于反应了过来:"我认出来了,你是……你是许棠!"

他的表情可以说是震惊到了极点,连同"许棠"这个名字也跟着拔高了音量。

说出之后现场气氛俨然不对,牌桌上的那几名男人,原本等着看戏似的神情也跟着凝重起来。

唯有他们身边的女人不明所以地议论:"谁?许棠是谁?"

许棠是谁?

我也很想知道,许棠是谁?为何今晚会出现在池野身边,遭受这种冰火两重天的煎熬。

她大概,是一个可悲又可笑的人吧。

一瞬间,我似乎又看到了年少时那个倔强的女孩,满腔自尊,极力想远离这个不属于自己的世界。

可她如今是成年人了,要遵守成年人的生存法则。

垂下的眼睫颤了下,我抬头,对池野笑道:"再玩会儿吧池总,不急。"

我很平静,他亦很平静,黑沉的眸子与我对视,那平静之下,又暗藏潮涌。

薄唇微抿,他眼中有我看不懂的情绪,紧接着目光扫过众人,莫名来了脾气,暴躁道:"看她干吗?看牌啊!"

下半场的牌局,氛围奇奇怪怪。江晨和他旁边那个话一直比较多的年轻人都没再多说话。在场的男男女女不时用目光偷瞄我,小声议论。牌桌上的另外两名男士,手里拿着牌,看着池野欲言又止。

池野的脸色不太好看,烦躁地点着烟,然后仰面闭目,揉了揉眉心。

明明是一副不可一世的面容,不知为何竟让我看出了几分颓废的意味。

我很茫然,也很不解,心里生出几分不安,直到这局面被两个推门而入的女人打断。

我认得她们。

穿旗袍连衣裙的叫温晴,长卷发,面容明艳,落落大方。另一个身材高挑的,叫吴婷婷,性格直率,也嚣张。

与在场的其他人无异,她们均有很好的家世。

在那个阶层里,也就吴婷婷的家境稍稍逊色了些,但她在圈子里很有名,混得很好——因为温家大小姐是她最好的闺密,二人形影不离,还因为池野的母亲很喜欢她,在她小的时候就认她做了干女儿。

正因如此,她一直唤池野"哥",亲昵得像亲兄妹。

吴婷婷挽着温晴,手里拎着几个奢侈品购物袋,二人说说笑笑地进来。

她先看到了池野,眉开眼笑地走过来,嘴里嚷嚷着:"哥,我和温晴姐去做指甲了,要不然早过来了。你来很久了吗?那个工作室动作太慢了,不过她们做出来的指甲还是挺好看的……"

一旁温温柔柔的温晴,看着池野笑。

但很快,她们都笑不出来了——因为察觉出了氛围不对,还因为看到了我。

女人的感知力和敏锐度永远比男人强得多。

吴婷婷几乎一眼就认出了我，先是迟疑，然后确信，最后是震惊和愤怒："许棠？！你怎么会在这儿？"

"你为什么在这儿，谁带你来的！你怎么还敢出现在我哥面前，你要不要脸啊！"

吴婷婷一顿怒吼输出，在我尚来不及反应时，已经朝我走了过来，怒火中烧，只待上前撕了我。

即将走近时，池野伸手拉住了她。

他眸光沉沉，声音也沉沉："我带来的。"

"哥！你疯了吧！这种不要脸的女人，你干吗还要搭理她！她害得你还不够吗？赶紧让她滚啊！"吴婷婷瞪大眼睛，一脸不敢置信，声音也气急败坏。

我一向是个脾气很好的人，她应当也知从前的许棠话不多。

但人皆有自己的尊严和底线。现场看戏的人很多，我需要体面，所以站了起来。

我没有看吴婷婷，而是将目光望向池野，平静道："池总，看来您并没有合作的意向，我自然也不配站在您面前。这里太吵了，有狗在叫，那么交易取消，打扰了。"说罢，我微微点头，确认自己足够礼貌，转身便要离开。

一旁的吴婷婷怒不可遏，看似要冲过来不依不饶。

池野终于开口，制止了这场闹剧。

他说："许棠，你不想听听吗？"

我脚步顿住，皱眉看他："什么？"

"坐下听听吧，恩怨没两清，你不能走。"

许棠这个名字，第一次从江晨口中说出来的时候，他们的脸色变化得明显，我不可能忽略。纵然当年我甩了池野，在他们那个圈子名声大噪，也不至于是这样的反应。

　　所以迟疑过后，我选择了留下。然后看着愤怒的吴婷婷一字一句地指控着我，骂我恶毒，骂我无情。

　　我全然接受，因为我从她口中，听到了一些我并不知道的过往。

　　当年与池野分手，我怕他纠缠不放，断得很干净。换了手机号，所有的社交软件卸载干净，然后买了火车票，去东北待了近两年。

　　我表哥和表嫂的工作单位在那边，他们在那买房定居了。

　　那两年，我找了家不大不小的公司上班，闲暇之余帮他们带带孩子。

　　冰雕节的时候和表哥表嫂一起带孩子出门，孩子搂着我的脖子叫姑姑。

　　天很冷，但生活很平静。冰雪世界五彩缤纷，我相信自己是可以忘掉池野，好好生活的。

　　可是他忘不掉。

　　分手的时候闹得很僵，他知道我是认真的，很恐慌，但他仍抱有希望，想着双方冷静一段时间，他再放下脸面把我哄回来，直到发现我消失了。

　　真正的告别从来都是悄无声息的。

　　这世界那么大，人潮拥挤，人与人的相遇不知耗费了多少运气。

　　融入人海之后，没有天定的缘分，也没有非要在一起的人。我们都很渺小，所以痛过之后，要学会忘掉，学会放下。

　　可是池野学不会。

　　他疯了一般到处找我，把我身边的人都问了个遍，最后开车时情绪崩溃,在和平大桥出了车祸。

他伤得很严重,抢救过后,住进了ICU。后来他醒了,人也颓废了,振作不起来。

他让他妈帮忙找我,让我回去看他一眼。

我在东北的时候,有天表哥确实接到了家里打来的电话,是姑姑。

姑姑说池野的母亲找了她,说池野住院了。表哥问我要不要回去,我想了想,说不了。

很多人会说我铁石心肠。但我当时确实不知他车祸那么严重,险些丧命。我以为他又在耍什么把戏,想骗我。

他从前用过类似的花招骗我来着。

舍弃一个人的过程很痛苦,但已经开了那个头,我不想半途而废。我想,再撑一下吧,撑过去他就会学会放下。

后来,他就真的没了动静。

两年后,美珍说秦师兄手里有好的项目,让我回来发展。我想了想,再加东北混下去确实没什么机遇,便收拾东西回来了。

这座城市很大,人的圈子都是固定的,如我和美珍、秦师兄,我们才是一类人——最普通的人。

若无意外,我和池野能再遇见的机会微乎其微。

过往已成过往,走好前面的路才是最重要的。

回来之后,我问过一次美珍,池野当时是真的住院了吗?

但是美珍知道的有限,因为池野后来去了国外,他家里不愿透露太多,圈子里也基本没人敢多嘴。所以我才会在六年后的今天,站在这里,知道了他曾经命悬一线,也知道了他后来患了某种情绪病,有轻生动向,去国外治疗了好长一段时间。

吴婷婷说我是杀人凶手,没有资格出现在她哥面前。她哥曾经那么喜欢我,我连回来看一眼也不肯,我要是还要脸,现在就滚,以后永远不要再出现。

那一刻我的脸是白的,神情是愣怔的。我错愕地看向池野,对上的是他漆黑而平静的眼神——平静的,云淡风轻。

我眼眶很热,应是猝不及防就落泪了。

吴婷婷说得对,我不该出现,也不该求他给佳创机会。他不欠我的。

在场那么多人,目光落在我身上,或嘲讽或唾弃。

我仰头控制了下泛滥的泪意,极力收敛情绪,声音仍是微微地哽着。

我对池野道:"对不起池总,今后我不会再出现在你面前,真的很抱歉,请保重。"说罢,朝他深深地鞠了一躬。

离开之时,经过他身边,池野站了起来,拉住了我的胳膊。

我抬头看他,他嘴角噙着笑,萦绕着些说不清道不明的意味。

他把我按坐在他的那把椅子上,站在我旁边,颀长高挺,然后慢条斯理地摸了下衬衫袖口。

他如此地斯文和冷静,骨节分明的手搭在我肩上,俯身对我道了句:"许棠,我说了恩怨还没两清。"

属于他独有的低沉嗓音,含了几分森森的寒意。

我的手不由得攥紧了裙子,盘算着要不要想办法报警。

直到他站直了身子,目光望向吴婷婷,不紧不慢道:"你还知道我喜欢她?"

吴婷婷不明所以:"哥……"

"知道我喜欢她,当初为什么还要欺负她?"

02

池野此话一出，所有人都愣了。我亦愣怔地望着他，眼中满是讶然。

他的手不轻不重地放在我肩上，竟抬起来摸了摸我的脸，然后低头看我，眼神柔软："受过那么多委屈，当初为什么不说？把我当成了什么？"

"池野……"

"哥！"

我和吴婷婷的声音几乎同时发出。

前者惴惴不安；后者含着哭腔，愤怒至极："哥，你听谁胡说八道？谁欺负她了！她是什么样的人你还没看清吗？她连温晴姐的一根手指头都比不上，你别再被她骗了……"

"不劳费心。"

池野打断了她的话，声色很淡，却莫名地令人胆寒："吴婷婷，岑女士只是在你小时候以开玩笑的方式说过认你做干女儿，实际并未当真，是你们家硬攀而已。"

"今天这么多人在场，那就索性把话说明白了，池家就我一个儿子，我没有什么妹妹，干的湿的都没有。从前你在外面耀武扬威的事就算了，从今往后，不要提池家半个字，也不要出现在我和我妈面前，听清楚了吗？"

"哥……"

"还有,以后见了许棠,有多远滚多远,记住了吗?"

"哥……"

吴婷婷面上惨白,瞪着眼,不敢置信,哭得妆都花了。她的身子在发抖,因为她知道这意味着什么。

池野告诉这个圈子的所有人,从此池家和她家决裂了。

她吴婷婷不仅颜面扫地,而且以后更是很难在这个圈子混下去了。

"池野!你太过分了!"一直站在吴婷婷身边的温晴终于忍不住了,眼圈泛红,声音既失望又恼怒,"你为了这个差点害死你的女人,连婷婷也不认了,这么多年她是怎么对你的,我们又是怎么对你的?你怎么能这样。"

"我怎样,轮不到你来指点吧。"

"你……"

"你跟我什么关系?你爸到了我们家,也没资格多说话。温晴,我没找你麻烦你就自求多福吧,撕破了脸,对你没好处。"

池野眉眼生得凌厉又锋锐,自我认识他起,便是这么一张棱角分明的脸。

上学那会儿他就不好惹。

我见过他很多种样子,唯独没见过此时此刻、成长为成熟男人的他,斯文礼貌,用最平静无澜的语气说着温和的话。

那温和的话却令温晴瞬间变了脸,她整个人愣在原地,再说不出一个字。

他握住了我的手,将我拽起来。

众目睽睽之下,再未多说一句话,也不曾看任何人。他推开门,迈着步子,就这么堂而皇之地拉我离开了。

楼上确实有开好的房间。

高档会所，富丽堂皇。

房内灯光打开，一瞬间有些刺眼，我还未适应那光亮，整个人便被他抵在柜子上。

人覆过来，唇也覆了过来。

池野身材挺拔，衬得我格外瘦小。我在他的阴影里，手不知所措，无处安放。

他捧着我的脸，粗暴地吻我，毫无怜惜，咬得唇好疼好疼，我的眼泪瞬间便掉了下来。

过了好久，他松开我，退后一步在我面前，黑沉沉的眸子隐晦如深海，暗藏汹涌。

"现在，该算算我们之间的账了。"他声音沙哑，唇色鲜艳似血，然后抬手去解衬衫纽扣。

我听到了扣子解开的声音，在寂静的房间那样清晰。

灯太亮了，我看得清他每一个表情，复杂的、恼怒的、藏着恨的、藏着悲的……阴沉而凛冽的气息，随着全部解开的衬衫，达到了极致。

我低着头，微微颤抖，不敢看他的眼睛，也不敢看他。

他抓住了我的手，我本能地惊惧了一声："池野！"

"嗯？"低沉的声音不含一丝情绪，他已将我的手拉了过去，缓缓覆盖在他胸膛。

我目光顺势望去，敞开的衬衫下，那原本结实硬朗的肌肉上，有缝合的疤。

腹肌沟壑分明，向上伸展的胸骨处，疤痕像一条条狰狞的虫子。

他一只手撑着柜子，将我禁锢在狭小的空间，低头睥睨着我，神情冷酷，声音淡漠："好好地看，看看我断裂的骨头，感受下打在身体里的钢板钢钉，再看看这些丑陋的伤疤……

"许棠，肋骨断裂的那种痛，和你剥离出我人生的感觉一模一样。我痛得快要死了，你呢，你痛过吗？"

说不出话，我一句话也说不出，只余下颤抖的身子和颤抖的哭声。

覆在他身上的那只手，想要抚摸那些疤，又被他一把甩开。

他笑了一声，后退几步，又将那些敞开的衬衫扣子一颗颗扣上。

"从今往后，我们两清了。"

他的声音那样冷，擦过我的耳边，像漫无边际的荒野卷过的寒风，令人瑟瑟发抖。

我红着眼睛，抬头看他："池野，我从来没有喜欢过别人。"

"我知道，宋新宇是你表哥，你爸去世了，他来学校看你，所以你趴在他怀里哭。"

池野平静地陈述，目光落在我身上："许棠，若不是知道这个，我活不到今天。"

"对不起，对不起……"

终于，我崩溃了，捂着脸蹲在地上，泣不成声。

我哭了好一会儿，才见池野也缓缓蹲在我面前，眸光平静地看着我："我刚才说了，我们从此两清。

"许棠，我用了很长的时间才想明白一件事，我们之所以走散，与爱无关。

"我知道你没有喜欢过别人，这些年都是一个人，我也没有，直到今天我心里还是有你，所以从开始到现在，我们的感情没有错过。

"错的是你和我，两个不适合的人。我爱你的时候，没有看懂过你藏在心里的慌张，不懂你的自尊，你在为你的人生粉饰太平的时候，我却像个傻子一样，什么也不懂。

"原谅我许棠，我那时太年轻了，以为拼尽全力去爱一个人就够了，直到后来才懂得这份爱有多浅薄。"

"池野……"

"我很长时间都在恨你，你心里没有别人，却执意把我推开，一度让我更加难以接受，直到有个女孩告诉我，我大概从来都不曾真的了解过你。压垮骆驼的不会是最后一根稻草，你一定是特别失望，才会这样义无反顾地不要我。

"可是许棠，纵然这份爱是浅薄的，我也曾毫无保留地付出过，我把心完整地剖给你，竟连求你回头看一眼的机会都没有吗？"

"对、对不起，我真的不知道这么严重，我以为你在骗我……"

我哭得不能自已，泣不成声，泪目中望见的池野，同样红了眼眶。他笑了一声，声音哽着，失望无比："那你有想过吗，万一是真的怎么办？万一我死了，再也醒不来了，怎么办？你会后悔吗？

"你没有想过，你连这万分之一的机会也不愿给我，所以在你心里，我到底算什么？

"许棠，你没有给我机会，我如今也不愿回头，东铭会对接你们的公司，今后我们不必再见。

"欠你的，我还清了。"

池野走的时候，房门打开，外面站了个年轻女孩。如我当年一样，有粉黛不施的娃娃脸、亮亮的眼睛。她还有浅浅的酒窝，很漂亮。

年轻女孩姓周，是海上的总裁特助。

她声音软糯动听，望向池野的眼神满是不安："老板，回家吗？"

池野离开，未曾回头。

小周助理看了我一眼，很快追上他的脚步，伸手去握了他的手。他没有拒绝，二人背影无比登对。

我想起了一个月前的那次行业酒会。

最开始我们想合作的是永丰徐总。我跟徐总交涉了一个星期，然而这个老狐狸就是不松口。为了争取到他，我跟他去了那场酒会，我一路跟着他，谈我们的项目和前景。

最后他有些烦了，对我道："我说签对赌协议，你不愿意，那就没得谈了。你们公司确实有前景，但融资也不是一笔小数目，大家都是为自己的利益而已，要不你去问问东铭，他们肯投吗？笑话嘛。"

那天，池野也在酒会上。

徐总一眼看到了他，还以为我不认识，大概是存了几分恶意，又对我道："看到没，那个就是海上的池总，年轻有为，我帮你介绍，你去跟他谈，看他愿不愿意搭理你。"

我当时已经预感到了不妙。

这边徐总已经招呼了一声："池总！"

时隔六年，在徐总的介绍下，我与池野第一次见了面。

他一身名贵西服，衣冠楚楚，态度疏离又冷淡。

我灰头土脸，神情讪讪，重逢得很不体面。

就如同六年前，我们分得也不体面。

那天我很尴尬，很快便想离开了。但是离开之际，在酒店的拐角处，看到了那位小周助理。

她不知因为什么，眼睛红红地在哭，池野背对着我，将她搂在怀里，低声安慰。

郎才女貌，小周助理眼睛红红，脸也红红。

她应该是个很好的女孩子。

池野他,终于学会了放下。

从会所离开,我打了车。司机问我去哪儿,漫无目的,我去了中心大厦附近的一条商品街。

城区变化不大,老街靠近夜市,依旧是年轻人爱来玩的地方。

很晚了,一些店铺老板在关门。

尽头一家摊位摆在门口的面馆,还在营业。顾客不多,老板很热情,跟我说他们家的酸汤肥牛面很好吃,二十二块钱一碗。

我问他有没有老味汤面,三块钱一碗的那种。

老板愣了下,然后笑了,说:"等着哈,我给你做去。"

我接到了美珍打来的电话。

她火急火燎道:"许棠!你去找了池野是不是?我都说了算了,公司不要了,项目也不做了,大不了我和老秦租房子结婚。欠下的债慢慢还,还一辈子我乐意!你赶紧回去!"

"美珍,他答应了。"

"什么?"

电话那头的美珍,不敢相信:"你做了什么?"

"什么也没做。"

"我不信,如果是你舍弃尊严求来的,那我宁可不要。"

"没有,他没提任何要求。"

"不可能。"

"真的。"

我想了想,又道:"也不是完全没提,他说,我们从此两清。"

挺好,真的。

毕竟当初我和他分手,求的便是一别两宽,各自安好。
我在埋头吃面的时候,附近有家还未关门的饰品店,灯光迷离。
音响摆在门口,在寂静深夜,歌声传遍街巷:

你说这风景如画
我看你心猿意马
就别再听我说话
把伪装都卸下吧
你听见我在哭吗
反正也听不到吧
你像一匹白马
悠然自得逃跑吧
让我仔细看看你的模样
倒数着最后的谢幕时光
原谅我太早就收了声响
翩翩的你知道吗我满目疮痍

03

面太烫了,真的太烫了。
我吃得急,眼泪簌簌地掉在碗里。
我想起了幼时的许棠,期末考试若是成绩理想,会被爸爸带到这儿吃一碗老味汤面。

那面真香啊。热气腾腾,雾里映着爸爸憨笑的脸。

人这一生,真的没有多少可以回首的好时光。有些人的相遇,大概从一开始就注定了是场悲剧。便如同我认识池野的时候,十六岁,是我人生中最昏暗的一段时光。

那年,我爸出车祸成了植物人,肇事司机逃逸。

那年,我妈带我去爸爸工作的造纸厂,讨要老板拖欠的工资——九千二百三十块。

为了这九千二百三十块,她带着我吃住在造纸厂办公室,铺了张席子,堵老板好几天。

那年我高一,成绩很好,是班里的学习委员。

文静老实的女孩,把学习视为很重要的事。

我轻声对我妈说:"学校那边只请了两天假,我想去和老师说一声。"

她劈头盖脸地骂下来:"学校?什么学校!你爸半死不活了,你还想着上学?!钱要不来你上个屁!"

我妈,陈茂娟,是一个脾气很差、冷漠自私的人。

我自幼便是在父母无尽的争吵声中长大的。妈妈嫌弃爸爸窝囊,挣得不多。爸爸嫌弃妈妈整天打麻将,孩子不顾,饭也不做。

一个很普通、父母并不相爱的家庭教养出来的我,敏感又自卑。

我在很久很久之后才知道,陈茂娟和我爸是二婚。我当然是她亲生的女儿,她却不止我一个孩子。她本就是个抛家弃子的女人。当年撇下一双儿女,在火车上偶然认识了我爸,直接跟着他下了车。

据说她的那一双儿女至今还在山沟里的僻壤之地,那里的孩子,几岁便要背着背篓下地干活儿,穿得破破烂烂。

她穷怕了，跟了我爸，原想着在大城市过是哪个好日子。可惜我爸就是个郊区造纸厂还没娶上媳妇的普通工人。她逐渐怨怼，骂我爸哄骗了她。

在我上幼儿园时，她又染上了麻将瘾，自此一发不可收拾。成天不着家，回家就是要钱。

爸爸上班之余，还得一人操持着所有家务。

感情早就没了，之所以还在凑合过日子，是因为爸爸说："好歹是你妈，有妈总比没妈强。"

可就是这妈，在我十六岁这年，带我堵造纸厂老板，逮到机会堵上他的车，疯了一般，抓乱了自己的头发，扯开衣襟露出胸口那片白花花的肉，哭喊着招呼所有人都来看。

她以这种博人眼球的方式哭诉着："活不下去了啊，孩子爸都成那样了，还拖欠我们工资不给，这是逼我们娘俩去死啊……"

车里的老板催促司机开车，并不想搭理她。

她见状直接把我扯到车前，从包里掏出个农药瓶子。那农药瓶子里，是她不知从哪里买来的百草枯。

我已经是高中生了，自然知道这意味着什么。

我惊恐地挣扎，不住地哭喊："妈！妈！不要！"

她力气大得惊人，疯了一样，硬掰开我的嘴，举着瓶子往里灌。

"逼我们去死啊，我们娘俩今天就死给你看……"

车上的老板终于知道害怕了，他赶忙下车："大姐！有话好好说！咱们这就去财务拿钱。"

陈茂娟满意地和他们一起去拿钱了。

我跪在造纸厂里，放声大哭，不住地呕吐，抠嗓子眼——她真的给我灌进去了。

我小时便听奶奶说过，百草枯是剧毒农药，喝下去就没有能活的，会死得很痛苦。

我那么那么地害怕，一边哭一边吐，全身止不住哆嗦，直到陈茂娟拿着钱眉开眼笑地出来了。

她没好气地踢了我一脚，骂道："死不了，那里面灌的自来水，瞧你这点出息，一点用也没有！"

陈茂娟，是我妈。

亲生的。

可是那九千二百三十块拿回来后，她没有花在我身上一分。

她沉迷于打麻将，依旧很少回家。

冬夏换季的衣服和鞋子、学校要交的费用，她统统都是一句："找你姑要去！你爸成了那个样子，我没走都是你们家烧高香了！"

她什么都想让我去找姑姑，恨不能把家里躺着无人照料的爸爸也塞到姑姑家。

她说得最多的一句话便是："许棠，你要知足，我要是走了，你连学也别上了，辍学在家伺候你爸吧。"

她说得对，我奶奶年龄大了，一直是姑姑照顾。

姑姑一家老小，并不富裕，且自顾不暇，表哥上大学的生活费都是自己假期打工挣来的。

我爸，是我的责任和义务，不是任何人的。正因如此，我高中都是走读，周末假期基本都在家里，洗衣做饭，帮爸爸按摩擦洗。不到万不得已，我不敢开口管姑姑要钱，因为怕姑父有意见。

所以我常年穿着校服，在其他同学攀比鞋子的时候，我一双三十块钱的帆布鞋穿到开胶。

我便是在这种境况下认识池野的。

高二上学期,他转学到了嘉成中学。

转学的原因,据说他不学无术,在校时难以管教,经常惹事。他家有钱有势,事件平息下来后,他爸妈便做主,给他转了学。

我们学校的校长跟他爸妈是老相识,这也导致他到了嘉成之后,适应得很快。

哦,错了,他根本不需要适应。池野那样的人,桀骜得不可一世,眉眼锋锐又英挺,五官端正得棱角分明,两片薄唇微微勾着,少年意气风发,逆着光般,耀眼得太过夺目。

老师安排他与我同桌,意在我学习成绩好,可以指点他。然而,他哪里需要指点,他的书崭新干净,他压根儿就没有想学习的意思。

班里乃至学校,那些成绩不好的男同学很快跟他打成一片,张口闭口"池哥""老大"。

女同学也都很喜欢他,班里最漂亮最骄傲的陈佳妮总笑着找他说话。

整个学校的老师和同学,没人不喜欢他。

我和池野成了同桌,开始时整整半学期都没有说过话。

他不爱学习,下课之后基本不在座位上。我上课认真,从来都是心无旁骛地听讲。他跟我截然相反,总有人找他讲话,吵吵嚷嚷。

那天的自习课上,他不在。我因为前晚熬了夜,有些困,便趴在桌上睡了会儿,也不知过了多久,待我迷迷糊糊地睁开眼睛,正对上一双定定望过来的黑眸。

不知何时回来的池野,与我面对面,也趴着。可他没有闭眼,凌乱的黑发,浓眉长睫,幽深的眼睛像星辰一样亮。

他一动不动地看着我,四目相对,我吓了一跳,他却没有慌。

他舌尖顶了顶腮帮,慢悠悠地对我道:"脸上掉了根睫毛。"

这是他跟我说的第一句话。

我不疑有他,忙照了文具盒上的小镜子,将那根睫毛拿掉,同时还不忘低声对他道:"谢谢。"

他笑了一声,一手撑脑袋,一手飞快地转圆珠笔,声音饶有兴致:"客气了,同桌。"

我面上一红,没敢看他,翻开了课本。

我是个老实孩子,人生所有的精力都用在了学习上。成绩班里第一,年级前几名,人人对我心怀期望——除了我妈陈茂娟。

她对我不管不顾,一心扑在麻将上,能抽出空回家看一眼爸爸,已是对我最大的仁慈。

姑姑常说:"咱们这样的家庭,上学是你唯一的出路。"

表哥也说:"社会底层的人,改变命运的机会不多,读书和工作,至关重要。"

于是我绷紧了一根弦,高中三年,挑灯夜读。

我活得如此累,也如此心怀希望,盼着将来时来运转,脱离这苦海。

池野是闯入我人生的一场意外。

我很少同他讲话,他却开始有意无意地注意我。

天冷的时候,我校服里面穿了件旧毛衣,有些脱线。课堂上他百无聊赖,瞥见了衣服下的线头,于是伸出手去拽。

他家境好,一双鞋子都要上千块,想来不是很理解这线头的意义。

等到我俩都意识到了不对,他手里已经缠了不少毛线,我的毛衣短了一截。

他尴尬道:"对不起。"

我脸红了下:"没关系。"

一星期后,我来到学校,发现课桌里塞了个商品袋。打开一看,是件粉色的新毛衣,吊牌还在。

我一时心慌得厉害,把那袋子塞到了他的课桌里。

上课之后,他发现了,往我身边靠了靠,压低声音问我:"尺码不对吗?我让我妈在商场买的。"

我感觉耳根发烫,十分窘迫:"不用了。"

"怎么不用了?你那件不能穿了。"

"真不用,谢谢。"

他挑了下眉,正要再跟我说话,我已经默不作声地和他拉开了距离,目不转睛地盯着黑板。

池野隐隐笑了一声。

之后,我第一次见识到了他的霸道。

放学后我都走到校门口了,他在人群之中当众朝我喊:"许棠!许棠!"

我错愕地回头,他看着我笑,走过来将那装毛衣的袋子直接塞到我手里:"同桌,你衣服忘拿了。"

那之后,班里开始有传言,我觉得惶恐,这对一个老实的好学生来说,犹如洪水猛兽。

好在我学习成绩好,深得老师器重,班里没人对我说三道四。

只听闻陈佳妮在池野面前酸溜溜地问:"你给许棠买毛衣干什么呀,她不就学习成绩好吗?"

池野笑了,反问:"学习成绩好还不够?"

"可是她跟个呆子一样。"

"你才跟个呆子一样,许棠那不叫呆,叫乖。"

于是全校都知道了,池野为许棠撑腰,还说她乖。

流言传遍的时候,对我造成了一定的困扰,但也仅仅是困扰罢了,我学会了充耳不闻。

池野找我说话时,我刻意疏离,很少搭理他。他便也识趣,慢慢地又与我恢复了之前的状态。

高二下学期,班主任找到我,说学校食堂有两个勤工俭学的名额,问我愿不愿意做。

我的情况她是知道的,她一直帮我申请,学校的特困生补助。

那个年龄的女孩,谁都想要面子,可我不能要——我缺钱。

我想配一副近视镜,因为看黑板的时候总觉得模糊。

于是每天中午,我和另一名高三的男同学戴上执勤袖章,开始在学校食堂收餐盘。

其实也就一个半小时。

偌大的食堂,午餐时间熙熙攘攘,人挤人地热闹。遇到同班同学,无论是什么样的眼神,我都默不作声,学会了接受。

我很早之前就学会了向生活低头。

我不仅在学校勤工俭学,寒假和暑假,也常让表哥帮忙找兼职。服装市场的快餐店服务员干过,市区的地下电玩城店员干过,发传单干过,偶尔还会批发一些小玩具,节假日的晚上去公园卖给小孩子。

我很能吃苦,也吃惯了苦。

所以在学校食堂,当一个男生故意把吃剩的餐盘扔过来,溅了我一身菜汤时,我什么也没有说。

可万万没想到,这一幕被池野看到了。

他不高兴了,径直走过来,严厉道:"给她道歉!"

那男生也不是好惹的，骂道："关你屁事！放开！"

两人推搡之间，旁边的桌椅被撞翻在地，动静大得引来不少人围观。

眼看他们要打起来了，我很害怕，慌乱地去拦："算了，池野你快松手！"

后来，我们都被叫去了教导处。

路上我一直在哭，抽泣着抹泪。

池野有些急了："别哭啊许棠，没事的，不关你的事，放心。"

我很怕，有些怨他："谁叫你惹事了？！"

"我没打他，而且他欺负你。"

"我不在意，谁要你多管闲事。"

"我在意，我不能看别人欺负你。"

年少的许棠，一定是一个不识好歹的人，我那时对池野真的颇多怨念。

我老实、内向，一门心思扑在学习上，真的不愿惹事。我更怕这些事传到陈茂娟耳朵里，我会被她污言秽语指着鼻子骂。

好在，那件事并不严重。

从教导处出来后，我和池野又被叫到了校长办公室，我看到一向不苟言笑的校长"哼"了一声，目光望向我，对池野道："你小子了不得，关于你的传言还没消停，你这又闹事。"

"您别冤枉我，又不是我想闹事。再说什么传言，有证据吗？"

"人都站在这儿了，你还想要什么证据？"

"别这么说啊叔，人家许棠是好学生，成绩好着呢。"

"废话，她要不是好学生，我早就把你们家长都请来了。"

"别麻烦，请我爸妈过来就行了，看看学校还缺点啥，让他们给捐点？"

"臭小子，嬉皮笑脸，我告诉你，你自己不学好，不要影响别人，她要是成绩下滑，我非得抽你一顿。"

"得嘞，那她要是考了年级第一，您不得奖励我点什么。"

全校都知道了池野帮我出头。

那时我们班主任是个很年轻的女教师，她特意找我谈话，言语之中皆在叮嘱我，我是女孩，与池野不同。女孩在成长的道路上，注定要比男孩承受更多，更何况我还是那样的家境。

我无比感激她，她明明白白地告诉我，我不能走捷径，因为我没有退路，指望全在自己身上。

人生的每一步都至关重要，不到终点，不该下车。

我谨记着她的话，泪眼婆娑地告诉她："老师你相信我，我跟他真的什么也没有。"

她当然信我，因为在她找我谈话时，池野也找了她。

他总是这样无所顾忌："老师你别为难许棠，是我总找她说话，她没搭理，她脸皮薄得很，你别把她说哭了。"

后来，我没再理过池野。

升高三的那年暑假，格外漫长。

我在表哥的介绍下，去了城区一家电玩城做暑期工。表哥当时上大三，有个女同学也在那儿兼职，我正好和她一起，每天工作四五个小时，晚上八点就可以回家。

我没想到会在那里见到池野。

他不是一个人，身边还有三个男生和一个女生，一起在打电玩。

我在帮人兑换游戏币时，被他看到了。

他朝我走来，很惊讶也很惊喜："许棠，你怎么在这儿？"

电玩城声响很大，我也很忙，只含糊地冲他笑笑："打工。"

他没再说话，应是觉得自己多此一问了。

和他一起来的那个女孩穿着漂亮的背心和短裤，扎高马尾，欢快地跑过来揽他胳膊："哥，没币了，再兑换点。"

"多少？"

"江晨他们也要用，先五百吧。"

那天，他们一共兑换了一千块的游戏币。我在电玩城兼职整个暑假，也不过挣了一千块的工资。

池野知道我在这儿后，经常过来。开始是和一帮发小一起，后来变成了自己一个人。

我不太搭理他，他就每天在我下班时守在门口等我。

我对池野道："你别来了。"

他说："太晚了，你一个女孩回家不安全，我送你。"

我说不需要，他也不强求，又问我想不想去天海大厦看夜景。

我说："不去了，谢谢。"

"那去附近的夜市逛逛？"

他很烦，每天都来，有次蹲在出口处打手机游戏，恰巧被我撞见。

四目相对，他愣了下，起身将游戏退了。

我轻叹道："你们偷偷玩手游，我知道的。"

他于是笑了，双手插兜，问我道："今天要不要去天海大厦？或者附近夜市逛逛？"

那晚我算着时间尚早，和他一起去了夜市。他挺高兴，一路追着我问："想吃什么？想要什么？我买给你好不好？"

我们在一个摊位吃刨冰。我终于说出了自己想说的话："你以后真别来了，算我求你，你这样我很困扰。"

"困扰什么，就是想跟你交个朋友，这也不行吗？"

"不行。"

他黑眸定定地看着我，凌乱的长发显露出几分不羁，声音也有些烦："为什么不行？"

"我们不一样。"我低声道。

"怎么不一样？难道你是人我不是人？"

"我不需要朋友，我只想好好学习。"

"呵，这话说的，你就算跟我做朋友，也不影响你考大学，我还能督促你学习呢。"

"你怎么听不懂呢，以后不要再缠着我了。"

我有些生气，刨冰也不吃了，起身离开。池野随后追了过来，跟我到车站，看着我上了公交车，神情有些无奈。

我每天真的很累，没时间跟他纠缠。

到了终点站，我还要去骑我的自行车，约莫十几分钟才能骑到家。

到家之后，通常陈茂娟也是不在的，我要给爸爸喂食，看他有没有大便，帮他翻一翻身，擦洗一下。忙完后，已经很晚了，我还要洗漱，抽空看书、复习。

我的近视度数又增加了，不配眼镜真的不行。

我像一只背着壳的蜗牛，需要不断地爬啊爬，负重前行，才能缓慢到达想去的地方。

池野是另一个世界的人，他不会懂。

暑假兼职最后一天，我照例骑着自行车回家。在单元楼楼下，看到了一个男人守在那里。

因为是老旧小区，楼下那段路没有路灯，但我认出了他，他叫黄洪斌，是一家麻将馆的老板。

我都知道的，在我爸车祸后不久，他经常来找陈茂娟。他有家有室，中年男人，孩子都很大了。陈茂娟自愿接受他的帮助。

在一次我忘记带家门钥匙，去麻将馆找陈茂娟时，他看到了我，笑眯眯道："许棠长这么大了，听你妈说你成绩特别好，来，叔叔给你二百块钱，你留着买学习资料。"

我从没有叫过他叔叔，也没有要他的钱。陈茂娟骂我没礼貌，给钱还不要，是个缺心眼。

我讨厌黄洪斌，他不是好人，笑起来的样子总让人心里发毛。所以在楼下看到他的一瞬间，我立刻心生警惕，没有上前。

他朝我走来，笑道："棠棠，来，叔叔给你生活费。"

他拿出一沓钱，作势要递给我。我一扔自行车，转身就跑。我跑得那样快，压根儿不知他有没有追上来。

惊惧、恐慌，使我的眼泪瞬间飙了出来。直到跑到外面的大路，迎面撞上一人，我吓得尖叫出声。

那人一把抓住我的肩膀，急道："怎么了，许棠你怎么了？"

是池野。

我瞪着眼睛看他，好一会儿才回过神来，哭道："你怎么在这儿？"

"送你回家啊，那么晚了，你一个女孩我不放心。"

我这才注意到，路边停了辆出租车。

池野跟了我好些日子了。在我告诉他不要来找我后，他仍旧每晚都来电玩城。等我下班，上了公交车，他再打出租车一路跟着。送到小区路口，他再让师傅拐弯回去。

其实我回家的那条路治安很好，一直都有人，晚上还有摆摊的大排档。唯有自家楼下，没有路灯。若非遇到黄洪斌，我不会有任何危险。

那晚池野陪着我去推自行车，黄洪斌已经不在了。

我请他去路边吃大排档。他很高兴，一直说菜炒得好吃，最后还自顾自地把钱付了。两个炒菜加饼，三十多块钱，他给了老板五十，说不用找了，随后又陪我走回家。

小区楼下，他又问："你到底怎么了？真的是被猫吓的？"

我点头，自始至终都没有告诉他发生了什么。

难以启齿。我难道告诉他，我妈的朋友在我家楼下堵了我？

池野对我来说，也仅是一个普通的男同学而已。

后来他走了，我回了家。进家门之前，我还在想着如何把这件事告诉陈茂娟。

她不是一个好妈妈，但我相信她不至于丧尽天良，放任此事不管。可我万万没想到，推开家门，看到黄洪斌正坐在家里的沙发上抽烟。陈茂娟当然也在。

天气炎热，屋顶的吊扇吱吱呀呀地转，空气却仍旧沉闷，除了散不去的烟味，还弥漫着一股难闻的腥。

陈茂娟刚洗完澡，头发还在滴水，吊带勒住浑圆的胳膊，胸口白花花一片。

她拿着毛巾擦头发，看到我轻抬了下眼皮："回来了？"

我老实、内向。她脾气差，从小到大对我非打即骂。是她让我明白，天底下真的有不爱孩子的妈妈。

她只爱她自己，我自然也不会爱她。

我已经尽量容忍，把她当成一个陌生人。她和麻将馆老板的风流事，邻里街坊无人不晓。我可以忍受指指点点，但我不能忍受她把人带回了家——尤其是，爸爸还躺在床上。

我第一次发了脾气，指着他们发飙："滚！你们都给我滚！"

陈茂娟先是一愣，她一向是个火暴脾气，二话不说扔了毛巾，冲过来推搡我："你跟谁大吼大叫呢，让谁滚呢？！你发什么疯，脾气见长啊你。"

"我让你滚！你们都滚出去！"

那天，陈茂娟抓着我的头发，把我按在地上打。

黄洪斌见状，走过来拉她，拉开她后，又伸出手去抱我，看似是想把我扶起来，实则用那双恶心的手胡乱地摸我后背。

我疯了一样地踹他，被他一把抓住脚踝。

"嘿，小妮子真难管教。"

他们两个人，我一个，后来我转身冲进厨房，拿了把刀出来。

陈茂娟见我动真格的了，骂骂咧咧，换了衣服，带着黄洪斌离开了。

我哭着给姑姑打电话，把事情全部说给她听。

当晚姑姑和姑父就都来了。他们带我去了小区的那家麻将馆，闹了一场。

陈茂娟像个泼妇，指着姑姑鼻子骂，让她有本事把她哥接走。

姑姑气得直发抖，让她赶紧去离婚，只要她离了婚，我爸不需要她管，她做什么丢人现眼的事都跟我们无关。

陈茂娟冷笑："赶我走？行啊，房子给我，大的小的都接你家去。"

说到底，不过是因为那套两室一厅的破房子，传言有拆迁的规划。

闹了一场之后，姑姑走的时候还在骂："房子你想要，人你不想管，做梦去吧，只要你不离婚，就得把人伺候了，躺多久你伺候多久，死了我还来找你！"

你看，这种事怎么理得清呢？叫姑姑也没用，报了警也没用。闹一场的唯一好处就是，陈茂娟不会轻易带人回家了。

坏处是，她开始找机会阴阳怪气地骂我："不要脸，你黄叔叔是看你回来得晚，好心去楼下接你，你什么态度？"

污言秽语，更难听的她也骂过。

那年我十七岁，脸皮很薄，被她骂得多次崩溃。

爸爸不过躺了两年，有那么一瞬间，我竟然希望他赶快解脱。

我可以住校，永远不要回来再见陈茂娟。

那念头一出，我泪流满面，一边拿温毛巾给爸爸擦脸擦手，一边不住地道歉："对不起，对不起爸爸，我没那个意思……"

我自幼是被他呵护着长大的，他带我买糖葫芦，吃老味汤面，接我上学放学……他只是一个普通的、憨厚的父亲。

甚至如果出现奇迹，他会变得有意识也说不定。而我作为他的孩子，竟然恶毒地希望这个躺着不能动的病人，快点死。

他死了，我不用上着课还在担心，陈茂娟中午有没有回家，有没有给他喂水喂食，扶他起来坐一下，大小便失禁的话，她会不会给擦洗一下……

久病床前无孝子，真到了这一刻，才知人人都是俗人。

04

高三，我终于戴上了配好的近视眼镜，投入到更加紧张的学习之中。

池野每天早上给我带牛奶，揣在怀里拿过来。他每次递给我的时候，牛奶都还是温的。

我始终不明白，他这样的男孩，为何偏就对我好。

直到后来我们在一起后，有次我问他这个问题，他笑道："你不一样。"我看着他，他便又解释，"我们同桌后，你半个学期都没跟我说一句话，我寻思着这女孩也不是哑巴啊，课堂上也经常发言，是不是我什么地方得罪她了。

"然后我就观察，发现你跟谁都不太说话，但是成绩好啊，老师喜欢。我还发现你长了张标准的娃娃脸，乖巧得不像话，自习课上你一眼望过来的时候，眼神还怯怯的，我突然就有点慌……"

他说得不全然，其实一开始他对我还有同情。

班里谁都知道，学习委员许棠，家境不好，父亲是植物人。

交班费的时候，老师永远会说一句："许棠不用交了，她家里条件不好。"

老师纯粹是好心，但那一刻我总是低着头，面上发烫。

因为陈佳妮等人在背后议论过："老班就是偏心，条件不好的又不止她一个，不就是成绩好吗，整天一副可怜兮兮的样子，扮猪吃老虎。"

我想池野对我的不同，定然也是建立在怜悯之上的。不然他不会处心积虑地对我好。偷偷给我饭卡充钱，往我课桌里塞巧克力，他还翻看了我的资料，在我生日那天，买了双鞋子送给我。

我觉得羞耻，是深入人心的那种羞耻。因为我知道，我脚上的帆布鞋开胶了。

鞋子是他在放学时偷放在我车篮里的。我拿去还给他时，眼眶都红了……

课堂上，他又凑到我面前，压低声音问："许棠，你近视多少度，在哪儿配的眼镜？"

"……干吗？"

"你这眼镜挺好看的，回头我去问问，不近视的人能戴吗？"

"不近视为什么要戴？"

"不为什么，就是想跟你戴一样的啊。"

池野总是这样。

我心惊胆战，唯恐前后座的同学听到，憋红了一张脸看他，只看到少年坦荡荡的眼神，浓眉挑起，冲我咧嘴一笑。

他无疑是热烈的，永远无所畏惧。

十八岁的许棠，双手用力地揪着课本，鼓起勇气问："你要不要和我考一个大学？"声音细弱蚊蝇。

他安静了那么几秒，突然炸裂道："啊，你不早说！不到一年时间了，把我当神仙啊，把书给我！"

在我的认知里，池野成绩不好，是没机会跟我考上同一所学校的。

可我没想到，池野在高三这年跟变了个人似的，开始疯狂补习。

后来我才知道，他并非成绩不好，只是懒得学而已。他很聪明，是一点就透的那种脑子。

他报了最贵的辅导班,然后中了邪似的,埋头苦学。一年之后,他竟真的考上了。

    那年暑假,池野没有出现。据说是因为考得好,被父母强行带去国外走亲戚了。

    我没闲着,依旧在兼职打工。

    这期间倒是发生了件大事。陈茂娟和黄洪斌的老婆吵了一架。

    因为这件事,我浑身颤抖,去姑姑家住了几天。结果回家之后,发现陈茂娟虽然几天没出门,但也没闲着,像个疯子似的,整天对着窗户外骂。那些不堪入耳的词,皆是咒骂黄洪斌和他老婆的。

    事情发生后,黄洪斌压根儿没露面。而我爸爸,因为太久没翻身,身上生了压疮,一阵恶臭。

    我在那不绝于耳的咒骂声中,反复崩溃。

    我一边哭着给爸爸清洗他萎缩的身体,一边心里想着,爸爸,你为什么还活着,你早点解脱好不好……

    姑姑说让我放心去上大学,她会每天都过来看爸爸的。

    明明一切都安顿好了,可我为什么还是如此恶毒?

    十八岁的许棠,又在盼着她的父亲,赶紧死去。

    我从十六岁开始照顾他,擦洗一个瘫痪男人身体的方方面面,大便小便,从害怕到轻车熟路。

    从轻车熟路到内心荒芜和绝望……

    我盼他活着,盼有一天我能推着清醒的他去吃一碗老味汤面。

    我又盼他死,让他解脱也让我解脱。

    短短三年而已,所以人性到底是什么?

    大学开学后,我见到了池野。

在女生宿舍，他直接过来找我，一如既往地明目张胆，笑得张扬。

漫长的暑假过后，他晒黑了些，但依旧是剑眉星目的一张脸。

我曾看过书上说，这种长相，俗称"鬼见怕"。凤目剑眉，是兵权万里的将军相。双眉偏浓，直线上扬，光明磊落，又威信十足。

这样的人，活在光亮下，行善与行恶，似乎都可以率性在一念之间。

他无疑是瞩目的。

在室友惊奇的目光中，我低着头将他拉了出去。

他顺势握住了我的手。

学校的梧桐树下，我挣脱开了他的手。

他不肯放，笑得张扬："许棠，你不会说话不算数吧？"

我低着头，沉默不语，自然就是不算的意思。

他微微地弓下身子，盯着我看，嘴角的笑慢慢凝结，眉眼竟透出几分危险的意味："是你自己说的，让我跟你考同一所大学，承诺过的话又反悔，就是在玩我，我会生气的。"

我的脸顿时白了又白。

池野不是个好脾气的人，他天不怕地不怕，也就高中那会儿，对着我笑，将身上那股盛气和凌厉收敛了起来。

我见过他嚣张的一面，虽然不知道他对女孩的态度，但我确实是怂了，白着脸道："没玩你，我就是觉得……"

话未说完，我已经惊呼一声。

这家伙直接将我拎到了怀里，双手捧着我的脸，托举着与他对视。

我吓得瞪大眼睛："你，你干吗？"

他笑得灿烂，俯身在我唇上啄了下。

我蒙了，脑子里一片空白。

他幽黑的眼睛深邃无比，舌头顶了顶腮帮，认真道："盖个章，以后就是我的人了。"

学校的梧桐树，一排排，叶子绿得像翡翠，茂密的枝叶遮着骄阳似火。

可我的脸就这么烧了起来，烧得通红。

那看似一本正经的男人，逆着光，光晕刚巧映在他红透了的耳朵上。

除此之外，都还算一本正经。

开始我不知道自己喜不喜欢他，但后来确认是喜欢过的。

没人能拒绝一份热烈的爱。

我在阴暗里蛰伏太久，他像一团焰火，靠近我，燃烧我。至少那一刻，我整个人是活的。不再有家庭的困扰，不再有陈茂娟污言秽语的谩骂，原来许棠也可以堂堂正正，活得像个人。

和池野在一起，我内心是不安的。

所以一开始室友问我他是谁时，我没敢承认，说他是我哥。

他太有名了。这样的人，似乎生来就是人群中的焦点。

我们不在一个班，也不在一个系。但是池野这个名字，很快无人不知。

如高中时那样，他永远我行我素，眉眼锋锐又凌厉，身边众星捧月，围了很多人。他比高中时更吃得开。

他的几个发小，即便不在这所学校，距离也并不远。他们时常来找他，其中就包括吴婷婷——那个身材高挑如模特一般的女孩，他们都叫她"小辣椒"。

池野说她性格直率，男孩子似的，大大咧咧。

第一次见我的时候,她明显愣了下,但很快面上又笑得灿烂:"哥,原来你喜欢这样的。"

其实我不是第一次见她。

她不记得了,那年暑假,我在电玩城兼职,便是她过来挽着池野的胳膊,说要取游戏币。

女孩与女孩之间,对一切不友好有天生的敏锐。我知道,她不喜欢我。

但池野不知,他没好气地拍了下她的脑袋:"什么这样的那样的,以后要叫嫂子。"

逐渐接触了池野的世界之后,我才意识到什么叫天差地别、格格不入。

他手上那只黑盘腕表,价格昂贵得令我心惊。限量版篮球鞋,不管有多难买,他总能买到。吴婷婷过生日,撒娇问他要包包,他一边说着"我欠你的",一边答应送她想要的最新款。

他也送过我一款香奈儿手表,强势地扣在我手腕上。

带我去商场买衣服,买鞋子,买一切他想买给我的东西。

我不肯要,他便有些生气。后来我也生气了,扭头就走。他便追上来,服软来哄我:"不买就不买,闹什么脾气,走,哥哥带你去吃饭。"

池野这人,一身痞气,也从不遮掩自己的轻浮和欲望。

刚开学时,我对室友谎称他是哥哥,他第一次在宿舍楼下等我,同宿舍的美珍站在窗户前冲我喊:"许棠,你哥来找你了!"

这话不巧被他听到。后来他便拉我到无人处,大手扣着我的脑袋,欺身亲了过来。

那是我们第一次接吻。

他太强势,吻得我喘不过气,直接哭出来。然后他才恋恋不舍地松开,手握着我的腰,眼睛危险地眯了下,声音有意犹未尽的哑:"许棠,别搞错了,我是会跟你接吻的那种哥哥。"

我当下哭了:"你耍流氓。"

他先是一愣,继而笑了,笑得还很愉悦,心情大好,抵着我的额头,高挺的鼻梁与我相触:"哥哥保证,这辈子只对你一个人耍流氓。"

"一辈子"这个词,听起来那么天方夜谭。可我知道,他当时是认真的。

他很介意我掩饰他男朋友的身份,恨不能让所有人都知道我俩的关系。有关我的任何风吹草动,总能第一时间传到他耳朵里。

开始班里有个男生,性子比较好,没事总喜欢找我聊几句,后来见到我就低头不说话,或者扭头就走。

我听到有传言说池野找了他,顿时十分生气,同池野理论,气得眼睛红红。

他轻撩着眼皮,似笑非笑地看我:"许棠,跟哥哥谈恋爱,不许三心二意。"

"你胡说什么!人家跟我就是普通同学。"我涨红了脸。

"得了吧,你以为所有人都跟你一样是根木头,他有没有想法我清清楚楚。"

"你精神病,简直不可理喻。"

我气得转身就走,他一把拉住我,笑得轻慢:"你不信,我们去找他对质啊。"

"池野,你是个疯子吗?有病吧!"

"是啊,爱你爱到发疯,想你想得有病。你是我一个人的,哥哥没有那些乱七八糟的烂桃花，你也不许有。"

池野是个占有欲很强的人，这一点在我们的日渐相处中，逐渐明了。

我从不怀疑他对我的喜欢，因为那些经常使我感觉透不过气。

他后来又开始哄我搬出去住，与他一起。我不肯，还一度因此躲着他。虽然我知道，那是迟早的事。

在他面前，我就像一只纯良的小白兔，早就掌控在他手中。

在我们恋爱的第二年，他有次带我去看剧场演出，说好会在宿管关门前回来，结果硬是拖到很晚。

我一出门，心就凉了半截。

他穿了件黑色风衣，身材高挺，凌厉眉眼染着笑，纤薄嘴角痞气地勾着，身后是霓虹闪耀的街。然后他冲我伸出手，笑容张扬，声音很坏："走吧，跟哥回家。"

学校外，他住着的公寓，是家里一早买下的。

我在他承诺了保证规矩之后，忐忑地踏足了这里。

我并非第一次来，但之前都是白天，坐一会儿就离开了。

池野明显心怀不轨，分明保证了规规矩矩，一进屋就原形毕露。

我推搡他，有些气恼："你说话不算话，我再也不信你了。"

他在我耳边的笑，又轻又撩："乖宝，我是个男人，而且是个坏男人。但我保证，只对你一个人坏，好不好？"

他靠近我的耳朵，在我浑身颤抖时，又低声道："我不骗你，毕业后我们就结婚，我池野要是反悔，不得好死。"

他说着令人心惊的话，做着令人心惊的事，我手足无措，只慌得不知如何是好。

池野一会儿叫我"木头"，一会儿又叫我"乖宝"，声音循循善诱，自己却也耳根红透。

窗外应是下雨了,隐约听得到淅沥雨声,感受得到丝丝凉意。天大地大,仿佛只剩我们两个人。

他说:"乖啊木头,别怕,我们会一直在一起,永远不分开。哥哥保证。"

我紧握的双手,被他推举到头顶,耳边皆是闹腾,在脑海中一遍遍地炸开。

不知听谁说起过,爱情的本质就是连绵不断的疼痛,唯一的解药就是他也足够爱你。

那一刻,我很矫情地想到一句话——外面风雨琳琅,漫山遍野都是今天。

有人爱我,我便值得被爱。

05

池野说我是书呆子,还说我是傻子。他每次送我东西,我俩都要闹一场。

有一次他来了脾气,把商品袋扔地上,烦躁道:"许棠,你非要这么轴吗?你看看你身上的衣服,以前你不是我女朋友,鞋子穿到开胶也就算了,现在我给你花钱天经地义,你什么意思啊,跟我分这么清?

"接受我的东西就这么难?你现在甚至还在兼职打工!为什么非

要这样呢,你难堪我也难堪。"

我知道他的意思,作为他的女朋友,我兼职打工让他遭受议论了。

一开始他带我跟他那帮发小一起吃饭,别人的女朋友落落大方,衣着光鲜,打扮靓丽,而我格格不入,妆也不化,穿戴简单,全身上下都是便宜货。

当时有人打趣,说原来阿野喜欢白幼瘦,许棠看起来像个高中生。

池野尚未开口,吴婷婷率先道:"什么高中生,我嫂子是灰姑娘,摇身一变就能成公主的那种,亮瞎你们的狗眼。"

她眉飞色舞地说着,还不忘用胳膊撞一下池野:"是吧哥?"

池野轻撩眼皮,骂了他们:"我喜欢什么样的,关你们什么事!"

我不喜欢跟他们一起吃饭。被池野强行带去几次后,任他下次如何要求,我咬死了不肯去,甚至因此第一次提了分手:"你非要我去的话,我们分了吧。"

池野当时脸色就变了,眯着眼睛道:"你再说一遍。"

"说就说,分手!"我生气地朝他喊,眼泪夺眶而出,"我一早就说了,我们不合适、不一样,你非要逼我,我做不成你想要的那种女朋友,我乐意做灰姑娘,行了吧!"

他愣了下,仿佛这才后知后觉地明白了什么,声音软了下来,哄我道:"说什么呢,我就喜欢灰姑娘,你做你自己就行。木头,我不逼你,你以后也别动不动说分手,成吗?"

我知道,我有很多委屈,他亦有很多委屈。

别人说池野那么傲那么狂,女朋友许棠还不是穿了件起球的毛衣。许棠甚至还在校外奶茶店找了兼职。

我不明白，哪件毛衣不起球，难道因为袖口起了一点球，就必须扔掉？在校外做兼职的大学生多了，我们都在好好生活，努力上进。

我普普通通，格格不入的只是池野的世界罢了。

他们后来经常去的酒吧、高档俱乐部、射击场，是我从来不曾踏足也不敢踏足的地方。

为什么非要这么轴？

他送过我最新款的手机，执意要我收，说放假的时候好联系。

我在回家时，那手机被陈茂娟看到了，她当下嘲讽道："还以为你多清高，当初给钱不要，是嫌少了？现在还不是靠男人吃饭，被包养了吧？我说呢，放假也不去打工了。"

"你别胡说八道，你以为人人都跟你一样！"

我气得浑身发抖，不仅因为她不干净的话，还因为我回家后，发现她因为没钱花，竟然在小区找了一个男人帮忙。

这些都是姑姑告诉我的，姑姑有次过来照看爸爸，把人堵在了家里。

那次回家，池野来找过我一次，在我家楼下，发信息问我住在几楼。

我回头看到陈茂娟以及肮脏凌乱的家，几乎是瞬间，心生恐惧，几近作呕。

我跑下了楼，身后传来陈茂娟又一声辱骂："发什么疯，你投胎去啊！"

池野在楼下，他开车来的，买了好多东西。他站在阳光下，双手插兜，冲我笑，说要上门看看我爸妈。

我浑身上下一阵恶寒，想尽办法地赶他："今天不方便，我们一点准备也没有，而且我妈也不在家，改天吧，改天再来……"

好不容易哄走了他，上楼之后，我看到站在窗户边的陈茂娟，轻蔑地看着我："你比我强，找了个年轻的，下次他再送你手机，把你这个留给我，我也该换了。"

是陈茂娟使我明白，我无论走得多远，也永远摆脱不了这地狱般的深渊。恶臭的阴暗角落，令我无比厌恶和恶心。

我差点就吐了。然后当着她的面，我把池野送的手机摔得稀巴烂。她气得面色发青，抬手给我一巴掌，又开始打我。

陈茂娟骂道："看不起我是吧，告诉你许棠，你和我一样，都是花男人的钱，你有什么可骄傲的，我呸！你是我生的，跟我一样知道吗！……"

不，我怎么可能跟她一样！如果跟她一样，我宁可立刻去死！

我一直都明白，我们这样的家庭，唯一能指望的只有自己。只有自己拼尽全力，才能堂堂正正活得像人。只有靠自己的能力摆脱这地狱，才是真的摆脱了。

除了我自己，没人救得了我，池野也一样。

内心的脓疮，除却自己，谁都无法剜掉。

我与池野谈恋爱的事，大二那年，表哥便知道了。

他对我说："许棠，如果你谈的是一场不对等的恋爱，那就尽量要让它对等，只有对等了，你才是你自己。"

不对等的话，你便是受制于人，迟早失了自我。失了自我的人，绝对不会有好下场。

我都明白的，也一直在努力前行。

可是陈茂娟令我如此绝望。

大二那年，她竟有次找到了学校，管我要钱。我冷冷地看着她，说没有。

她不屑地笑:"找你那男朋友要啊,他应该挺有钱吧,你不要我去要。"

绝望,还是绝望……怕她在学校闹,我将卡里全部的钱都给了她。

她面无表情道:"才这么点?你的奖学金呢?贫困补助呢?难道你男朋友不给你钱花?别怪我没提醒你,多搞点钱,总比搞大肚子强。"

"滚!你立刻滚!"

后来,我吃了半个月的馒头,与池野的关系也急剧恶化。

他不满我总是出去做兼职,没空陪他。甚至他生日那天,我姗姗来迟,赶去饭店时,大家都快散了。

他脸色很不好看。

吴婷婷说:"这么重要的日子嫂子还去打工,哥,这就是你的不对了,嫂子一定是太缺钱了。"

池野没理她,起身拉我离开。他带我回了公寓,塞给我一张银行卡。

他又在发脾气,恼怒道:"你连给我买礼物的钱都没了对吧,听说你在宿舍吃了好几天的馒头,许棠,你到底把我当成什么了?

"算我求你了,收下吧。"他说到最后,声音无比疲惫,"我知道你有骨气,你在我心里一直都有骨气,并不会因为你花了我的钱,就改变什么。木头,我们都退一步好不好?"

退一步,也不是不行。一只不断前行的蜗牛,遭遇困境,想在石头下遮风挡雨,也是可以的吧。

我默默地收下了那张卡。

尚且未花一分,吴婷婷带着一个很漂亮的女孩找到了我。那女孩叫温晴,也是池野一个圈子里的朋友。她比池野大两岁,之前一直在国外留学。

不同于吴婷婷的直率,她看着是个很温柔的人,声音也动听,对我笑道:"许棠,你要叫我姐姐哦,池野都是这样叫我的。

"那天他生日,说要介绍女朋友给我认识,结果到散场了你才来,也没顾得上说话。池野生你气了吧,别介意,他从前就是这个样子,脾气很臭的。"

恰逢中午,温晴友好地挽着我的胳膊,说要请我和吴婷婷一起吃饭。

我与池野那个圈子的朋友一向不熟,但我也知道,不应该不给面子,本来那帮人对我就多有微词。

我也是在克服困难,真心想和池野在一起的。

她们带我去高档西餐厅。温晴很温柔,见我刀叉用得不熟练,把牛排拿过去帮我切。她还跟我讲了好多池野以前的糗事。

在那个我融入不了的世界里,她们一起长大,吴婷婷喜笑颜开,说她干妈那时候最喜欢温晴姐了,称她是找儿媳妇的标准。

温晴嗔了她一句:"小时候的事了,你还拿出来说,许棠你不要介意啊,那都是岑阿姨开玩笑的话。"

我笑着摇了摇头,表示不要紧。

她又道:"你不喜欢吃西餐吗?我记得池野挺喜欢吃的。"

"不是,池野带我来过的。"

"哦,那你是不习惯用刀叉?"

"我切得不好,都是池野帮我切。"

"这样啊,他还是这么体贴。"

温晴嘴角始终噙着笑,又对吴婷婷道:"待会儿我们去逛街吧,和许棠一起,上次我在宝伦看中一条裙子,想去试试,你们帮我看看。"

吃完牛排,我推辞说想回去,温晴和吴婷婷亲热地挽着我的胳膊。

她们怂恿我试了一条很贵的裙子,然后自作主张地告诉导购员把这条包起来。

我说不用了,吴婷婷笑道:"我哥不是给了你一张银行卡嘛,该花就花呀,花完了再问他要就是,谁不知道我哥有钱,他还能不给你吗。

"没穿过这么好的衣服吧,你要多打扮,一起吃饭的时候他们打趣我哥不舍得给你花钱,他好没面子呢。"

那天,她们带着我买了好多衣服、鞋子、化妆品。我默不作声,直到将那张卡里的钱花得七七八八。

然后我没有回学校,去了池野的公寓等他。他回来的时候看到茶几上堆满的奢侈品购物袋,还挺高兴。

他说:"我听婷婷说了,她们带你去逛街,你买了好多东西,喜欢吗木头?"

我平静地看着他:"都在这儿了。"

他饶有兴致地翻看了下购物袋,又道:"钱花光了没?我再给你转。"

我拿出那张银行卡,放在了桌子上:"卡里的钱,加上这些东西,一共十万,我没动过。"

"什么意思?"池野终于意识到了不对。

我说:"池野,我们分手。"

这大概是我第三次提分手。

他愣了，然后笑了，凑过来搂我的腰："怎么了木头，钱花得不高兴？她们说你挺开心的啊。"

那天，我说了分手，他不以为然，抓着我的手，又在我耳边笑："别开玩笑了，多大点事就要分手，有什么事是解决不了的，床头打架还床尾和呢。"

他总是这样，冷战时说：多大点事需要冷战，来，我们坐下说清楚。

分手时说：分什么手，又没有什么原则性问题，来乖宝，哥哥抱抱，增进一下感情……

小打小闹的冷战、分手，似乎都成了增进感情的调味剂。

可是不是所有的冷战，都能坐下说清楚的。

如果什么都说得清楚，我的原生家庭就不会这样乱七八糟，我也不会活得这样糟糕。

我是如此敏感和自卑。

他和朋友聚会，别人都亲密地带着女朋友，唯有我，每次都不去。他说过我可以做自己，可是后来又忍不住埋怨、发脾气，说我根本不喜欢他，不给他面子。

他越来越生气，一听到我在外面做兼职，就满肚子怒火。我沉默地看着他跟我吵，然后习惯了扭头就走。

过几天，他再低声下气地哄我，说他错了，下次不会了。

慢慢地，我越来越不想理他了。他又开始想办法，打电话说他喝多了，可怜兮兮地让我去接他。

闹得最严重的那次，他让朋友打电话给我，说他病了，躺着起不来。我心软去公寓看他，看到的是装模作样的他，眼底藏着狡猾。

"木头，别生气了，哥哥错了，跟你道歉好不好。"

大三那年，他又一次提出，要跟我回家看看。因为他说，想毕业之后结婚，双方家长要先见一下，还说他爸妈很开明，早就想见我一面。

我心里不由自主地想，见什么？看我爸爸那不成人形的样子？还是看我妈见钱眼开的样子？

我沉默再沉默，最后开口说："我跟我妈妈关系不好。"

他说："没关系啊，我知道，以前那会儿听说过，你妈爱打麻将，很少顾得上你。

"没关系的木头，咱们就是见见家长，然后商量下结婚的事，以后有哥哥罩着你。"

"太急了，等工作稳定下来再说吧。"

池野不以为然："你想做什么工作，到时候都可以让我妈安排，反正我早晚是要接手家里生意的，还是你想先结婚？木头，当初我们说好的。"

在这份感情里，我终究是心生了退意。因为池野说他爸妈的结婚纪念日到了，特意点名邀请了我。

池野为此帮我准备了礼物，是他妈妈喜欢的品牌珠宝项链。

我说："你拿过去也没人会信是我买的。"

他搂了搂我的肩："是我俩准备的礼物，不单你一个人的。"

他又要带我去商场买衣服，这一次，我没有理由拒绝。丑媳妇总要见公婆。

池野妈妈比我想象的和善。她贵气、年轻，气质好，体态也好。她笑着跟我打招呼，说早就听闻过我的名字，儿子一直宝贝得跟什么似的不让见。

池野说他爸妈都会喜欢我。

可我后来从洗手间出来,去酒店会场的时候,听到他妈妈在跟温晴聊天。

温晴说:"阿姨总算见到许棠了吧,是不是很漂亮?"

池野妈妈笑了:"哪有你漂亮啊,我家那小子眼光不行,放眼前的看不到,偏被个小丫头迷了眼。"

"没办法,谁叫池野喜欢呢,他还说毕业后就结婚呢。"

"说说而已,哪能当真。"池野妈妈不紧不慢道,"结婚那么大的事,不把底细全都摸清楚了,怎么能行。"

"阿姨不喜欢许棠?"

"谈不上喜欢与不喜欢,总感觉小家子气,想着儿子栽她手里,有些不是滋味。当初我们都打算好了让他出国的,为了个小女朋友,死活不愿意去了。"

我没有回会场,而是沿着楼梯,漫无目的地在酒店楼下走了走,然后我看到了吴婷婷。她似乎是刻意来找我的。

从一开始,她就不喜欢我。

此刻她也懒得装,对我直言不讳道:"裙子挺漂亮,你不是不花我哥的钱吗,怎么,装不下去了?"

我一动不动地看着她:"你对我好像一直有恶意,为什么?"

"因为你不配啊,你不会真的以为你能嫁给我哥吧,不可能的许棠,实话告诉你,你的家庭底细,干妈已经调查得清清楚楚了,她什么都知道,所以不可能接受你的,因为她心目中的理想儿媳是温晴姐。你要是识趣,就自己主动走吧,别缠着我哥了。"

"我没有缠他,是他缠着我,所以这话,你应该去和他说。"

"你要脸吗,非要我哥知道你的真面目?"

"什么真面目？"

"你妈一把年纪了，还在捞钱，有其母必有其女，你不肯花我哥的钱，只是手段更高明罢了，你这种人我们见多了，何必装模作样。"

"你说话很难听。"

"这叫难听，更难听的我还没说，你敢把你家里那点破事告诉我哥吗？你自己也知道配不上他吧，别自取其辱。"

那天，宴会还没开始，我便提前离场了。手机直接关机，没有通知任何人。

我回了宿舍，看到美珍在煮泡面，我和她共同分享了一包泡面。

她不满道："你不是去酒店吃大餐了吗？跟我在这儿抢泡面，我都没吃饱。"

"那我再去买两包？"

"你什么毛病啊许棠？"

"我只是觉得，山珍海味不如泡面一碗。"

"哈？"

我和美珍坐在宿舍地上，我心里好难受、好憋屈，开始给她讲故事，讲关于我的每一个故事。

美珍目瞪口呆，抱住了我："棠棠，我一直以为你是这世上最幸运的人。"

幸运吗？

真幸运。

池野在他爸妈的结婚纪念日宴会结束后，就杀过来找我了。

他又生气了，恼怒道："天大的事你也不该招呼都不打，直接就跑了。木头，你明知道今天多重要，你这样我爸妈怎么会对你留下好印象？"

"不重要啊，我不在乎。"

"你说什么？你再说一遍！"池野不敢置信。

"我说不重要，因为我们走不到一起了。"

"又要分手？许棠你真行，你不会以为我一直吃你这一套吧？"

"你说什么？"

我骂了他。生平第一次，我眉眼阴沉，看他像看一个仇人。

无所谓，骂就骂了，我本就不是什么好人。我是一个从十八岁开始就盼着父亲赶紧离开的人。老实本分？其实骨子里，我早就是个烂人。此刻也不介意变得更烂。

池野简直气炸了。按他的脾气，冲过来打我一顿也是有可能的。

但他没有。他用手指着我，一步步后退，那眼神在说：行，许棠你有种！

我就是有。我都不打算要你了，你算什么东西呢？

池野离开后，我们一个月都没有联系，这是时间最长的一次冷战。

我也压根儿没时间跟他联系。

姑姑打来电话，说我爸没了。我从十八岁开始，便有了让他解脱的念头，所以真到了这一刻，并无半分感觉。这些年，他早就跟死没什么两样了。

我每次放假回家，帮他擦洗喂食时，都会忍不住哭一场。他变了形的身体，早已不是印象中父亲的模样了。只是最后，他死得到底没尊严了一些。

陈茂娟失踪了。她欠了一屁股的赌债，也不知是被人绑了，还是逃命跑路了。想来肯定是遇到了大麻烦，否则不会连守了好几年的破房子也不要了。

姑姑平均两三天去家里看一眼爸爸，她去的时候，爸爸已经死了。

活着太受罪了，他身上的皮肤因为护理不当，早就开始溃烂。死的时候，满屋子臭味。

我回去的时候，人已经火化了。谁都没有悲伤，姑姑也是。兴许在我们大家心里，他早就死了。

姑姑问我要不要报警找陈茂娟，我摇了摇头，说算了。

我回了学校，临近毕业，开始为将来打算。

翘首以盼的日子，就这么来了——再也没有陈茂娟，也没有爸爸了。

我以为自己不会哭。

表哥匆匆从东北赶回家的时候，顺便到学校看我，他摸着我的头，说："棠棠你瘦了，要好好照顾自己。"他说，"会越来越好的。"

我双手攥紧了他的衬衫，趴在他怀里，泣不成声。

我会越来越好的，可是我没有爸爸了，真的再也没有了。

那个笑起来憨厚的造纸厂工人，小时候拉着我的手，带我去吃老味汤面，买糖葫芦。我也曾骑着他的脖子，高高在上，笑声如银铃。

那时他说："棠棠，爸爸永远的小宝贝，好闺女。"

如今，我真的失去他了。

人间别久不成悲。所以，我已经没什么好再悲伤的了。

跟池野分手的时候，心灰意冷，看透了世态炎凉。

不知哪位好心人，拍了我趴在表哥怀里的照片，发给了他。

此时我们已经冷战一个多月了。他打电话给我，说要谈谈。我想了想，确实该做个了断。况且他公寓里还有一些我遗留的学习资料，以及一台不值钱的数码相机，数码相机里有一些还算珍贵的照片。

于是我去找了他,顺便收拾下东西。

在他拿出我和表哥抱在一起的照片之前,我有想过跟他好好告别的。我要告诉他我这一路走来的疲惫、我的自尊、他爸妈的想法。可是当他质问我的时候,我突然不想说了。

我说:"对,我就是因为喜欢了别人,才要分手的。"

池野不敢置信,红着眼睛,疯了一样,他还摔了我的数码相机。"许棠,你再说一遍!"

我看着他,眼神平静:"我一开始就说过,我们不一样,是你在强求,所以我会喜欢上别人,很正常。"

他将拳头打在玻璃酒柜上,血流不止。最后又跪在地上抱我,声音颤抖:"木头,你什么眼光啊,你怎么能喜欢别人?我不分手,没什么事是亲一下解决不了的,你说对不对?乖宝,我们不分手……

"亲一下,然后就当什么都没发生过,跟以前一样好……"

他将我拉进他的怀里,俯身吻我,我奋力挣扎,一巴掌打在他脸上。

"池野,你闹够了吗,给自己留点脸吧。"

池野眼中渗着红,又哭又笑,疯了一样。

离开的时候,我跟谁也没说,包括美珍。

我换了手机号,卸载了一切社交软件,去了表哥所在的城市。

坐火车的时候,外面在下雪。途经荒野,银装素裹的世界,茫茫一片。我呵气擦了擦车窗,真美呀。

记忆中高三那年,有天也是下雪,课间的时候,同学们兴奋地下楼打雪仗。

那眉眼桀骜的少年突然也来了兴趣，拽着我的胳膊，非要下楼去看雪。

我不肯，说要复习。

他没好气道："再学下去就真成傻子了。"

他拉我下楼，在人头攒动的操场上，在漫天飘落的大雪中，回头冲我笑。

四周很嘈杂，嬉笑怒骂声不绝于耳，可有那么一刻，我突然觉得世界安静了。天大地大，只有我和他。

他那样耀眼，笑起来那样好看。

时光不曾回过头，人也永远需要往前看。

我看着火车外的荒野，人迹罕至，大雪纷飞。

脑中突然又想起了年少时看过的那阕词——

> 黄鹤断矶头，故人今在否？
> 旧江山浑是新愁。
> 欲买桂花同载酒，
> 终不似，
> 少年游。

番外

池野篇

签约那日,东铭会议室坐了很多人。

负责人钱总在看到合约简章时,忍不住对海上的总裁特助周嘉乐道:"虽然很不道德,但我认为咱们完全可以趁机把佳创的产品搞下来,不明白老板怎么想的,竟然无条件融资。"

"老板不屑于乘人之危。"小周助理笑了笑,"再说了,人家佳创也不傻。"

"商场如战场嘛,说到底就是一些没背景的草根而已,洒洒水就对付了,老板还是太年轻,不够狠心。"

钱总是个四十多岁的中年男人,能坐上东铭负责人的位置,当然不是等闲之辈。但在总裁特助面前,吐槽自家老板,这就有些飘了。

小周助理皱眉,有些不高兴:"待会儿老板要过来,你说话注意点。"

钱总面色可见地紧张了下:"啊?池总不是不来吗?佳创签约这种小事,还值得他亲自出马?"

小周助理没有理他,踩着高跟鞋径直离开了。

旁边有人提醒钱总:"你不该在她面前说佳创那些人是没背景的

草根，小周助理是大山里走出来的孩子，最讨厌别人欺软，当心她给你小鞋穿。"

钱总无语。

东铭会议室隔壁是一间简约的小型办公室，隔着单面透视玻璃，从办公室看得到会议室每一个角落。

池野靠着办公椅，十指交叉置于身前，目光定定地望着隔壁的会议室，神情冷淡，声音也冷淡："她没有来。"

"是，佳创那边由余小姐和秦先生负责签约事项，他们是合伙人。"周助理抱着一沓资料，目光同样望向会议室，"许小姐今后应该只负责幕后，不会再出面了。"

"嘉乐，看到了吧，她从来不会向我低头。"

池野轻叹一声，笑得有几分悲切："她总是这样，什么都不说，不知道自己那副样子有多招人恨，其实只要她肯叫我一声，让我别走，我就一定会留下。"

"老板明明知道，让她低头很难，许小姐如果不是一身孤傲，很难走到今天。"小周助理说完，又补充了一句，"而且她能力出众，有孤傲的资本。佳创融资出问题的时候，几家行内公司都向她抛了橄榄枝，想挖她入伙，许小姐讲义气，不肯舍弃同伴罢了。"

池野笑了，他接过周嘉乐手中的资料，随意翻看："当然，她很认真，上学时成绩就很好，我那时为她做得最多的事，便是满世界找专业资料，她嘴里说的那些检修名词，有的我甚至听不懂，许棠她真的很优秀，我从不怀疑她的能力。"

"她只是，没有爱一个人的能力罢了。"

池野声音很淡，小周助理笑了笑，并不认同："她有，只是还不到时候。"

她知道老板听得懂她的话。果然，他勾了勾嘴角："所以我在等。"

等她功成名就，自己把自己托举起来，等她能够傲然挺直身板，救自己于深渊。

只有到那个时候，他的木头大概才会学着怎样去爱一个人吧。

在国外治病那两年，他反复情绪崩溃，郁郁寡欢。

感情这种事，放别人身上，耗费一些时间总能走出去，只是他自幼便有些偏执。

从小到大，应有尽有，一直活在云端。忽有一日看到了自己的月亮，心驰神往。然后迫不及待地将整颗心剖出给月亮保管，想一辈子挨着她。

最后，月亮消失了，还把心扔了，摔得稀巴烂。

那曾是他一辈子的仰望。他未来所有的规划、人生意义，均与她有关。

池野后来无意间在网上看到这么一段话：如何在感情上摧毁一个男人？

在他最爱的时候离场，以及无缝衔接。

这些，许棠都做到了。

他满心欢喜想跟她结婚共度余生时，她说自己喜欢了别人，然后消失不见。

他命悬一线时，她也没有回头看过他一眼。

绷不住，真的绷不住。

情绪崩溃，痛不欲生。

若非岑女士红着眼睛告诉他，许棠没有喜欢别人，照片上那个人是她表哥，他可能终生都得不到救赎。

治病期间，想的全是记忆中最美好的事，与许棠在一起的点点滴滴。

她文静内向，除了在校外兼职打工，其实很宅，不喜欢出门。

二人在公寓时，客厅地毯上铺满了许棠的书。

许棠一会儿盘腿坐着，一会儿仰面躺着，一会儿又翻过来趴着。她在看书，看那些乏味又无聊的专业书。

池野觉得没意思，但她看得很认真。常戴的那副近视眼镜下，她的眼睛专注至极，黑瞳纯粹又深邃，透着股韧劲儿。

她留齐耳短发，仰着躺下时，头发稍微有些凌乱，也有些俏皮。

许棠皮肤很好，阳光斜射到客厅的时候，她抬了抬头，微微眯眼，抿着唇，脸庞在光线的辉映下，镀上一层美丽的光芒，如此皎洁曼妙。

他清晰地看得到她脸上细细的绒毛，以及晕染开的光晕。

池野沦陷在这心动之中，一颗心加速跳动。

每每这时，他便开始凑过去，拿开她手中的书，往她怀里钻。

"你干吗呀？"许棠抱怨，但声音软软的，脸还有些红。

她穿了件宽松 T 恤，领口很大，随便一扯锁骨便露了出来。池野伸手环她的腰，紧贴着她，心满意足地把脸埋在她白皙脖颈处，勾着嘴角："眼睛都看坏了，休息会儿乖宝。"

他喜欢和她待在一起。但他又是个爱热闹的人，她沉迷看书时，也很无聊。于是他会欣然接受组局，呼朋唤友，跟一群发小或朋友出去聚聚。

许棠不喜欢那种场合。他也不勉强，留她在家里看书，自个儿出去。

酒吧卡座，纸醉金迷，音乐与灯光交错，满桌子的灯红酒绿。

认识或不认识的女孩，容颜娇媚，往他身上凑，还有奔放大胆的，直接坐他腿上。

池野不好这口，觉得挺没意思的，没多时便提前离场了。

回到公寓时，打开门，见许棠已经走了。

她回了学校，厚厚一沓书在地毯上，整整齐齐地码放。

下午的时候，这里还挺热闹，转眼就冷冷清清。

其实也称不上热闹，许棠是个很安静的人。但只要有她在，他就觉得心花怒放，入目之间皆是热闹。

她不在，怪没意思的。

池野坐在地板上，翻看了一眼她的书，心里便想着，毕业后一定要先结婚。木头不好哄，总不肯搬过来跟他一起住。结婚的话，她就能心安理得地花他的钱了吧……池野不由得轻叹一声。

许棠也并非完全不接受他的馈赠。他带她出去吃饭、约会，负责一切开销，她愿意的；节假日送些小礼物，只要不太贵，她也愿意的。偶尔小的纪念日，发个红包，她说最多520，因为室友男朋友最多也就发这个数。

她如此斤斤计较，说想谈一场正常的恋爱。

转账一万八就不正常了？池野有些无语，一万八对他来说就是个零头而已。

可是许棠不会要，她去校外奶茶店打工，一个小时八块钱；接辅导工作，一个小时十五块钱。

她闲暇的时间，都用在这上面了。

多累啊，他每次一想，就觉得心烦气躁，很心疼。她甚至一个月挣不到他一顿饭钱。

可是有什么办法，许棠不觉得累，她说这就是她的生活，她很安心。既然谈恋爱，就要按她的规矩来。

真是被气笑了。

池野治病的时候，全靠回忆撑着。

他恨许棠。可是冷不丁地也会想起，大三那年他说要见一下她爸妈，许棠沉默了许久，才开口道："我和我妈妈关系不好。"

当时他很心疼，未作他想。他一直知道她的家境不好，爸爸是植物人，妈妈喜欢打麻将不太管她。他知道的，仅这么多而已。

这么些年，从高中到大学，他们一直在一起，他自然没有心思细腻到再去打听什么。

所以许棠对于毕业后结婚的想法，又说："太急了，等工作稳定下来再说吧。"

他以为，她只是没准备好，不想这么快结婚。却不曾想到，原来那是许棠在给他们机会。

等等吧，社会底层的人，改变命运的机会不多，我已经把书读得很好了，只待参加工作，能够站直了身子，做出和读书一样好的成绩。待我托举起自己，即便站不到跟你相同的高度，但至少有了支撑的底气。

再等等，我也会有全心全意爱你的能力和勇气。

可是当时的他不懂啊。他像个傻子，一无所知。

在异国他乡，想明白一些事后，他颤抖着身子，哭得不能自已。

木头，木头你为什么不说？我又为什么不懂？

如今我懂了啊，知道那时我们都太年轻，我第一次爱人，你第一次试着去爱人，都尽了当时最大的能力。

我知道，在那个时空里，我们都尽力了。

这段无疾而终的感情，只是输在年轻罢了。

六年之后的池野，接手了家里的公司，一路也是靠着能力令人诚服的。

成熟稳重的男人，有深沉的眼睛，看得透一切世态本质；也有雷霆的手腕，处理事情刚正果决。

他脾气依旧不好，不爱笑，眉眼垂着，想法在大脑里飞速运转。

坐在集团大楼的办公室里，临窗眺望远处江景，一览无遗。他知道，许棠现在也在这座城市。

他反复做一个梦，梦里是如今的他去了嘉成高中，遇到了那个胆怯不爱说话的女孩。

那是十七岁的许棠。

她穿着洗得发白的校服，脚上是一双帆布鞋。

她从小到大都是短发，因为习惯了，小时候也没人给她扎头发。

她背着沉重的书包，其实背负的是属于她的整个世界。

在那里，她眉眼青葱，他成熟稳重。

一个穿着校服，一个穿着西装。

他们站在一起，看教学楼西面沉下的太阳。残阳尽染，鲜艳一片。

成年后的池野看着她，眼神缱绻，声音温柔："跟我说说好不好，说你的童年记忆，说你的至暗时刻，以及曾有过的幸福时光。"

说你是如何一步步缓慢前行，遇到过谁，感激过谁，谁又保护过你，给你支撑的力量。

你有没有遗憾，对未来有哪些期盼？

让我了解真实的你，看到你的恐惧和不安。

让我真正地认识你，看清你的来路和去处。

那个年轻不懂事的小子，让我来跟你说声抱歉。

圈子里谁都知道，池家的那个小子，爱上一个灰姑娘，然后被甩，承受不住打击，车祸之后又患了病。

他们想议论，又不敢议论，因为池家明令制止过谣言，没人敢得罪。

池野自幼性情桀骜、乖张，与其父母的宠溺不无关系。就这么一个宝贝儿子，自然是任由他胡闹。

他一直以为父母很开明，与他们相处得和朋友一样。他全心全意地信任他们，以为将来许棠入了门，也能感受到父母同样的爱。

岑女士亲口说的，她有一套传家的翡翠，要送给未来儿媳。她还曾亲口说，只要儿子喜欢的，他们都喜欢。

原来最亲的父母，背后也会是另一副面孔。

她后来知道错了，在他振作不起时，哭得泣不成声："许棠没喜欢别人，儿子，你养好了就可以去找她，妈妈再也不干涉你们了，妈妈错了。"

她真的知道错了吗？

许棠消失后，他疯了一样挨个儿去问，那个与她关系不错的室友美珍生气地告诉他："你放过许棠吧！她吃不惯你们的山珍海味，就让她去吃泡面，她高兴她乐意。你们何必看不起她，又装模作样地接受她。"

池野这才知道，那天的宴会上，许棠都经历了什么。

他一瞬间如坠冰窟，愤怒地红了眼睛。他最爱的姑娘，心高气傲，这么多年不肯花他一分钱，一身骨气和骄傲。他知道，那是她穿在身上的铠甲，扒不下来。可是，他的家人瞒着他，非要给她扒下来。

愤怒，心疼，揪得他喘不过气。

他开车要去质问他的母亲，然后在大桥上出了车祸。

命悬一线的时候，似乎感受到了周围的人在抢救。入目一片白，全是冰冷的味道。

如果就这么死了，岑女士满意了吗？

许棠，会哭吗？会来参加他的葬礼吗？

不，她不会来，她连万分之一的机会都不愿给他，她从不曾回过头。

爱着爱着，恨也开始隐隐作祟。

抢救回来后，他与岑女士的关系一度不好。

岑女士为了讨好他，将打听到的一切都讲给他听。

许棠的童年、不堪的妈妈、造纸厂被灌的农药、麻将馆老板的觊觎、拳打脚踢的殴打……还有，她最喜欢的，三块钱一碗的老味汤面。

池野低低地笑，觉得这世界荒唐极了。

从始至终，她想要的，不过是一碗三块钱的面。他捧着山珍海味到她面前，还以为自己很了不起。

许棠是四年前回来的。那时他也已经回国，开始接手家里公司。他知道，她在和美珍以及秦鹏一起创业。

上学那会儿，秦鹏也是学校里出了名的书呆子，埋头苦干那种。其实他们的公司早就开张了，只不过一直不景气，不温不火。

许棠加入后，公司改名为佳创，正式开始搞开发。

这城市很大，但是只要有心，便会知道她的消息。

知道她废寝忘食，一心扑在项目上。知道也有人慧眼识珠，欣赏她这样的姑娘。

她没心思谈恋爱，只想将公司做大。

池野想过再也不去打扰她，可他后来做了一件连小周助理也不知道的事。

佳创那不到十人的小公司里,有他安排进去的一个程序员。无意打扰,只想知道她过得好不好。想看着他的月亮,靠着自己,从泥潭里升起来。看她站稳脚跟,昂起头,有了爱人的能力。

届时,说不定他们会重逢,他会站在她面前,问她愿不愿意请他吃一碗三块钱的老味汤面。

然而,这个社会上的任何事都没有全然的保障。佳创的融资方因一些内部矛盾,出现了问题。池野莫名有些烦躁,眼看着就要成了,怎么就非要横生枝节。

木头想靠自己站起来,怎么就这么难?

怎么就这么难!

他曾经对自己说过,绝不插手许棠创业的任何事。可是真到了这一天,他竟然想给佳创的融资方再投资。

后来,因那家公司情况比较复杂,最终作罢。

这些年,许棠变得圆滑了。曾经一身孤傲的姑娘,经历过社会的摔打,习得人情世故,学会了遵守规则和低头。也是,从来没有一个成年人逃得过现实的荼毒。不肯低头,只能说明被打得不够狠。

许棠对佳创付出了自己全部的心血,美珍和秦鹏在金钱上投入了全副身家。他们输不起,所以许棠去求了永丰的徐总。

池野有些郁闷,是他的东铭不配了?

他当然知道,许棠顾虑的是东铭背后的大老板。若非万不得已,她不想与他产生任何交集罢了。这认知令他又开始烦躁不已。

行业酒会,他本没必要去的。

分手六年后,二人第一次正式见面,真到了这一刻,爱她也恨她。

看她卑微地围着别人转,把头低了又低。

能向别人低头，为何就不能向他低头呢？她从来没有向他低过头，一次也没有。

其实只要她肯低头，他什么都愿意做的。

心底深处，池野始终对她怀有怨念。

当年他拿着照片质问她，她为何就不能开口说一句那是她表哥？

分手的时候，冷眼旁观他情绪崩溃，像个疯子。他甚至给她跪下，毫无尊严，以为她移情别恋，仍旧苦苦哀求，不愿放手。

谁没有骄傲呢，谁不曾一身傲骨。他这一辈子，从未那样狼狈过。

出车祸在医院的时候，他都要死了，她为什么就是不肯回来看他一眼呢？

如此绝情。甚至回来这四年，她也从不曾打听过他。

年少时炽热的爱恋，换不来那万分之一的回眸。

他看着她讪讪的神情、尴尬的眼神，一颗心早已凉透。

她根本不想见到他。

一切都只是一场笑话吧。

小周助理同他演了一场戏。她在宴会上喝了几杯酒，脸颊泛红，含着几分醉意："老板，只要她脸上有失落的神情，那就是心里还有你。"

周嘉乐趴在他怀里装哭，一双眼睛瞄来瞄去。

许棠没有回头，余光瞥了一眼，像没事人似的，匆匆离开了。

她放下了，早就放下了。

凭什么她这么轻易地就放下，将他当作一个视若无睹的陌生人？

相爱过的两个人，再见面时，怎么会如此令人绝望？

周嘉乐尴尬地安慰道："她不是近视吗？说不定没戴隐形眼镜而已。"

这蹩脚的理由,池野竟然信了。

他其实早就准备好了让东铭主动去对接佳创,所以当许棠来求他的时候,他很意外。

许棠把姿态放得很低,将公司的前景细细说给他听,而对于他这个人,只字不提。

身体里曾经断裂的肋骨隐隐作痛。她是那样平静,原来陷在过去走不出来的,只有他一人。

他没办法不恨她,控制不住地恨她。恨她当年的不辞而别,恨她对他生命的漠视。池野觉得自己的情绪病又要犯了。

爱和恨,悲和怒,它们相互交织,将人绞杀得鲜血淋漓。

这段感情终究需要一场了断。无论是他和许棠,还是曾经欺负过她的吴婷婷、温晴。

这些年,他与她们并未多见。只是吴婷婷每次打听到他在什么地方,总要巴巴地凑过来,一口一个"哥",热络无比。

还有温晴,年龄也不小了,家里介绍的相亲对象也不见。

她们都以为,池野已经放下了。

其实他不过是在等,等有朝一日,还能当着许棠的面出一口气。

他能做的不多,最后山水一程,恩怨两清。

从会所离开时,他站在门外,脚步停顿了下。

重提的那段过往,很痛。他说的话,也很重。

但他盼着许棠开口。

这份感情里,她从来没向他低过头。其实只要她说一句"池野你别走",他就会回头,不顾一切地去拥抱她。

她什么也没说。

周嘉乐伸手去握他的手时,也没说。

小周助理惶惶不安："老板，是你让我这么做的，你以后可别怪我啊。"

怎么会怪她呢。这个从大山里走出来的女孩，同样有着不幸的童年，也是她告诉了他，一个家境贫困、吃过苦的女孩，成长路上有多么敏感和自卑。

因为没有自尊，所以才格外自尊。

池野常常在想，若是许棠从未遇到过他，会不会也能像嘉乐一样，一路披荆斩棘，顺利通关；像嘉乐一样，有个爱她、护她的男孩子当男朋友。那男孩可能普普通通，没有好的家境，但满心满眼都会是她。

他不想承认，但是不得不承认——会的。

人生路上，那么多条岔路口，谁也不知哪一条顺当。

许棠遇到了他，兴许是运气不好吧。

离开会所后，她打车去了中心大厦的商品街。他开车跟着。

夜深人静，饰品店放着一首曲调很悲的歌。

她埋头吃面，一直未曾抬头。

池野的车停在巷口，他看着她吃那碗三块钱的面，点了支烟。

他一直看着她。

她在哭，眼泪簌簌地掉落在碗里。

他红了眼睛，深深地呼吸，努力控制自己翻涌的情绪。

人生的岔路口那么多，他们是两个不适合的人，但他偏又遇见。

他知道，不该，但甘之如饴。

别哭啊，木头。

你不肯低头，我也不再强求。等你站起来，功成名就。若是愿意，那便还是由我，主动去牵你的手，背你高中时最喜欢的那首《芦叶满汀州》。

芦叶满汀州,
寒沙带浅流。
二十年重过南楼。
柳下系船犹未稳,
能几日,
又中秋。

许棠篇

三十岁生日这天,许棠接到了宋贝贝的电话。

小丫头嗓音甜甜:"姑姑生日快乐,你什么时候来东北呀,我们一起去看冰雕。"

许棠忍不住笑:"谢谢贝贝,明年吧,姑姑一定抽时间,最近好忙。"

"你说话要算话哦,奶奶整天念叨你呢,她说前几天打电话给你,你没接,后来也没回。"

"哎呀,当时想到回电话了,结果太忙给忘了。"许棠拍了下脑袋,有些懊恼。

"没关系呀,爸爸也是这样说的,他说你在新公司负责一个大区的总产品营销,每天都要开会呢,让我们不要老是打电话给你,可是我真的有点想你，昨晚还梦到你了呢。"

宋贝贝已经上小学二年级了，性子很是活泼。

许棠嘴角噙笑，刚要开口问她作业写完没，电话那边又开了口："姑姑，爸爸要和你说话。"

她大概知道表哥宋新宇想说什么。

果不其然，那边宋新宇又在问："棠棠，郭哲最近联系你没？有什么进展吗？"

郭哲，是宋新宇的高中同学，三十四岁，大学教师，至今未婚。

虽然表哥一家如今在东北，但他对她的终身大事还是很关心的，隔那么远，还不忘想方设法地帮她介绍对象。

她有些无奈："一起吃过两次饭，后来就没怎么联系了，大家好像都很忙。"

宋新宇又是一番说道，无外乎就是"工作再忙，也要抽空谈恋爱啊，你都多大了，事业心强是好事，但身边没个知冷知热的人也不行……"

话锋一转，又开始抱怨郭哲，三十四的老男人了，心里没点数，找对象不积极，活该单身。

眼看他说个没完没了，许棠赶忙打断："姑姑在吗，我跟她说几句。"

"不在，出去遛弯了。"

"哦，那先挂了啊哥，下次聊，我这边要接个电话。"

倒不是刻意结束通话，她确实有件工作上的事要忙。

一年前，她从佳创离职，接受了行内一家小有名气的科技公司的聘请，负责整个华东区域的总产品营销。

大老板姓魏，原本是挖她过来做产品开发的，结果许棠自告奋勇，去了营销组。

魏总很意外，说可惜了她的本事。

许棠笑了笑："说不定我在营销方面的本事更大，魏总难道不给机会？"

她总是这样，说话温声细语，长相温温柔柔，眼中却有股韧劲。

魏总应了："先说好了，一年时间，不行的话你还是要去开发组。"

他是个惜才的人。

三十岁，而立之年，许棠整天忙得像个陀螺。每天与各区域负责人开会、沟通、策划，不时还要出差，巡查市场，亲自做调研。

一开始，那些年龄大她许多的各分区领导不服，但每次她都能够头头是道地分析、讲解各类型产品，态度温和却有不容置疑的底气。

慢慢地，人人也都习惯性地唤她一声"许总"。

许棠拿到了百万年薪。第一年就把欠表哥的三十万还了。当初在佳创创业，她是管表哥借了钱的。

东铭融资之后，她从佳创离了职。对此美珍气得好久不理她，说她脑子坏掉了。

许棠也很茫然，不知自己做得对不对。但对她来说，佳创是在池野无条件的帮助下脱离困境的，她感激他。

他说至此两清，她便觉得自己也应遵守规则。

虽然后来，海上的总裁特助周嘉乐找到了她，表明自己是有男朋友的，那天在会所是假的。

她道了歉，说她和自家老板想一出是一出，做事冲动了。还说第一次的行业酒会，也是她提议去试的。老板对她有着莫名的信任，因为她总能将他的往事分析得很有道理。

周嘉乐是大山里的孩子，当年能靠着读书自己走出来，不知有多难。走错一步，可能就要留在山里，当一个山里媳妇。

池野信任她，因为她虽然不认识许棠，却似乎比任何人都了解她。

周嘉乐还说，老板有情绪病。前些年在国外治疗得也算稳定了，但是他不能遭受太大的刺激，一旦心情压抑或过度紧张，又要开始接受药物治疗。

那天他们在会所，老板明显是情绪上头，有些失控了。他在公司一向杀伐果断，头脑清明，却在那个时候发信息给周嘉乐，让她去房间门口接他。

周嘉乐说："对不起啊，我当时就预感到这次可能不妙，还特意告诉了老板，是他让我这么做的，以后可别怪我。"

周嘉乐情商很高，也会察言观色，见许棠始终没说话，干脆又道："我实话跟你说了吧，我们老板那天开车跟了你一路，回来后又开始接受药物治疗了，他挺矛盾的，跟我说不该对你说两清，说那么重的话，有意让你难过。

"但是如果不说，他撑不下去的。许小姐，他真真切切地爱了你那么多年，也真真切切地恨了你那么多年。

"毕竟，我们老板也是人，是人就不可能绝对地理智和清醒，他需要发泄，有爱恨情仇都是正常的，我觉得换作别人，不一定比他做得更好，你觉得呢？"

许棠沉默着，终于开口道："他现在呢？"

"啊？"

"现在还在吃药吗？"

"哦，现在不吃了，最近情绪稳定了很多。"

"是他让你来的吗?"

"是我主动要来的,他没拒绝,什么也没说。"

"好,我知道了,谢谢你啊。"

周嘉乐有些迟疑:"所以,你还会见他吗?"

"周小姐,他从国外回来这四年,情绪病发作的次数多吗?"

"呃,我是两年前才当上总裁特助的,之前不太清楚,但是最近两年,几乎没有过。"

"这样啊,意思就是如果不是这次见到我,他会一直很好。"

许棠轻叹,声音很低:"就这样吧,我们不适合再见,我也不应该再出现在他面前。"

周嘉乐没来之前,她不知道自己离开佳创的决定对不对。

周嘉乐来了之后,她确定了自己是要离开的——在佳创即将步入辉煌之际,义无反顾地离开。也难怪美珍生气,好久都不理她。

好在,她在如今的公司也算做出了业绩。

人人都知,营销组的许总是个性情温和的女人,但若触怒到了底线,也是很凶的。

比方华南区域的营销负责人康总曾仗着身份,在公司茶水间胁迫手底下一小姑娘晚上和他一起去饭局,小姑娘咬牙不肯去。

他态度强硬,破口大骂:"做销售不想陪客户,那你干脆别干,随便应聘一家公司做文职,拿两千多的工资,没人逼你,别在这儿又当又立!"

康总骂骂咧咧地离开,小姑娘一个人在茶水间,接水的时候手都在抖。

许棠看到了,帮她拿稳了杯子。

小姑娘哭了:"许总,我不是不知道怎么做销售,也愿意参加饭局,但是不能和他一起。上次他喝了几杯酒,就开始动手动脚,还说太晚了让我跟他一起住酒店。"

许棠沉默了下,道:"你可以申请转部门。"

"他不批啊,我辛苦工作一年,眼看就要拿年终奖了,这个时候走多亏。不怕您笑话,我家里没钱,我妈癌症要靶向治疗,可贵了。"

许棠知道,自己不该管这事的。人都有自己的难处,康总那个人,跟了魏总很久了,为人狂妄,不宜得罪。

但她也不知怎么了,在给魏总汇报工作时,欲言又止,开口道:"您晚上有时间吗,我想请您吃个饭。"

魏总很意外。他都快五十岁了,是个保养得当、看起来还算儒雅的老男人。

许棠身上,有那些年轻小姑娘没有的沉稳。她性情柔和,长相也温柔,整齐的黑长发,白净的一张脸,衣着干练,微笑的时候,嘴里有颗若隐若现的虎牙。

很难不心动啊。

魏总答应了,还不忘发信息给老婆——晚上有饭局,不回去吃饭了。

结果当许棠带着他,在饭店一处无人包厢,将对下属小姑娘欲行不轨的康总逮了个正着,魏总才知道她什么意思。

魏总当下心里郁闷,将火气全部发到了康总身上,把他骂了个狗血淋头,让他不行就从公司滚蛋,并将小姑娘调到了别的组。

当晚,魏总让司机开车送许棠回家。

到了楼下,魏总下车,有些不快:"小棠,这种事你可以直接说的。"

"我说了,您不会信。"许棠微笑,面上是一贯的从容。

魏总自然是一番面子上的斥责，临了竟又问她："一个人住吗？"

许棠点头，同时又笑道："天太晚了，就不请您上去喝茶了，您快回去吧，刚才吃饭的时候大姐还发了信息过来。"

魏太太偶尔也会到公司去。

那是个很聪明的女人，如许棠这类人的微信，她都加了，平时偶尔还会送套护肤品。

许棠一贯叫她大姐。三十岁的她，也早就活成了人精。

魏总一听，面上更不快了，"哼"了一声，转身上车回去了。

许棠松了口气，正也要离开，一转身，在小区门口看到了一道熟悉的身影——是池野。

这套公寓是她今年刚付了首付买下的，简单装修了下，搬过来不久。除了美珍，没人知道。

小区门口种了灌木，以及葱郁的常青树。

池野身材挺拔，深蓝色的衬衫，袖子照例卷到小臂，斯文之中又显得随意。

他原本是站在那儿抽烟的，看到她后，拿下了含在嘴里的香烟，走向了她。

许棠一时有些紧张。她明明已经那么沉稳了，遇到再焦头烂额的事，都能镇定地处理，可唯独在面对眼前这个男人时，还是会心里发紧。

似乎看出了她的紧张，池野笑了，声音低沉："这么晚回来？"

"嗯。"

"一起走走？"

"……好。"

距离上次在会所见面，已经时隔一年。

许棠的头发又长了许多,她不爱染发,也很少折腾,因而发质很好,整齐地披在脑后。

小区外的那条街,路灯亮着,风吹过灌木丛和常青树,发出窸窸窣窣的响声,还带来了她身上淡淡的香味。

池野有些恍惚。许棠从前是不用香水的,到底是变了。

二人并肩而行,路灯下,一道长的影子挨着一道矮出许多的。很久很久,他们都没有说话。

最终是许棠打破了平静:"你……你最近忙吗?"

"挺忙的,"池野笑了,又补充一句,"我一直都很忙。"

"哦,我也挺忙。"许棠说道。

语罢,又陷入了长久的沉默。

"许棠。"

"池野。"

突然,二人又一同开口,叫了对方的名字,然后一愣。

池野勾了勾唇角:"你先说。"

"没什么,就是想谢谢你。"

"谢什么?"

"谢你当时肯出手帮我们。"许棠轻声道,"佳创的事,我一直很感激你的。"

"不恨我吗?"

"为什么恨你?"

"我当初说的那些话、做的那些事,你不恨我?"

"不恨,池野,你不欠我的,我对你只有感激。"

"只有感激吗?"

男人双手插兜,含着笑意,问得漫不经意。

他的眼睛深沉无比,黑瞳藏着无底暗河,幽暗不明。

许棠心里一紧,下意识道:"当、当然了。"

"这样啊,许棠,我不一样。"

一句话,使得她又愣住,呆呆地望着他。

池野笑了:"都说了恩怨两清,十七岁到现在,认识有十三年了吧,就算是普通人,也该有同学之间的情谊吧。"

"嗯,有的,你说的两清,还说以后不必再见,我以为……"

"这么听我话?那当初我说不要分手,为什么不听?"

见他旧事重提,许棠的脸白了下。

池野眼睛弯了弯:"随口一说,你别在意。

"许棠,人这一生,没有多少个十三年,所以我无法把你当成一个陌生人,既然说了恩怨两清,以后就是朋友,可以吗?"

"……可以。"

"嗯,作为朋友,提醒你一句,刚才那个大爷,不适合你。"

"大、大爷?"

许棠脑子抽了下,这才反应过来他说的是魏总,顿时脸色一红,说道:"他是我老板。"

"他不老实。"池野意味深长,"你不要走弯路。"

"没有的事,你不要胡说。"

"没有就好,相识一场,你年龄也不小了,要是有打算找男朋友,就像你当年说的,谈一场正常的恋爱,可以吗?"

"可以。"

"好,时间不早了,你回去吧,我也该走了。"

那之后,池野有天加了她的微信。通过之后,一句话也没有说。

许棠想,他兴许是真的想把她当一个普通朋友。节日的时候发句祝福，偶尔看一下对方朋友圈的动态，也挺好。

虽然，池野的朋友圈一片空白，她的朋友圈都是产品宣传和推广。

许棠有些尴尬。

后来投入工作，她又是那个有条不紊的许总了。

只是那日得罪的康总，有次在总营销区域的大会上，当着很多领导的面损华东一些商区形象不入流，管理不行。

许棠倒也镇定，讲话的时候，眉眼平静地看着各方领导，也看着魏总，最终看向康总："康总说的那些问题，我接受，但想问一问康总，您华南的季度营销达标了吗？比得上华东吗？

"如果比得上，随便说，但是您比不上，所以请接下来，将目光放在华南，过分关注别人，可能会影响您的判断，以及管理水平。

"今天这种场合，公开批判不是主题，显得小家子气。大家都是为公司出力，所以您好我也好，您不好，我没义务惯着。您觉得呢，魏总？"

一番话，说得康总颜面扫地。

许棠站直了身子，始终面带微笑，那笑意之中，夹枪带棒。公开场合，大区会议，他莫不是以为她会忍气吞声？

都怪她，平时太和气了。

她知道，公司有些领导，私底下议论她是女人，言语间常有暗嘲之意。无所谓，当一个人的能力经得起诋毁，我不管你背后的议论，见到我麻烦笑漂亮一点。你不漂亮，我会翻脸。

这才是努力的意义。

站在高处，你拥有更多选择权，拥有翻脸的资格。

会议过后，许棠在办公桌前翻阅季度报表。桌上放着咖啡，电脑前摆放的照片,是她和小侄女宋贝贝贴在一起的脸。

手机响了下,是那个大学老师,郭哲。

郭哲问她晚上有没有时间一起吃饭。她想了想,觉得表哥说得对,应该给彼此一个了解的机会。

郭哲戴着一副框架眼镜,又高又瘦,看着话不多的模样。

三十四了,还没谈女朋友,老实得有些过了头。

吃饭的时候,他依旧话不多,很多时候还需要许棠来找话题。总之是有些累的。

吃完饭后,郭哲主动送她回家,他有些不好意思地挠挠头,问她明天还能不能一起看电影。

许棠愣了下。

他懊恼道:"我很无趣吧?你看不上我,也没关系的。我觉得自己确实不太配得上你,你表哥说不试试怎么知道,我被他鼓励一番,才有勇气再约你。"

许棠一瞬间有些触动,笑道:"不要这么说,你很好啊,明天看电影我请你吧。"

二人此后,开始偶尔联系。郭哲的话也逐渐多了一些。

一个月后,他约她到家里做客,说他妈妈做饭很好吃。

在那期间,许棠罕见地接到了池野打来的电话。

接电话之前,她还挺紧张的。接了之后,发现池野也只是寒暄。他笑着问她吃饭了吗,最近忙不忙,说国外的阿姨寄了几箱红酒过来,听说她房子里有空着的红酒架,想送她几瓶。

许棠赶忙道:"不用了,我很少喝红酒的。"

"但是你很能喝,半瓶都不会醉。"池野揶揄道。

一年多的时间而已,当初她去求池野的那一幕,还历历在目。

握手言和,其实是那么简单。

许棠不由得讪讪:"我也不知道自己酒量那么好。"

"是啊,我们在一起的时候,你也没喝过酒。"

"是你不让我喝。"

"嗯。"

池野低笑一声,声音很轻:"不舍得。"

"什么?"

"没什么,你最近很好吧?"

"很好。"

"交男朋友了?"

"还不算,在相互了解中。"

他声音一贯好听,还含着几分笑意,许棠又有些紧张,忍不住道:"是美珍告诉你的?"

"嗯,我有时会见到她。"

许棠方才还在疑惑,为何他会知道她家里有个空着的红酒架,此刻心里叹息一声,美珍还真是什么都往外说。

"他很好吗?"池野又开了口,声音很平静,听不出什么意味。

许棠于是老实回答:"他是老师,是个不错的人。"

"这样啊,那你们,好好相处。"

"……好。"

挂上电话,许棠仍觉得像是在做梦。

周末,郭哲约了她中午来家里。

上午时间尚早,她想抽空去一趟原来的家,拿些东西。郭哲便说要开车带她去,帮她拿。许棠想了一想,同意了。

自从爸爸过世,她去了东北,回来之后的这五年,又在外面租房住,已经很多年不曾踏入那个家了。破旧的小区,至今也没能拆迁。

许棠喜欢看书,新房子里的书架还空了很多位置,她想回来把以前家里那些旧书拾掇一下。

让郭哲一起来是正确的。说实话,她有些怕那个家。

那些不好的记忆,以及死在这房子里的爸爸。

人都说,自己的至亲是不应该怕的。可是许棠真的怕,潜意识里,她始终觉得自己对不起爸爸。

这么些年,摸爬滚打,看似金刚不坏,实则还是胆小如鼠。

但是怎么可能不害怕呢?站在防盗门外,她惊恐地发现门锁是新换的。一瞬间,面色惨白。

屋里的人也已经听到动静,一下把门打开——是消失了七年的陈茂娟。

她好吓人,瘦得皮包骨头,头发乱糟糟,干巴巴的一张脸满是褶皱,一双浑浊的眼睛滴溜溜地转。在认出许棠的那一刻,她突然发出刺耳的尖叫声。

许棠还没反应过来,人已经被她拽进了家里。

愤怒的骂声和疯了一般的扭打……

"你死哪儿去了!我到处找不到你!你这个小贱蹄子,你想不管我,门都没有!

"我是你妈!今后你走哪儿我跟哪儿,躲着我,让你躲着我!打死你……"

一瞬间,记忆扑面而来,炸得人头皮发麻,如坠冰窟。

门外站着的郭哲,目瞪口呆。

待到消停下来,许棠头发被扯掉了几缕,脸上也被指甲挠出了痕迹。

陈茂娟也一样,在许棠愤怒的反抗下,脸上挂了彩。

郭哲连门都没进,站在外面不知如何是好,他大概也被许棠张牙舞爪的样子吓到了。

陈茂娟骂骂咧咧,目光瞄向郭哲,径直扑了过去:"你是她新找的男人是不是,我是她妈!你要想跟她在一起,就得管我,给我钱花,我一辈子都要跟着她的。"

郭哲后退几步。

许棠沉默着,抬头看他:"你先走吧。"

他迟疑了下,面对疯子一样的陈茂娟,欲言又止,最终下了楼。

许棠觉得自己又要撑不住了。手在抖,身子也在抖。明明她都已经站起来了,偏偏陈茂娟回来了,又要让她跪下。陈茂娟阴魂不散,像个鬼一样。

许棠深吸一口气,对陈茂娟道:"以后,我每个月给你两千,你不要缠着我。"

陈茂娟的目光落在她的衣服上,品质和品位都不错,再不见从前那副寒酸样。所以她狞笑,"呸"了一声:"两千就想打发我?至少一万!"

许棠隐忍地看着她,眼睛在发红:"你不要得寸进尺。"

"得寸进尺?你是我女儿,我问你要多少都是应该的,不给也行,我去法院告你,去你单位找你,你想一辈子躲着我,做梦去吧!"

面目狰狞的一张脸,也是曾经无数次出现在她梦里的一张脸。

许棠觉得绝望极了。

她腾地站起来,恶狠狠地质问道:"当初你不声不响地跑了,可有想过爸爸怎么办?你害死了他,现在还想来害我,你还是人吗?!"

"我害死的他?他不是早就死了!你在这儿跟我吼什么,你有本事你当时守着他,他死的时候你在哪儿!在哪个野男人床上呢……"

陈茂娟话未说完,许棠冲上前一把拽住她的头发,一巴掌一巴掌地扇,连打带踢。

陈茂娟一边还手,一边扯着嗓子尖叫:"杀人啦!天打雷劈!我女儿要打死我!殴打老娘要下地狱的!"

陈茂娟到底是年龄大了,如今又很瘦,厮打间许棠占了上风,直将她扇得晕头转向。

许棠疯了一样,红着眼睛打她:"你去死!你死了我跟你一起下地狱,都别活,我们一起死!"

直到最后,筋疲力尽,她捂着脸,眼泪源源不断。

陈茂娟蜷缩在地上,还在骂。

许棠拿出包,将身上仅有的一千块现金扔在地上:"先给你这些,明天取了钱我再给你送一千,就这些,你爱要不要,不要的话,我们就一起死。"说罢,她头也不回地离开了。

临近中午,阳光那样暖和。

她失魂落魄地走在街上,旁边商品橱柜上,映着一个女人潦倒的模样。

几欲窒息,她一步步走到今天,因陈茂娟的出现,一切回到原点。她知道,那个女人会像水蛭一样缠着她,将她的血吸得一干二净。

许棠努力地站直了身子。

她回了家,冲了澡。看着雾气缭绕的浴室里面色惨白的自己,眼中是强烈的恨和不甘。

如果陈茂娟敢闹,她真的会跟她拼命。

第二天,她准备好了现金,再次去见陈茂娟时,她不在。房门是打开的,许棠猜测她短暂地出去了。

她将一千块钱放在屋内的桌子上。案几上，爸爸的遗照在看着她。

许棠头皮发麻的时候，忍不住在想：陈茂娟，她为什么不怕呢？

许棠离开了，然后做好了准备，等不甘于此的陈茂娟来搅乱她的生活。

可是陈茂娟再也没有出现。

直到下个月，她去家里送钱，门还是半掩着的，上次那一千块钱安静地放在桌子上。

她家在顶楼，老旧小区如今住的人很少，几乎没人会过来。

许棠头皮又开始发麻。走的时候，她把门给关上了。

从此之后，生活竟然诡异地恢复了平静。陈茂娟再也没出现过。

郭哲倒是来找过她一次，问她还愿不愿意去他家里吃饭。他说自己上次吓到了，想着是她的家事，不知道该不该管。还问许棠，现在愿不愿意把一切说给他听。

许棠摇了摇头，说算了。

她又成了性情温和、做事有条不紊的许总。单身，有钱，也有颜。

身边比郭哲更优秀的人、有很多。对她表示过青睐的男人也是有的，但她再没起意过。

销售旺季来临的时候，许棠带着助理，开始长时间的出差。闲暇时看着不同城市的夜景。摩天高楼下，城市灯火通明，繁花似锦。抬头看，夜幕苍穹，无边无际的浩瀚。

这世界那么大，星空万里，人就如同渺小的尘埃。短短一生而已，转瞬也就过去了。

她和助理在摩天大楼的餐厅里吃饭，点了一瓶红酒。

助理问："棠姐，你能喝多少？"

"半瓶吧,再多就不知道了。"

"那试试?"

"行啊。"

小助理才二十四岁,肆意洒脱,喝了两杯酒,又开始问她:"姐,你为什么到现在还单身?"

"没遇到合适的。"

"那,有喜欢的吗?"

许棠笑了笑,认真思索了一番,回答:"有过。"

"有过?现在呢?"

"有过,但是不适合,从前不适合,现在不合适。"

"屁嘞!什么不适合不合适,人就这一辈子知道吗,眼睛一睁一闭,就过去了。我前几年还十八,今年二十四了,我想想都好害怕,时光那么短暂,一定要及时行乐才对。"

"我都快三十一了,二十四算什么。"

"所以啊,你更要珍惜,这世上每天有那么多意外发生,活着不容易,是运气,也是恩赐,所以要拼尽全力……"

小助理还在喋喋不休,这边许棠电话响了——是池野。

她到窗边接,又是那道含笑的声音——"吃饭了吗?"

"嗯,正在吃。"

"最近忙吗?"

"我在出差。"

"我知道。"

"……是美珍告诉你的?"

"不是。"

"不是?"

池野那边笑一声,开口又问:"男朋友分手了?"

"不是男朋友,说了在相互了解。"

"那,了解得怎么样?"

"不合适。"

"嗯,许棠,你值得更好的。"

应是喝了酒的缘故,许棠临窗望着夜景,在那道低沉又郑重的声音中,轻声道:"没有更好的了。"

没有了。

从青春萌动,到如今三十出头的沧桑心态。这一生最美好的时光,也藏在最痛的那段记忆里。

那时,她狼狈不堪,但被一个少年拼尽全力地爱过。

他后来带着她去看了天海大厦的夜景,带她坐摩天轮,坐缆车,坐旋转木马……放假期间,还带她去爬泰山看日出。她走不动了,他还背过她。

那时他蹲下,笑着说:"来木头,哥哥把你背上去。"

他知道她不喜欢人多,拒绝了那帮发小一同前往的提议,就他们两个。

他的背那样挺拔,年轻朝气,也很温暖。

山顶等日出,气温低,很冷。他们依偎在一起,穿着厚大衣。他紧紧地把她搂在怀里,给她暖手。

后来,太阳出来了。日出的瞬间,她想要拍照记录。那少年掰过她的脸,径直吻了上去。

周围声音很嘈杂,他热烈地亲吻她,拥抱她。心潮澎湃,绽放出一朵朵花。

过后她脸红红地抱怨,没有拍照,他漫不在意地搂着她,声音带笑:"下次哥哥带你再来。"

下次,再也没来过。

那个卑微的许棠,那段慌张的过往,拥有的所有色彩,都是他给的光。

小助理问:"棠姐,你有喜欢的人时,有没有热烈地爱过他?"

许棠答:"有过,我尽了当时最大的努力。"

"现在呢?还有那份勇气吗?"

"我三十多了,人年龄越大,反而胆子越小。"

"怕什么?"

"怕得不到。"

"你去试啊,真的得不到也没什么损失,万一得到了,就是意外之喜。"

许棠笑了笑。

成年人习惯权衡利弊。她没了拼尽全力的勇气,不仅因为年龄大了,还因为如今的她已经活成了一个俗人。

俗气的人,自私的人,以及在感情上懦弱的人。

出差结束后,周嘉乐又找过她一次。

她欲言又止,开口道:"老板不让来找你,但是我思来想去,还是想说,许小姐你能不能再给他一次机会啊?

"他说了等你的,等你越来越好,他想一步步走向你,可是后来又退缩了。

"他说你已经放下了,并且有了正在交往的对象,你们一起吃饭、看电影,你不反感他,兴许那才是最适合你的人,是你想要的人。

"老板说,木头已经活得那么辛苦了,如今你越来越好,如果这是你想要的生活,他想成全。

"可是他状态真的不好,情绪病一次又一次地发作,每晚都要靠药物助眠。许小姐,你真的不能给他机会了吗?"

原来,成长之后,变成胆小鬼的,不止一个人。

真的不能再勇敢一次吗?

周嘉乐给了她门锁密码。池野如今住的平层别墅,只有他一个人。

这些年,他与父母关系一般,并不住在一起。

当晚,许棠一个人在屋内待了很久,天已经黑了,她打开窗户,神色如常,眺望远方。入睡之前,她抽了支烟,呛得眼泪直流。

片刻后,她又起身换了身衣服,拿上车钥匙,出了门。

高架上霓虹闪烁,她开了二十多分钟的车,到达了池野居住的平层别墅。

输入密码,第一次踏进他住的地方,心里有些紧张。好在,屋内很安静,池野在房间睡了。

客厅的灯还开着,映入昏暗的卧室,卧室于是有了朦胧的暗光。

她轻轻地走过去,趴在床边,安静地看他。

年少时喜欢的人,有一如既往凛冽的眉眼。风目剑眉,长睫如鸦羽,下颌线条轮廓分明。

书上说过,这是兵权万里的将军相,活在阳光之下,永远磊落光明,率性而为。

可他长睫投下的暗影,疲惫不堪。他在睡梦中也会蹙起眉头。

药物助眠,不知会不会也做烦心的梦。

许棠伸手描摹着他的脸,看了许久许久,脱鞋躺在了他身边。

他侧睡在床的一侧。她从背后靠过去,伸手环住了他的腰。

池野身材高大,她蜷缩在他身后,瘦瘦小小。

他睡得安稳,她睡得安心。好像这么多年,从没有这样安心过。

恍惚还是大学时,他总哄她留在公寓,拉拉扯扯,把人抱到床上,拥紧了不撒手。

"木头,木头求你,别走了,你走了我睡不着,每天晚上都想你想得睡不着。"他面不改色,在她耳边说浑话,声音低沉含笑。

许棠红着脸推搡,捶打他。然后他越发得寸进尺,手伸进她衣服底下,挠她的后腰。

她怕痒,求他不要闹。

半睡半醒,好像天还没亮。窗帘遮得严实,不知到底是什么时辰。卧室还是很暗。

许棠睁开眼睛,看到自己躺在了池野怀里。那面对着她的男人,正睁眼看她。

黑沉沉的眼睛,蒙着一层柔和的雾光,看上去湿漉漉的。

他的手轻轻摸在她脸上,从额头到鼻子,又从鼻子到嘴巴,最后是白皙的脖子,锁骨和肩头。

他低喃了一声:"木头,是你吗?"

许棠"嗯"了一声,又抱紧了他:"哥哥。"

这一声"哥哥",似乎引发了排山倒海的情绪。他翻身压下,唇覆了上来。

他急促又热烈,慌得眼眶发烫发红,拼劲力气吻她。

许棠听到他的喘息声,以及剧烈如雷的心跳声。

情难自已,他在她耳边的呢喃,哑得不成样子,微微颤抖:

"木头,我很想你,每天都想。

"木头,我爱你。

"木头,木头,我们不分手,好不好,醒来跟从前一样,你别走,我什么都听你的。

"木头,我错了,原谅我,别不要哥哥,好不好啊?"

"好。"

许棠不知道,他到底有没有醒,是不是还以为在梦中。

她默默流泪,无声哽咽,他们彼此拥有,急切又慌张。

喘息声中,男人的眼睛泛着黯淡的光,他情绪翻涌,突然伸出手,用力捏开她的嘴。

许棠的嘴里,有一颗笑起来若隐若现的虎牙——没错,是她。

窗外没有雨,窗帘紧闭。但许棠似乎听到了风声,凌晨的树叶沙沙作响,不期然的,又令她想起了那句话——外面风雨琳琅,漫山遍野都是今天。

漫山遍野。

都是今天。

池野带许棠回了家。

他们坐在客厅的沙发上,紧握着手。

池野平静地告诉自己的父母,他要结婚,娶许棠。

是通知,仅此而已。

岑女士一瞬间,眼泪就出来了。她拉着许棠的手,一遍遍地说:"许棠,对不起,真的对不起,原谅阿姨好不好?

"谢谢你,谢谢你还愿意回来,嫁给我儿子。"

她迫切地盼着与儿子重归于好。

在池家的宅院,迎来了欢天喜地的一天。

池野父母忙着指挥,并且亲自下厨,和家里的阿姨一起做饭。

许棠在前院喂水塘里的锦鲤。

喂完之后，回头看到池野正倚着门框，定定地看她。

她走过去，轻踢了他一脚："你总是看我干吗？"

他笑了，摸了摸她的头发："感觉像做梦一样，怕一眨眼，你就不见了。"

"傻子吗你？"

"嗯，我很没安全感。"

许棠伸手环他的腰，仰头看他许久，下定决心一般，开口问他："我妈，还活着吗？"

池野眸色微敛，眯起的眼睛透出阴狠，看着她又很快恢复平静，温声道："你想她活着吗？"

"……生我一场，就当她是个陌生人，我希望她活。"

"嗯，那就让她活着。"

"她在哪儿？"

"国外，一家医院。"

"她病了吗？"

"嗯，她需要看看脑子。"

"会好吗？"

"或许会。"

谁知道呢？来路漫长，前路不止，终有一日，她或许也能看清自己的来路。

愿这世上每一个人，都能看清来路，走好前路。然后所向披靡，奔赴自己想去的地方，和所爱的人。

桑榆非晚

许棠三十五时岁生了女儿池桑榆。

回首她的前半生,一路磕磕绊绊,却也披荆斩棘地走到了今天。美珍总说她和池野是好事多磨,中间白白错过那么多年。

对此她但笑不语,池野回了美珍八个字——东隅已逝,桑榆非晚。

说这话时,他们正坐在一家餐厅吃饭,池野将盘中牛排切得仔细,手法娴熟,然后放到了许棠面前。

美珍鄙夷地看着他,有一瞬间的心梗:"照顾三岁小孩呢?池总可真殷勤,我们棠棠难道不会自己切牛排?"

"怎么?秦鹏没给你切过?"

池野看似心情很好,身子微微后仰,一面似笑非笑地摇着酒杯,一面又杀人诛心道:"给老婆切牛排不是应该的吗?我老婆在我心里永远都是小孩,我能给她切一辈子。你呢,没享受过这待遇?"

美珍那样伶牙俐齿的人,竟被他秀得说不出话,一副憋屈的样子。

许棠无奈,伸手碰了下他的胳膊。岂料池野顺势握住了她的手,直接带到唇边,温温柔柔地吻了下:"怎么了老婆?"

彼时,他们刚领完结婚证,外表高大冷峻的池总一口一个老婆,叫得亲热。他还总看着她笑,勾起的唇角如沐春风,眸光直白又热烈。

饶是三十多岁的人,许棠也常被这目光灼得脸红,提醒过他多次，注意场合。他面上倒是注意了，私底下反而更放肆，直接将人抱到腿上，捧着她的脸，来回看，凑近看，仔细看……

若非许棠哭笑不得地推他，即使看上一天，他也是不会烦的。

她无语道："还没看够？"

然后他热情的吻便落在她脸上、额上、嘴巴上……

"木头，你怎么这么好看呢，我真的好喜欢你，我们生个跟你一样好看的宝宝好不好？"

许棠有一种羊入虎口的感觉。

现在的池总，比从前还要热情，不知餍足，食髓知味，是个不折不扣的斯文败类。

他就像块狗皮膏药，除却公司事宜和必要的社交，下了班就想往老婆身边跑。

他们结婚的时候很低调，仅是个风和日丽的上午，池野拉着她，买了花儿和钻戒，开车到民政局领了证，二人就成了法律认可的一对。

许棠一向不喜欢张扬，三十岁过后，更加不在意一些形式上的东西。因此婚礼也仅是双方亲朋好友吃了顿饭，热热闹闹，就此作罢。

对此岑女士一直很遗憾，她原是打算大操大办一场的，轰动一点才好。可儿子凡事都听儿媳妇的，她也做不了主。

婚礼过后，表哥一家便回了东北。计划的蜜月也因为公司事忙，推到了年底。

池野倒不在意公司忙不忙，主要是下半年销售旺季，许棠忙得不可开交。

自此一些令人无语的事情发生了。海上集团的总裁成了她的专属司机，每天乐此不疲地接送她上下班，风雨无阻，随叫随到。甚至她出差到了外地，酒店房门被人敲响，多半也是坐飞机赶过来的池总。

许棠无语道："你公司不忙吗？整天跟着我跑？"

池总一边笑，一边去搂她的腰，咬她的耳朵："老婆不在家，独自上火，火热难耐……"

彼时的许棠，听多了他的浑话，早就笑得不行，忍不住捶他："你能别这样吗？"

"那你给我降降火……"

池桑榆出生的时候，许棠已经离开了所在的公司，原因是她与康总起了冲突。

那个借职位之便潜规则小姑娘的坏男人，不仅暗戳戳地故技重施，还因为记恨许棠，在她的财务报表上做手脚，直接导致公司内部对她进行停职调查。

等到真相大白之后，许棠坚持报警。

魏总怕公司声誉受影响，阻拦了她。他没有处罚康总，因为公司的一个主管背了锅。

许棠知道，魏总是个念旧情的人，康总跟了他十几年了，交情匪浅。男人之间所谓的交情，在他们眼中似乎总是比女人高尚，可笑得很。

在她执意要追究时，魏总竟然道："你在这个公司一天，就必须听从领导安排。"

许棠心灰意冷。提出辞职时，魏总为了挽留她，承诺了很多，最后眼见无果，竟又道："我知道你的能力，但是小棠你是个女人，打拼到如今这个地位不容易，考虑清楚了，我诚心诚意地留你，你要是非要走，这个行业今后没你的立足之地。"

那是许棠与池野婚后的第二年。

公司里的人都知道她结婚了,但还没人见过池野。她一向喜欢低调,把生活和工作分得很清。

大家茶余饭后,也只是说棠姐的老公好像很有钱,接送她上下班的车子是保时捷。

"棠姐说过,她老公也是开公司的,家境还算可以。"

"那是当然,她这么厉害,肯定要找门当户对的。"

在此之前,所有人以为的门当户对,仅是许棠所在的那个高度。魏总亦是这样认为的。

许棠从没想过靠池野做什么,她也完全有把握自己可以处理得很好。毕竟她三十多了,早已不是从前那个被打压得直不起腰的女孩。

所以她直起来腰杆,对魏总笑道:"不好意思,我赌您做不到。"

然后她走出公司,打电话报了警。

之后先是康总被抓,华东区的几大经销商跟她关系比较好的,在她的引见下,开始对接别家公司。

研发部的新产品已经被别家公司知晓,大家都在做。

魏总焦头烂额,很快就后悔了,打电话让她回去:"小棠,你来公司一趟,我们谈谈,一切都好说。"

"不好意思魏总,我不打算回去了,毕竟我是个女人,成不了什么气候。"

许棠在家里喝着池野煲的鸡汤,慢悠悠地回绝了他。

池野手撑着餐桌,笑着看她:"木头,你好坏。"语罢,又凑近了她,眸光闪烁,"我喜欢。"

许棠忍不住笑了:"喜欢什么,你老婆失业了,以后要靠你养活了。"

池野一瞬间竟有些触动,他没有笑,只是神情郑重,伸手摸了摸她的头:"这是我的荣幸,你知道,我等这一天很久了。"

看吧,终有一日,他的月亮挂在了天上,洗去一身尘埃,如浴火重生的凤凰,比从前更光辉耀眼。

然而辞职之后,许棠并未闲着。她一边在积极备孕,一边应池野和公婆的要求,去自家公司总部做了管理层。

总裁行政助理周嘉乐,反而成了她办公室的常客。

她总是喋喋不休,说许棠来上班之前,大老板工作不积极,整天不见人,找他签个字比登天还难。许棠来了,他突然又敬业了,开始准时准点出现在公司。

小周助理就快结婚了,她的程序员男朋友和她一起奋斗了多年,终于买了房也买了车。

她喜气洋洋,下了班还想让许棠和她一起去试婚纱。

许棠笑道:"试婚纱不该你男朋友陪着吗?"

小周助理"喊"了一声:"你知道他多忙吗,头发都快掉光了。"

"你夸张了啊,人家赵辉还是挺帅气的。"

"我也没说他丑啊,就是太老实了,闷葫芦一个。"

小周助理一面埋怨,一面又忍不住笑:"但是棠姐我告诉你,男人还是老实点好,他是那种不善言辞的人,除了我都不好意思跟别的女的说话……"

许棠喝着她端来的咖啡,听她神采奕奕地谈论自己男朋友,阳光透过办公室的落地窗投射进来,暖得让人犯懒。

她想起一句话——你只管努力,风来了吹风,雨来了听雨,命运给的都接着,要拿走的也没关系,扎根在土中,活在阳光里。

终有一日,那执着的力量,总会春暖花开。

如她,也如周嘉乐。

三十五岁,许棠生了女儿池桑榆。

名字是池野取的。他说东隅已逝,桑榆非晚。

对,一切都不晚。

她是个高龄产妇,女儿来之不易。婚后她迟迟未孕,池家亦没有人多说一句话,给她压力。

后来才知,结婚之后,池野便告诉了岑女士:"许棠一切正常,不要催,如果我们没有孩子,那一定是我的问题。"

岑女士目瞪口呆后,直接哭了:"儿子,有病你就去看,要积极治疗。"

…………

后来,池桑榆出生了。

怀孕的艰险和生孩子的不易,池野全都看在眼里,女儿刚出生,他又对岑女士说:"别催二胎,不生,以后我就这一个女儿。"

岑女士又落泪了:"知道了儿子,妈想着你也好不了,不管怎么说,总算给家里留了个后。"

…………

池桑榆从出生起,就是家里的团宠。

其实许棠带她的时候不多,她白天基本在爷爷奶奶那儿,晚上便由爸爸哄睡,给她讲故事。

彼时许棠已经是集团的许副总了。她有开不完的会、看不完的文件,偶尔还要接待和应酬。

反观池野,身为总裁,反而一心扑在家庭上,对女儿的照顾比她还多。冲奶粉、换尿,乃至各种早教课,基本都是他在做。

众所周知,池总是个不折不扣的女儿奴。车上的婴儿座椅永远占据主位,随身携带的保温杯的水温,永远是最适合冲奶粉的四十度。

跟江晨那帮发小聚会，他们对于身材高挺的池总挂着婴儿背带，里面坐着女儿小鱼鱼，早就见怪不怪。

因为池总女儿在，大家默契地不再抽烟，也不大声喧哗。

花花公子江晨看着嫉妒得眼红，说池野这副超级奶爸的样子很帅，小鱼这么可爱，他也想结婚生闺女了。

对此池野淡淡一笑，修长的手指拿过纱巾，擦了擦女儿嘴角的奶渍。

"首先，你没我帅；其次，你就算生了闺女也没我闺女可爱。"

江晨："还能不能玩了？"

"不能，我闺女要睡觉，先回去了。"

"……你来了才十分钟不到，你闺女要睡觉，那你还来这儿干什么？"

"炫耀。"

…………

池桑榆三岁的时候，被爷爷奶奶宠得无法无天，有次使小性子，冲妈妈发脾气，大喊大叫。

池野平时恨不能把她捧在手心里，可是看到这一幕，直接生气了，很严厉地批评了她，还打了她的屁股。她气得眼泪直流，哭得惨兮兮。

过后池野又软下态度，好言好语地哄她："你多幸福呀，有爷爷奶奶、爸爸妈妈、姨奶奶姑奶奶，还有保姆阿姨，大家都爱你，我老婆小时候没你这么幸运，她吃过很多苦，受过很多罪，也掉过很多眼泪。爸爸发过誓，以后再也不让她哭，你能跟我一起好好爱她吗？"

池桑榆已经上幼儿园了，正是启蒙阶段，很快承认错误，和爸爸拉钩,再也不冲妈妈发脾气。但她又很委屈:"为什么妈妈总是忙,她每天都要去公司,都没时间陪我玩。"

"因为妈妈优秀呀,越是优秀的人,责任越大,懂不懂?"

"爸爸不优秀吗?你为什么不去忙?"

"……爸爸也在忙,你没看到而已。"

"我看到了,你忙着跟我抢妈妈,别以为我不知道,说好的妈妈陪我睡,每次醒来都只有我一个,我早起去你们房间,你搂着妈妈睡了,哼,坏爸爸。"

"……我老婆,当然要跟我睡。"

"没出息,怪不得奶奶说你是个吃软饭的。"

"嗯?奶奶什么时候说的?"

"前几天,奶奶说你是个空壳子总裁,软饭吃一口是吃,两口也是吃,赶紧腾出来位置,让给妈妈坐。"

…………

父女俩眼瞪眼,池野最后摸着她的小脑袋,笑出了声:"走啦,去公司接妈妈。"

"可以吃冰激凌吗?"

"不可以。"

"可是上次,妈妈偷偷带我吃了。"

"……过分,回头我教育她。"

影片二
▶ 燼燃

楔子

我上大学时勤工俭学，在 KTV 找了份兼职，结果学校流言四起，不堪入耳。

多年后我做了夜班包厢营销经理。

同学聚会上，他们冷嘲热讽，那位传闻中不苟言笑的叶大律师却西装革履地朝我走来，柔声道："嫣嫣，拜托，今晚给我留个包厢……"

01

大学毕业后，我去了今朝酒吧上班，做包厢营销工作，主要是销售厅房、包间、酒水等。

我今年快三十了，靠着工龄终于熬到了经理级别。

我们这组年轻女孩居多，业绩一直挺好。丽姐那组也不错，她大我九岁，一头泡面卷染成栗红色，风韵犹存。我与她相处得很好，主要是因为她性格爽快，而我亦是爽快之人。

除了我俩，剩下一个常打交道的营销经理是男的，我们叫他辰哥，平时相处得也都很愉快。

今朝是本市最大、最热闹的酒吧。

晚上七点，今朝开始营业，女孩们会从后门陆续而来，集合到化妆间。

化妆师带来的粉底往往都很一般，因此她们通常会要求用自己的。当然也有不用的，比如我这组新来的一个女生。

她是被她的同学甜甜介绍过来做兼职的。

这里的女孩都不用真名，比如甜甜，真名叫程雪婷。而她那同学来之前也把名字想好了，叫小曼。

小曼长得有点土气，小鼻子小眼睛，扭扭捏捏。

一开始我不肯要她，甜甜挽着我的胳膊晃来晃去："嫣姐，你留下她吧，她爸爸生病住院，家里积蓄都花光了，欠了一屁股债，连她的生活费都给不起了，她真的很需要钱。"

我无奈道:"不是所有人都适合吃这碗饭,形象倒是其次,毕竟上了妆都能看得过去,但就那些琐事,你真觉得她应付得来?"

我看人一向很准,这姑娘太老实,不像甜甜,性格活泼,情商也高。

甜甜来这里做兼职快一年了,人很机灵,我曾问她好好的干吗要到这里工作,她眨巴着眼睛,一本正经地告诉我:"钱不够花呀,每个月我的生活费只够基本花销,想要好看的包包、衣服和鞋子……"

我见惯了千奇百怪来这里上班的理由。丽姐那组有个叫哈娜的,来这里上班的原因是谈了个男朋友。男的一直没工作,整天宅在家里打游戏,于是只能她来上班,赚钱养活两个人。

这样的姑娘不多,对此我也从不劝导,毕竟不撞得头破血流,她们根本不会清醒。

而更多的是像小曼这样的,来这里上班,是因为缺钱——并且是很缺钱。

比如我在这里最好的朋友阿静。我刚来今朝的时候她就在这里上班了,原因是遭遇了网络刷单诈骗,信用卡都被刷爆了。

她还清钱后,离开了一年,在我成为营销经理的时候,她又回来了。原因是又借各种网贷,欠了一百多万元。

还有芸芸,二十六岁的单亲妈妈,因家暴离婚,一个人抚养两个孩子。

每个人都有来这里上班的理由,却并不是每个人都适合来这里。

但甜甜一直说,还信誓旦旦地保证:"谁也不是天生适合干这行啊,嫣姐你放心吧,小曼适应能力很强的,我可以帮她。你看这样行吗,咱先让她试几天,我来带她,到时候你要是还不满意,再让她走。"

因她这句话,小曼被留在了这里。

小曼底子不好,所以每次都是找化妆师仔细地上妆。不得不说,妆后的她还是挺清纯的。

其实,我自己心里清楚,之所以愿意留下她,还因为甜甜说的那句"谁也不是天生适合干这行"。

每到晚上六七点,偌大的化妆室和更衣室,便开始热闹起来。最终,大家打扮得光鲜靓丽出门。

一切归于平静后,我通常会在化妆间点一支烟,吞云吐雾,看着镜子里眉眼深沉的自己,陌生又恍惚。

我曾对甜甜说:"我上大学那会儿,一个月生活费才五百,你还年轻,所以你想要的那些东西,将来都有机会买得到。"

甜甜不以为然,只告诉我说:"时代不一样了,嫣姐。"

时代不一样了,但有些道理是一样的。

如茨威格《断头王后》里尽人皆知的一句话——所有命运馈赠的礼物,早已暗中标好了价格。

有的人一出生什么都有,含着金汤勺;有的人一出生则什么都没有,穷困不堪。芸芸众生,每个人的出场方式都不同。

人生没有彩排和剧本,脚下的路走过了便不能重来。

正因如此,手握好牌时应该加倍珍惜,走好脚下每一步;手握烂牌时更该精心钻研,拼尽全力给自己赢个"大满贯"。

在自己的人生主场跑龙套,是一件很可惜的事。

我对着镜子出神的时候,常常会不由自主地想:属于我的那个时代是什么样子的?

二十岁的时候，我似乎和小曼一样，有着晦涩内敛的性格，总是沉默地低着头走路。不同的是，那个时候我在学校没有朋友，还要因为一个男生心血来潮的表白被人当作公敌。

然后我会很自然地想到周烬，那个在我漫长而黑暗的人生中投下一道光亮的男孩，在记忆中逆着光冲我笑。

两道浓黑桀骜的眉毛、眼眸中含着的那抹坏笑，隔了岁岁年年，还是那么生动鲜活。

那些过往，常常会令我烦躁地掐灭烟头，再花几分钟的时间来平复心情，接着我会神色如常地走出化妆间，去前堂大厅给小组成员简单开个例会。然后大家该工作工作，在一片骄奢热闹的氛围中，迎接客户的到来。

千篇一律的唱歌、玩骰子、饮酒……

这家今朝酒吧是付雷名下的产业。十年前，营商环境不如现在，付雷想在淮城扎根，有不得不依附的人，也有很多不愿做却无力拒绝的事。

不过好在，如今的他已然拥有众多产业：饭店、会所、科技公司……在淮城提起他的名字，人们也总会忌惮几分。

而我很早就知道，付雷哥是个狠人。

今朝营业到凌晨两三点，通常也就酒阑人散了。

到了快结束时，大家往往喝得一身酒气。不过也有精力旺盛的同事，招呼着散场之后一起去吃夜宵。

我很少参与她们的活动，面对盛情邀请，总是淡淡一笑："你们去吃吧，我年龄大了，熬不过你们年轻小姑娘，再不休息怕长皱纹。"

我睡眠质量一向不好，因此通常会直接回家。

每到这个时候，今朝门口总会停着很多辆出租车。

我最近出门的时候，会习惯性地朝东面路口看一眼。果不其然，一个星期了，那辆黑色轿车又定时定点等在那里。

车里的人应是注意到了我，一道颀长挺拔的身影下了车，男人手搭在车门上，目光沉沉地望过来。

我没有理他，径直上了出租车，报了地址。

到了小区楼下，下车时又不无意外地看到了那辆跟过来的黑色轿车。

换作旁人，兴许会让我感到害怕，但这个人不会。

他叫叶诚，是个律师，更准确地说，是个在淮城挺有名气的律师。

叶诚根正苗红，毕业于九京大学法学系，父亲是一名法官，母亲是检察院的人。

他在上学时就很有名，读研期间在学校的引荐下，联合南城一家律师事务所，办理过一起很有名的司法鉴定对抗案。

两年前又与其大学同学一起创办了京淮律师事务所，主要做刑事辩护以及办理各类疑难法律事务。

我对他很了解，不仅因为我曾经也是九京大学的学生，还因为一个星期前，我甩了他。

说"甩"这个字可能不太合适，因为我们一开始并没有确立恋爱关系。

两个月前，他们事务所帮启氏集团的林总打赢了一场经济纠纷案，林总在今朝订了包厢，非要拉他们事务所的律师来庆祝。

包厢是在阿静这里订的，业绩算在我们这组，林总又很豪气地开了人头马套餐，我便去敬了几杯酒，于是认识了叶诚。

当时偌大的包厢，林总他们身边都坐了人，觥筹交错，流光溢彩，语笑喧阗,气氛正浓。

我与林总谈笑几句,林总把我引荐给了叶诚:"代嫣啊,听阿静说你也是九京大学毕业的?来来来,叶大律师,给你介绍个校友。"

包厢人很多,一开始我没注意到他,待到一眼望去,四目相对,空气似乎凝结了一瞬。

人与人之间总是讲究些眼缘的。

叶诚很年轻,也很帅,那种帅符合一个精英律师该有的正气。乌黑且精致的发型,整洁得一丝不苟,额头光洁,鼻梁高挺,薄唇微抿,五官端正,无可挑剔。他戴着一副金丝框架眼镜,儒雅斯文,又很好地遮掩了深邃眼眸中泛出的那抹精光。

只一眼,我便知道我该同他发生怎样的故事。

传闻中叶诚滴酒不沾,且性格清冷,无论是工作上还是私底下,常常是不苟言笑的模样。

那晚如传闻中一样,他是被事务所的另一名合伙人硬拉过来的,全程没有喝一滴酒,身边也没有坐女伴。

看得出来,他不喜欢这种场合,面上不露声色,但时不时皱起的眉头彰显心底的烦躁。

好在后来我解救了他。

我坐在他旁边,对上了他探究的眼神:"你好,叶律师。"

"你也是九京大学毕业的?"

叶诚声线清冽,低沉悦耳,微微侧目看我,眼镜上折射出的光线映着漆黑瞳仁,泛着深邃的幽光。

当他对一个女人产生好奇,主动开口询问时,我便知道,他是不讨厌我的。

我也一向知道自己长相不错,在这里工作多年,挂在脸上的笑总是得体而温柔的。如果我愿意,这温柔之中还可以带点撩人的味道。

我毕业于九京大学,比他高一届,应该算是他的学姐。

叶诚一定很诧异,一个名校毕业的学生,为何会在这里工作。

这些我无须同他解释,如果他对我感兴趣,以后稍加打听,什么都会知道。

那晚凌晨,叶诚离开的时候,我主动问他能不能送我回家。

他坐在车上看我,挑了下眉,眸光幽深,也不知在想些什么,最终默许了我打开副驾驶位的车门。

第二天他走的时候,我还没睡醒,等我醒来时已经是中午十一点。

我坐在阳台椅子上,艳阳高照时,点了支烟,夹在指尖端详,看着那微不足道的星火一点一点燃烧。

快要熄灭时,猛地吸了一口。香烟融入肺里的感觉,奇异得让人心情舒畅。

之后隔了几天,叶诚没再找过我。

但半个月后,我借故找上了他,起因是那名叫小曼的女孩被人拿酒瓶砸破了头。

打她的男人叫何星海,是今朝的常客,通常我们叫他何先生。没错,他是个富二代,而且是个在淮城嚣张得出了名的年轻富二代。

我闻讯赶去时,推开包厢门,看到的是小曼捂着头蹲在地上。甜甜等人吓白了脸,站在一旁大气也不敢出。

而这富二代见我进来,眯着眼睛道:"嫣姐,我每次来是缺你们钱了还是小费给得少了,觉得我好糊弄?喝个酒何必推三阻四。"

不用猜也知道发生了什么，我脸上挂着笑，上前将小曼扶起来："抱歉，扰了您的兴致，别生气，咱们有话好好说。"

随后而来的辰哥等人把小曼带了出去，我示意甜甜她们也离开，只留了我和大堂经理赵晖善后。

十年前付雷在淮城刚起步的时候，晖哥便已经跟着他工作了。他跟付雷年纪差不多，快四十的糙汉子，这种场面对他来说已经见怪不怪了。

晖哥好脾气地跟何星海聊了几句，继而道："我同事不懂事，但何先生出手是不是重了些？"

何星海年轻气盛，态度嚣张："我也就是吓唬吓唬她，谁知道她跟个木头似的不知道躲。"

有钱人总是这样无所畏惧。我笑道："何先生力道不轻，少说也是脑震荡，没个七八十万应该是不行的。"

"什么？你说多少？"

何星海像听到笑话一般，冷笑着看我："你说七八十万就七八十万了？你算个什么东西？"

"我是什么东西不重要，重要的是您要赔的不仅是医药费，还有精神损失费，万一给人家小姑娘吓出个好歹来，阴影可是一辈子的。"

我笑眯眯地看着他越来越阴沉的脸，又加了一句："何先生要是嫌赔得多，不如我打电话给雷哥，让他来跟您谈？"

何星海阴晴不定地盯着我，最终笑了一声："行，你说多少就多少，老子有的是钱，下次万一手滑砸到了你头上，也按照这个标准来赔。"

言语之间，妥妥的恐吓威胁，我但笑不语地看着他。

晖哥却皱起了眉头："何先生，这话可不能乱说。"

何星海哈哈一笑:"开个玩笑,紧张什么,嫣姐什么身份,我敢动她?雷哥能放过我?"

他说得对,他不敢动我,因为谁都知道,今朝的营销经理代嫣是付雷最器重的人。甚至很多人来我这里订包厢,为的是讨好他。

晖哥开车带我去了一趟医院。

甜甜见了我哭得泣不成声:"嫣姐,对不起,我不知道503的人是何星海,他来得晚,而且来了之后刁难小曼,我说什么都没用。"

甜甜脸上清晰的五个手指印,不出意外的话,也是何星海打的。

我拍了拍她的肩,安慰她:"没事,往好的地方想,小曼她爸的医药费有着落了。"

小曼没什么大碍,诊断是中度脑震荡,需要住几天院。

如我所料,她是很愿意接受调解的,毕竟没必要跟钱过不去,何况还是那么一大笔。

离开医院后,我径直回了家,看下时间,快十二点了。思来想去,还是给叶诚打了个电话。手机号码还是在他们律师事务所的官网上找到的。

接通后,他的声音是一贯的清冽低沉,还带着点被吵醒的不悦:"喂,哪位?"

"叶律师,我是代嫣,今朝酒吧那个。"

叶诚没说话,应该是醒了,陷入短暂的沉默之中。

我笑了笑:"不好意思,刚刚我们这里的小妹被人打了,我想咨询一下故意殴打他人能不能追究刑事责任。"

"你现在在哪儿?"

"呃,我刚从医院回到家。"

我站在阳台的落地窗前,目光望向漆黑夜幕:"不知道这个时间,你能不能来我家一趟，我把事情的来龙去脉仔细告诉你。"

约莫大半个钟头，夜深人静，叶诚应约而来。

这是叶诚第二次来我家。出乎意料的是，第二天醒来，他没有走。

我起床的时候他还躺在被窝里，呼吸均匀浅淡，凌乱的头发下，睫毛安静垂落，于眼睑处投下一片阴影。

我看了一眼时间，如往常的生物钟一样，上午十一点。

习惯性地缩在阳台躺椅上，我点了支烟，眯着眼睛晒太阳。

香烟还剩一半的时候，叶诚醒了。刚睡醒的他有片刻茫然，揉了揉凌乱的头发，睡眼惺忪，像一个懵懂天真的大男孩。

我温声笑道："你醒了，要不要再睡一会儿？"

他这才仿佛醒透，已不见了方才的茫然，拿起床头的手机看了下，深邃眼眸恢复一贯的清醒与冷静。

"事务所还有事，我下午会很忙，现在就先走了。"

"嗯，好。"

我扭过头去，透过窗口的艳阳，看着手中的香烟燃尽。

叶诚窸窸窣窣地穿了衣服，戴上名贵腕表和那副金丝眼镜，待到站在我旁边，白衬衫、西服裤，长身玉立，身姿高挺，又是一贯的矜贵模样。

我侧目看他，眼中含着隐约笑意："不是有事吗？怎么还愣着？"

他迟疑了下："已经中午了，要不一起吃饭吧。"

"不了，其实我也没空，我约了人。"

"那，下次？"

"嗯。"

"加个微信吧。"

叶诚拿出了手机，他的手很好看，骨节分明的手指，修长白皙，在屏幕上飞快地点了几下,递了上面的二维码过来。

我的笑不动声色地凝结在唇边,歪着头看他:"不用了,叶律师,有事打电话就好了。"

叶诚面露尴尬,轻咳一声:"我过几天要去国外一趟,你有没有想要的包,或者手表首饰之类的,我买给你。"

"不用了,叶律师,你太客气了。"我随口应付一句,从烟盒里抽出一支烟,含在嘴里点燃,然后夹在指间,似笑非笑地看着他,"我对那些东西,不太感兴趣。"

叶诚皱了下眉,与我四目相对,他神情有些复杂,一副欲言又止的迟疑样子,最终抿了抿唇,道:"少抽点烟吧,对身体不好。"

我愣了下,很快笑道:"好。"

叶诚离开后,我如他所言,掐灭了烟。然后站在窗口,看着那辆黑色轿车驶出了小区。

我想,我跟他应该不会再见面了。

随后我简单打扮了下,去地下车库开了车出门。我没骗他,我中午确实约了人,去的是城西香山麓附近的四合院区。

作为淮城有名的园林式住宅区,这里的房价可谓高出了天际。

有些人买房是为了生存,有些人买房却是为了欣赏。如付雷,在这一处有整整一排的中式四合院。

我见到他的时候,他正在其中一处院子里打理林木。搭起的爬高架上,有几人正仔细地修剪着那棵价值千万的日本黑松。而身穿亚麻布衫的付雷,头上戴着草帽,脚底踩着黑布鞋,正拿着木耙仔细地梳理着另一处松树外围的金粒子。

内里苔藓潮湿鲜绿,金粒子在阳光下泛着灿烂的光,被梳理得条条道道,线条分明。

四十岁的付雷,沉迷于园林艺术无法自拔。造园造景,往往需要长达一两年的时间,才能将一处宅院打造得如苏州园林一般精致。付雷为此开了一家园艺公司,由专业的团队匠心铸造。

　　古色古香的院子,奇石假山,小桥流水,一池锦鲤争先恐后地游来游去,仙雾飘飘。

　　这座名为"桃花源"的四合院很大,不仅有云香斋,还有咏园、快哉亭……各种贵妃罗汉松、龙游梅、垂梅、羽毛枫……置身其中,让人仿佛进入梦境桃花源一般。

　　耳边是潺潺流水,鸟语花香。白墙黑瓦拐弯处,还有名家题的一阕词——

　　　　闲来桃花源墅,花径石斜莲步。
　　　　回眸景深,枫虬起舞。
　　　　朝暮,朝暮,绝美春秋几度。

　　比付雷更懂得鉴赏美的人,没有他有钱。比他有钱的,却又没有他这样的品位。

　　在互联网发展迅速的今天,园林里随手拍的一个小视频,便能火到国外。单是一棵松树、一块石头,就价值成百上千万。

　　即便是富豪也分三六九等,能借此机会跟付雷攀上关系的皆不是普通人。又或者说能让付雷以此攀上关系的,更不是普通人。

　　这些年,付雷混得可谓风生水起。没见过他的人,一定不会想到,这样一个穿着黑布鞋、亚麻衫,下巴留胡楂,头发扎在脑后,一身文艺气质的男人,竟是今朝的幕后老板。

　　付雷不仅有气质,还有深眼窝、双眼皮和一张棱角分明的脸,是很干净的一个人。

至少，表面上是。

看到我来，他放下木耙，脱了手套，迎面笑吟吟走来："小嫣，你来得正好，看看我最近新移植的黑松，从日本运过来的精品。"

那棵众星捧月般被很多人围着修剪的松树，高耸硕大，造型精美，伸展的松枝如一片片飘逸的云。

我不禁感慨："真的好漂亮。"

付雷站在我旁边，比我高了半头，声音欣慰："我在静冈国际园展一眼就看上了它，这么美的松树，错过了会是终身的遗憾。"谈及喜欢的松，他明显来了兴致，"看到那个穿黑衣服的师傅没？他叫李言杭，著名的黑松大师，我本来想自己爬上去修剪，又怕手艺不精破坏了美感，便把他找来了，权当是交个朋友，待会儿介绍你认识一下。"

我笑着摇了摇头："我认识他干吗呀，以后又没打交道的机会。"

"那可不一定。"

付雷转头看我，眼神含笑，声音温和："小嫣，你大学不是修的艺术设计类吗，以后来帮我管理园林公司吧，跟人家大师多学习一下手艺，以你的聪明和能力，将来一定会有很高的造诣。"

他不是第一次有这样的想法，明里暗里提几次了，如同之前一样，我拒绝了他："算了吧雷哥，我不是那根葱，而且我也不想离开今朝。"

付雷难得地沉默了下。

他没有逼我，也不会要求我什么。因为他知道，我曾经患过很严重的抑郁症。

虽然那都是很久以前的事了，但当年心理医生的话，他也是有所耳闻的。

那时心理医生对周烬说:"要对她有耐心,像哄小孩一样顺着她,她想做什么就做什么,但凡让她有一丁点兴趣的事,就加倍去做,如果她看到一束花会开心,那就每天送给她……"

周烬那傻子,后来在我家小区楼下种了满满一花园的月季。我说是月季,他还不承认,非说是玫瑰。

付雷目光落在那棵高耸的黑松上,良久,说了句:"阿烬他不会回来了。"

"我知道。"

我也如他一样,看着那棵松,神情柔软下来:"我就是想着,万一哪天奇迹出现,他又回来了可怎么办?今朝已经不是曾经的钻石了,那怎么办呀?我不能让他找不到路啊。"

"小嫣……"付雷望着我的眼神,应该是同情而怜悯的,他似乎想说什么,但又不知从何说起。

我也不想听他继续讲那些没用的话,转而笑道:"雷哥,你打电话叫我来,就是为了看这棵松树?"

"当然不是。"

付雷笑了:"下午紫薇会展中心有一场拍卖会,吃完饭你跟我一起去。"

"啊?姚姐呢?"

"她健身去了,一把年纪了突然对自己严苛起来,整天嫌自己胖,三天两头地往健身房跑。"

"那你不早说,我今天穿得不够正式。"

"哈哈,没事,我待会儿也不换衣服了,咱们溜一圈儿就回来了。"

付雷如此不拘小节,我也抿着嘴笑了,所幸我穿的是白色外套,扎高马尾，他穿的是白布衫，扎低马尾，随意到一块儿去了。

要丢人一起丢人。

然而，我想错了，和付雷一起出门是永远不会丢人的。秘书、助理、保镖、司机，齐刷刷地跟着。

我还没打听明白紫薇会展的这场拍卖会是哪位名人举办的，就已经出尽了风头。

无数人在跟他打招呼，左一句"付先生"，右一句"哎呀，没想到您亲自来了"。还有人跟着拍照，会场领导模样的工作人员，嘴都咧到耳根子了。

后来我才知道，这是著名的绘瓷艺术大师陈老先生和他夫人童巍女士联合一些知名艺术家举办的慈善拍卖。此次拍卖所得，将用来成立基金助力脑瘫孩童。

童巍女士是传统绘瓷艺术研究会的会长，还曾参与过明清御窑复烧，传承家学，擅作粉彩花鸟，其名下作品深受海内外收藏家喜爱。

因为双方都是有身份的大家，而且承办方及早通过媒体宣传，是以这场拍卖会座无虚席，当地有头有脸的人物几乎都来捧场。

很巧的是，我在这里见到了叶诚。他们事务所担任此次拍卖活动的法律顾问。

叶诚与陈老先生及童巍女士似乎相当熟稔。

在拍卖会开始之前，付雷与陈老和童巍女士打了招呼，都是喜欢艺术的人，聊得很是热络。

我站在付雷面前，举止得体，落落大方。与他的生活助理姜晴不同，她穿的是正式的西装套裙，而我，白外套、休闲裤、运动鞋，与同样衣着随意的付雷实在另类。

不过付雷随随便便往那儿一站，强大的气场也依然令人难以忽视。

　　为了不丢他的脸，我自然也挺直腰杆，笑容淡淡，扎起的高马尾上还卡了副墨镜，格调肯定是装到位了。

　　我与叶诚便是在这种情况下进行了今天的第二次见面。

　　童巍女士慧眼识珠地看出了我的不同，笑着让付雷介绍一下。

　　付雷跟她道："童老师，这是我妹妹代嫣，上学的时候也是艺术生，她学过画画，在这方面很有天赋，有机会还请您指教一下。"

　　叶诚在她身后，目光幽深地看着我。

　　我目不斜视，脸上含笑，同童巍女士握了手："久仰大名童老师，别听我哥瞎说，我很多年没拿画笔了，实在惭愧。"

　　童女士当然不会深究我到底会不会画画，以及画得怎么样，她只是笑眯眯地端详我，拍了拍我的手背，对付雷道："付先生，你这妹妹可真漂亮，长得跟画似的。"夸完又慈爱地问我，"小嫣今年多大了？有男朋友没？"

　　我尴尬地笑了下，尚未回答，付雷已经不紧不慢道："还单着呢。童老师，您又不是不知道，现在的年轻人推崇什么自由主义不婚族，倒是我们这些老古董跟着瞎操心。"

　　童女士止不住地点头，感同身受似的目光落在一旁的叶诚身上："可不是，你瞧我这外甥，快三十的人了，整天就知道忙工作，女朋友都没时间找，我们这些做长辈的催也没用，人家年轻人有自己的想法……"

　　我抬头望去，目光与叶诚碰了个正着，很快又移开。

　　眼看付雷与童女士还要聊下去，我及时打断了他们的话，礼貌道："童老师，好不容易见您一面，我能跟您合个影吗？"

拍卖开始之前，我曾疑心付雷带我来这儿的目的，是想找机会带我认识几位名师，搞艺术。

结果直到拍卖会开始，我才知道他真正的目的，是何星海的父亲。

作为淮城有名的富商，何星海的父亲何荃也来了。既然来了这种场合，定然是要拍下一两件东西回去的。结果我很快发现，但凡何家举牌，不管拍卖的东西是什么，付雷身边的秘书杨天奇都会跟着举牌加价。

一次，两次，三次……

很快，何家也察觉出了不对，从一开始客气谦让，到后来不明所以，有了几分恼怒。

杨秘书永远比他们高出一口价。几番下来，几乎全场都察觉出了不对劲，何家这是摆明得罪了付雷。

于是只要何家举牌，全场无人再喊价，只剩杨天奇面无表情地往上加。

我侧目道："雷哥，没必要。"

拍卖场的灯光，映在付雷的脸上，棱角分明，神情透着冷意。

他淡淡道："没事，闹着玩而已。"

一次次地闹着玩，连主持人都蒙了——

"付雷先生又加价一次。"

"付雷先生加价两次。"

"付雷先生第三次加价。"

"成交！"

全场目光都注视在我们这边，交头接耳，我无奈地撑着额头，继而将墨镜往下拉，遮住了脸。

何家从最初的茫然，到恼怒，再到最后的忐忑。

拍卖一结束，一把年纪的何荃就老狐狸一般，笑呵呵地走过来，同付雷友好地握手："哎呀付总，您可真是一点机会都不给我留啊，那张素三彩的瓷板画，我是真喜欢呀，原想拍下当壁挂，这最后到底还是被您给拍下了。"

"不好意思，那瓷板画我家妹妹也喜欢，所以就不遑多让了。"付雷面上含着笑，客气疏离，声音淡淡。

点到为止，双方都是聪明人，何荃看了我一眼，又寒暄几句，这才匆匆离开。

想来回去之后，会好好管教一下他儿子了。

待人走远了，我叹息一声："雷哥，真没必要的。"

付雷不甚在意，也没接我的话，只是道："那张瓷板画回头让姜晴放你车上，别的东西你看有喜欢的吗？喜欢的话就去挑挑，不喜欢就让小杨去操办一下，全部捐掉吧。"

我笑了下："好。"

拍卖会结束半个月后，我接到了叶诚的电话。他说他刚从国外回来，给我带了礼物。

电话打来时，是晚上十一点，我在上班。

今朝灯光璀璨，我坐在大堂沙发上，漫不经心道："不必了叶律师，我什么都不缺，你送别人吧。"

叶诚沉默了下，说了句："我在外面。"

我拿手机的手顿了顿，又道："哦，很晚了，您回去吧。"

"能出来下吗？我有话跟你说。"

"我在上班，很忙。"

"我等你下班。"

我皱了下眉,长长地叹息一声,那边已经挂断了电话。

凌晨两点,包厢的人都走得差不多了。晖哥招呼我下班。

走出酒吧大门,我四下观望,果然看到了叶诚的车。他还真是有耐心。

我心情复杂地走过去,上了他的车。

叶诚率先递过来一个奢侈品手提袋,笑道:"礼物。"

既然他执意要送,我只得顺手接过,礼貌一笑:"谢谢。"

"我送你回家。"

"好。"

叶诚启动车子,开车送我回去。一路都没有说话。

到了我家楼下,我没有立刻下车,目光静静地看着他:"叶律师想跟我说什么?"

"其实你,不用跟我这么生疏,毕竟我们,论起来我该叫你一声学姐。"

一向头脑清醒、口齿严明的叶大律师,仿佛很为难似的,又最终下定决心,开口道:"代嫣,你为什么要这样?"

"哪样?"我打趣地看着他,从包里掏出烟盒,"介意我抽烟吗?"

叶诚深深地吸了口气:"介意。"

"哦,那算了。"

我遗憾地把烟放回了包里,又侧目问他,似笑非笑:"还有什么要说的吗?我要回家了,并且我希望以后我们都不要再见面了。"

"你到底是什么意思?"叶诚下定了决心似的,目光深沉,"你把我当成什么?"

我一本正经地看着他:"叶律师,你这么质问我,我会以为你认真了。"

"我以为,你跟其他女人不一样……"

"你误会了。"我看着他,忽而笑了,"你打听过我吧?我当年在学校可是很出名的。"

出了名的谣言满天飞。

人生无常,兜兜转转,毕业后我还是做了这里的营销经理。

如果他打听得再细致一点,就会知道我当时还谈了个男朋友,叫周烬。

一个很有名的人,有着跟我一样糟糕的人生,最后因为意外跳海不知所终。

不出意外的话,应该是死得透透的。

这些都很好打听,又或者还有人说今朝的老板付雷对我颇多照顾,是因为我是他的女朋友。

很多很多,流言蜚语,是我用脚指头都想得到的。

叶诚沉默了下,突然莫名跟我说:"你家里挂在客厅的那幅画是你画的吧,一个沉醉的舞者,赤脚踩在荆棘上跳舞,袜子被血染红。我还在九京的校内网看到了当年你参赛的获奖作品,是一只被箭穿透的孤雁,于半空掉落,你给它起名叫《坠落》。代嫣,其实你真的很有天分,画出的画让人很容易产生共鸣。"

"所以呢?"

他顿了顿:"我不知道,我第一眼见你,就感觉你很特别,像是随时会破碎的玻璃瓶,但是又高高在上,耀眼夺目……我承认我被你吸引,对你有好感,你让我有不一样的感觉。很抱歉从别人嘴里打听了你,一开始我选择相信自己的耳朵,现在,我想我应该重新认识你,你和他们说的不一样。"

我嘴角的笑一点点凝结,眼底化为不为人知的阴冷:"像我这样的女人,会是什么好东西,你错了,叶律师,到此为止吧。"

02

叶诚迟早会明白,我真的不是什么好人。若他对我没有任何价值,我根本不会接近他。

现在,我想跟你们讲一讲我的故事。

我叫代嫣,我的人生,死过两次。

一次是十九岁那年,我妈突发心肌梗死,悄无声息地死在了家里。

一次是二十三岁那年,周烬跳海,不知所终。

书上说,年少不遇惊艳之人,青春不过轰烈之事。人的一生,就该平淡如水,安稳流淌,无大风大浪,偶尔激起小的水花,让它归于平静,才是最终圆满。

平凡人的一生,不该掀起惊涛骇浪,否则会撞得头破血流,哪怕十年二十年,回首过往,嘴里仍有一股血腥味。

很不幸,我便是这样的人。

认识周烬时,我是九京大学的大一学生。

那时我家住在苹果湾小区,两室一厅,楼房很旧,底层房屋很潮,我们所在的六楼还好,只是外墙长满了爬山虎,层层叠叠,虽然漂亮,却很招虫子。

夏天家里总是有杀虫剂的味道，因为蟑螂很多。

我和我妈相依为命。

她是个普通的中年妇女，在市中心的百货大楼上班，做营业员。

我妈很爱我，我考上大学那会儿，她别提有多高兴了，拿着手机，用方言挨个儿通知我远在四川老家的外公、外婆和舅舅。

我们是单亲家庭，在淮城举目无亲，但我妈想庆祝，所以难得奢侈地带我去市区吃川味火锅。

我们点的鸳鸯锅，一份娃娃菜，一份鱼丸，一份牛肉卷，以及一份蟹肉棒。

那时候的菜品分量很足，但我还是觉得不够吃，又要再点别的。

结果我妈赶忙拦住了我，不住地说："够了够了，嫣嫣，妈妈下班的时候吃了中午剩的一个包子，现在不太饿。"

我知道她是为了省钱。果不其然，菜品下锅，她不住地往我碗里夹牛肉和鱼丸，督促我多吃点。

我一脸无奈地嚷嚷："妈，你这样我都没心情吃了，说好的我俩庆祝，这摆明了是我一个人的狂欢。"

我是艺考生，学艺术有多费钱我是知道的。

我妈很节省，平时一分钱都不舍得多花。

所以我站起来也夹了菜给她："一起吃，回头吃不饱的话再要一份面条下锅里，不过分吧？"

我很爱我妈妈，家境普通，但我从没抱怨过。甚至从初中起，每年寒暑假，空闲之余，我都会在家里做那种编织的小竹篮，加工一个可以挣两毛钱。

等我上了大学，已经不再是未成年，放假的第一件事就是找了份兼职。

那时市区开了一家有名的KTV，很高端，名字叫钻石。

我一个人是不敢去那种地方做兼职的，但我初中同学桃子在那里工作。

钻石是家很大的KTV，服务员很多，我在三楼的一个小超市负责上货及收银。跟我一起搭档的有时是桃子，有时是琴姐，她们是全职，需要两班倒。

我在那里上班的第三天，就见到了周烬。

一个长得很帅，笑起来很坏，高个头、单眼皮的男生。

那天琴姐去厕所了，我一个人在货架理货，他走了进来，拿了一罐可乐，头也不回地转身就走。

我放下手里的货，赶忙就追了过去："哎，你没付钱呢。"

可乐打开喝了一口，他才好笑地看着我，扬起两道浓黑桀骜的眉："新来的？"

我皱着眉头看他："是，你没给钱呢。"

他"哦"了一声，一手拿可乐，一手在裤兜里摸索，最后懊恼道："没带钱，先欠着吧。"

我是肯定不会让他走的，不悦地瞪着他："你这人怎么这样啊，没带钱随便拿饮料，还打开给喝了。"

他看着我笑，嘴角勾起，痞气十足："我都说了先欠着，姐姐，你别不依不饶啊。"

周烬的声音很好听，声线干净悦耳，含着隐约的揶揄，令我恼红了脸。

"你别来这套，挺大的小伙子，怎么干这种事呢？"

他上前一步，走到我面前，微微弓下身子看我，黑亮眼眸中藏着止不住的笑意："我干什么了？说得我好像十恶不赦一样。"

他离我很近，高了我一个头，足足的压迫感，黑 T 恤下露出的胳膊是健康的小麦色，很结实。

我被他吓了一跳，脸一白，钱也不要了，转头进了小超市。

后来我站在收银台里面，隔着两层透明玻璃小心观望，看到他露出一口白牙，冲我笑得灿烂又张扬，然后挥了挥手，转身离开。

琴姐回来的时候，我懊恼地向她讲述了方才的事，还描述了下他的体貌特征。本意是想给一楼的王经理打电话，看能不能拦到人，把可乐钱补上。

结果琴姐道："你说的是周烬吧，记账就好了，他拿东西从来不给钱的。"

于是工作的第三天，我知道了周烬这个名字，他是钻石老板付雷身边的一个弟弟。

时间长了，便又通过桃子和琴姐，对他有了更加全面的了解。

周烬还在上学，比我小一岁，是化工职业技校的学生，那学院校九京大学不远。

据说他是付雷老家一个远房穷亲戚家的小孩。后来周烬亲口跟我证实，他家在农村，很偏远，确实跟付雷老家是一个镇子的，但并不是他亲戚。

周烬自幼丧父，母亲改嫁，从小是跟着奶奶长大的。后来奶奶也去世了，他叔叔家占了属于他家的房子，婶子整天冷嘲热讽、阴阳怪气，硬是将十岁的他逼得离家出走。他一路捡破烂、讨饭进的城，然后居无定所，跟街头的流浪汉睡过同一张毯子，也曾在网吧蹭地方睡觉。

网吧老板是个好心人，给他买过几次蛋炒饭。后来他便每天晚上来蹭地方睡觉，早上开始帮老板打扫卫生，收拾机子。

蹭了大半年，他学人家买了马扎和鞋油之类的东西，在街头擦皮鞋，一块钱一双。再后来，遇到了付雷。

十几年前的付雷，也是农村出身白手起家的年轻小伙，什么都干过，什么都敢拼。

他在火车站附近开连锁餐饮店的时候，周烬就在他店门口摆摊给人擦皮鞋。

火车站人来人往，餐饮店二十四小时营业。周烬有时凌晨两点还在。

有一天晚上，付雷蹲在他面前抽烟，跟这个早熟的孩子闲扯了几句，觉得他挺有意思，老家又是同一个镇子上的，便说要帮他。

周烬大喜："哥，我要进你的餐饮店工作，在后厨刷盘子也行。"

付雷摇了摇头："你年龄太小。小子，想跟我一起工作，先去上学，大字都认不全，我要你干什么。"

付雷资助他上寄宿初中，初中毕业上技校。

在这期间，付雷的餐饮店因经营不善倒闭了，他又寻了个门面，跟人合伙投资开KTV。

钻石开业的时候是真隆重，生意也是真的好。

但钱挣得太多会招人嫉妒。

付雷庆幸自己是跟人合伙开的店，那合伙人跟他是多年的朋友，叫孙大闯，人称"闯哥"。付雷在火车站开餐饮店的时候，闯哥在后面一条街开手机维系店和棋牌室。他比付雷有脑子，也有实力。

火车站附近三教九流什么人都有，闯哥在那一带很有名。有名到什么程度呢？

你上午钱包被偷了，下午托人找到闯哥，闯哥叼着烟打牌，随手打个电话，不出一个小时，你的钱包就能被送来。

大花臂，粗项链，体形魁梧微胖，长相凶悍，这就是闯哥。

没人知道看着斯斯文文的付雷是怎么跟闯哥成朋友的，事实是他们确实是很好的朋友，闯哥喝多了的时候，会在酒局上拍着付雷的肩，感慨："雷子是我一辈子的兄弟，当年我在火车站开手机店，卖给一个外地人用过的话费充值卡，三十块钱而已，那个人疯了似的找我麻烦，周围的人都吓跑了，要不是雷子冲过来帮我，我也没有今天。"

过命的交情，自然是不一样的。

我一整个暑假都在钻石打工。

跟周烬的第二次见面，是在他拿走了可乐的次日晚上。

KTV 三楼金碧辉煌，灯光璀璨。小超市在三楼中间位置，为的是方便顾客买东西。

没人的时候，我在吧台切果盘，桃子躲懒去跟她网恋男友打电话。隐隐约约的音浪声中，隔着老远，我看到电梯门开了，几个胳膊上满是文身的男人面色不善地走了出来。

他们从玻璃门前经过，去了走廊尽头的一个包间。

我顺着他们过去的方向看了一下，很快低下了头。

为首的男人尤其年轻，双手插兜，嘴里叼着根棒棒糖，眉眼冷峻，一脸桀骜。

正是周烬。

他们进了包厢，门没关紧，不多时里面传来一阵乒乒乓乓的打斗声，夹杂着哭爹喊娘的哀号。

不知过了多久，在我佯装认真切果盘的时候，脚步声走近，伸过来一只手敲了敲桌子："姐姐，咱俩是不是在哪儿见过？"

熟悉如昨日的声音，已没了方才的冷峻，反而带着几分戏谑和揶揄。

可是那只敲桌子的手，骨节泛着红。

我手一顿，抬头对上那双漆黑的眼睛，尴尬地笑："我们昨天才见过，呵呵。"

周烬勾唇，双手撑在桌子两侧，似笑非笑地看着我："我欠你多少钱来着？"

"啊？你没欠我钱。"我一脸认真，"别闹了弟弟。"

这声"弟弟"说出口，周烬愣了下，接着眼中笑意渐浓："你昨天不是这个态度。"

"……你昨天，也没打人。"

他挑了下眉，很快轻咳一声，解释道："你怕什么？"

我笑了笑没再说话，低头切水果，心里盼着他赶紧离开。

他却悠哉地倚在吧台，一边吃果盘里的水果，一边有一搭没一搭地跟我聊天："你叫代嫣对吧，九京的学生？

"你来这里兼职，王德兴给你多少钱？

"你晚上回家的时候怕不怕？有人接你吗？"

彼此又不熟，问题还这么多，真的很讨人嫌。但他一本正经地看着我笑，一脸无畏，漆黑的眼眸坦荡又深邃，仿佛没有察觉到任何不妥之处。也不知是真不懂，还是在装不懂。

我皱着眉，正想着该如何回答他，玻璃门外，一个染黄头发的青年，叼着烟过来了："烬哥，干吗呢？走啊。"

周烬应了一声，起身离开时顺手从一旁货架上拿了两罐可乐。

我以为他是给那黄毛青年拿的，结果他将其中一罐放在吧台桌上："我还有事先走了，这个给你。"

真行。"

待他们走后,我将那罐可乐放回了货架上。在我的认知里,周烬与我是两个世界的人。

我从小学习成绩优异,是周围人眼中的乖乖女。

而周烬,在我看来,和我完全不同。

他时常来钻石,因为这里是付雷的产业,他在替他工作。

我后来经常在钻石见到他。他常和那个叫他"烬哥"的黄毛青年在一起。

黄毛看着跟他差不多大,圆圆的鼻头,长得挺有喜感,他们都叫他"小六"。

在周烬第三次顺手送我可乐时,小六倚着玻璃门,笑得一脸不怀好意,叫了我一声"嫂子"。

我吓了一跳:"你,你别乱叫啊!"

黄毛一脸无辜,正要开口说什么,被周烬转身一巴掌拍在头上:"滚蛋!"

然后他将一罐可乐放在桌上,看了我一眼。

少年看着镇定,轻咳一声,耳朵还是微微泛红了。

目光对视,我很快移开,将那罐可乐推了回去:"我不喜欢喝可乐,你拿走吧。"

"那你喜欢喝什么?"

"……白开水。"

"……你有保温壶吗,我去帮你倒。"

…………

那天下班,已经晚上十点多了,而城市到处还很热闹,街上车辆也多。

从钻石到我家，骑电动车也就不到十分钟路程。一开始我来这儿做兼职，我妈接过我几回，后来在我的劝说下她慢慢也放了心，愿意让我自己骑车回家。

但我没想到，那天我刚换完衣服出门，就看到了周烬。他骑在一辆很酷很炫的摩托车上，见我出来，将手里的烟给掐灭了，笑得一脸灿烂："姐姐，我送你回家吧。"

"……不用，我家离得挺近的。"

"那你送我回家？"他挑着眉毛，勾起嘴角，"待会儿我再送你回来？"

我终于叹息一声，无奈道："周烬，我跟你不熟。"

潜意识里，我觉得应该和他划清界限。

他近日的行径，摆明是想追我，我应该将他这种念头掐灭在萌芽里。

果然，话说出口，周烬不笑了，看着我认真道："以后不就熟了，人与人之间哪有一开始就熟悉的。"

"你知道我的意思，我们压根儿不是一路人，以后也不会熟的。"

言尽于此，周烬眼神一暗，沉默了下："好，我懂了。"

然后他戴上头盔，骑着摩托车轰隆隆地开走了。

后来我在KTV再见到他，他不会多看我一眼，神情漠然，走路目不斜视，也没有再跟我说过一句话。

桃子还凑过来问："周烬怎么了，之前不是有要追你的苗头吗，这么快就熄火了。"

我敲了下她的头："你别瞎说。"

两个世界的人，注定是要泾渭分明的。

我是好学生代嫣，他是张扬的周烬。不出意外，永无交集。

然而暑假开学前夕，兼职的最后几天，我看到了一群熟悉的面孔来这里唱歌。

　　年轻男女，神采飞扬，青春靓丽。

　　没错，是我那帮家境不错的同班同学。

　　我上大学后，与班里一些同学相处得不太好。主要是九京大学这所名校里的学生家境都很好。

　　现实生活就是如此，家境优渥的孩子一出生就赢在起跑线，在我上初中才开始学英语的时候，他们从上幼儿园学的就是双语，已经能够流利地用英语交谈。小说里那些不学无术的富二代，其实是很少的。

　　他们大都品学兼优，有最好的教育资源，有聪明的大脑，有见多识广的父母，轻轻松松就能上好的学校。而我和其他一些家境普通甚至贫寒的孩子，为了考上那所大学，挑灯夜读，不知要付出多少倍的努力和心血。

　　更难为情的是，当我们好不容易披荆斩棘冲破层层关卡来到罗马，才发现有些人一出生就已经在这里。

　　罗马没有瞧不起我们，会给贫困生补助，老师们也一视同仁。

　　但它其实也有自己的生存法则。比如我们这些"外来者"是一个派系，"本地人"又是一个派系。

　　九京大学毕竟是所名校，学生大都有良好的教养，对于"外来者"，"本地人"骨子里有再多瞧不上的鄙夷，表面上也能和平共处。

　　我原本也是能跟他们和平共处的。但是很不幸，我被物理系的系草陈嘉贺表白了。

　　他是我的高中同学，我们很早之前就认识了。之所以说不幸，是因为陈嘉贺长得眉清目秀，一脸腼腆的书卷气，大一刚开学就吸引了很多女生的目光，其中就包括我们宿舍的张佳佳。

张佳佳家境好，家里是开证券公司的，名副其实的白富美，且性格开朗，喜欢陈嘉贺也敢明目张胆地说出口，尽人皆知。

她缠了陈嘉贺很久，导致这个一根筋的傻子，直接站在我们宿舍楼下，当众跟我告白。

他说："代嫣，我从很早以前就喜欢你了，你能不能做我女朋友？"

他不知道，他的喜欢会将我推入怎样的境地。

我跟张佳佳她们的关系谈不上多好，但也没到交恶的地步。而他促进了这种关系的崩塌。

陈嘉贺没有错，他跟我一样，都是普通家庭的小孩，凭着自己的努力考上这所大学。

高一时我们还做过一段时间的同桌。我理科成绩不好，他经常帮我讲解数学题。他笑的时候，脸颊上的酒窝格外好看。

我至今想起来，都记得自己曾经也是对他有好感的。在我的潜意识里，我们本该是一类人。两个家境普通的小孩，同样吃过生活的苦，彼此更能理解，心意相通。相互鼓励和奋进，走到一起也是水到渠成的事，毕业后踏入社会好好工作，未来会有无限可能。

但我很明智地拒绝了他。因为那个时候，我更爱的是自己，我要明哲保身。人心的复杂和险恶，是我很早的时候就体会过的。

陈嘉贺很好，但他还没强大到可以保护我，让我不被别的女生欺负。

张佳佳看我不顺眼，她们在宿舍里对我冷嘲热讽，指桑骂槐，很快连一些男生也戴着有色眼镜看我。

她们说："瞧不出来啊，装得一脸无辜，这么会勾引人。"

"越是这种文静老实的女生，越是能装，假清高罢了。"

跟她们交好的一些男生，有的开始试图勾搭我。

我忍了很久，在他们变本加厉之前，收集了证据，交给辅导员。

我素来成绩好，老实本分，给老师留下的印象很好。最后辅导员逐一约谈了他们之后，还帮我换了个宿舍。

如此一来，他们更记恨我了。

而且命运的齿轮再次无情碾压我——我和宋俏成了室友。

我和宋俏有一个仅有我俩才知道的秘密。那个秘密就是——我原本叫宋嫣，不叫代嫣。她爸爸宋景阳也是我的爸爸，或者更准确地说，曾经是我的爸爸。

宋景阳在我妈怀有身孕时，谎称单身，仗着一副小白脸的长相，哄骗一个物流公司老总的女儿，让她也怀上了他的孩子。

宋景阳痛哭流涕地跪在我妈面前，求她离婚。

宋景阳净身出户。

他本来也没什么钱，家里一套两室的房子、不多的存款，都给了我妈。然后他拍拍屁股，迤迤然住进女方家的大别墅，去了女方家的公司上班，成了正经的上门女婿。后来混得人模狗样，被人称为宋总。

他们除了宋俏，还生了个儿子。

但我知道，外表风光无限，实际宋景阳被那一家人拿捏得死死的。他从不敢来看我和我妈一眼，因为在我很小的时候，他曾良心发现来家里一趟，买了很多玩具给我，后来被他现任老婆发现，差点跟他闹翻了天。

软弱的宋景阳发誓会跟我们划清界限，再也不来往。

其实他想多了，在他走后，我妈就逼着我将那些玩具扔进了楼下垃圾桶。我抱着不撒手，她打我，然后我哭了，她也哭了。

她这辈子毁在宋景阳手里。

我很小的时候，就知道我是有爸爸的。但直到小学六年级，我才知道我的爸爸原来不仅是我的。

那时我成绩好，被老师带着去参加市里的作文比赛，刚巧宋俏也参加了。她打扮得像个小公主，珍珠裙、红皮鞋，两条辫子又黑又亮。而带她来参赛的，正是宋景阳。

我原本也应该是由家长带着来的，可惜我妈要上班，不舍得请假，只能麻烦了老师。

我看到了父慈女孝的宋景阳和宋俏，儒雅的他蹲在地上，捏了捏她肉嘟嘟的小脸，宠溺道："俏俏千万不要紧张哈，有爸爸在，待会儿比赛完了，爸爸带你去吃麦当劳。"

那年十一岁的我，还不是很懂事，骨子里对亲情和爸爸的渴望战胜了一切，我希望宋景阳也能看到我，所以主动走到他面前，也唤了他一声："爸爸。"

然后我看到宋俏疑惑地看着我，以及宋景阳脸上惊慌失色的尴尬神情。更讽刺的是，那场作文比赛，题目竟然是《我的爸爸》。

比赛之后，宋景阳果真带着宋俏去吃了麦当劳。

老师送我上公交车的时候，我坐了一站就下了车，拼了命地往回跑。然后我坐在麦当劳门口，隔着透明玻璃，看到那对父女笑意盈盈，温情无限。

宋景阳发现了我，我说不出当时他那种眼神多么复杂。有慌，有恼，有无奈，有厌恶，也有苛责。

最后他买了一份麦当劳给我，趁着宋俏在安心吃薯条时，走到门外，将打包袋丢给了我。

没错，是丢。

他皱着眉说："赶紧回家，别跟着我！"

我独自一人走了好几站的路回家，在靠近小区门口时将那袋麦当劳给了一个经常在那儿翻垃圾桶的小孩，自那时起，我认同了我妈的话——我代妈，没有爸爸。

我和宋俏，彼此心知肚明对方是什么人。她和张佳佳她们一向玩得很好，暑假开学前夕，还约着一起来了钻石唱歌。想来都是命运的安排。

他们一行人有男有女，嬉笑打闹着来到三楼时，周烬也在。当时他窝在外面的沙发上睡觉，随手盖着的外套遮了一半的脸。

即便这样，宋俏还是认出了他，一脸惊喜地跑了过去："周烬！好巧，你真的在这儿。"

周烬一脸被吵醒的茫然，浓黑的眉微微蹙起："……宋俏，你怎么来了？"

他们竟然认识。

我回想起很早之前，我还跟张佳佳一个宿舍时，曾从她们的闲谈中得知，九京大学与化工职业技校举办过一场篮球联谊赛，宋俏作为当时的啦啦队队长，对对方篮球队的队长一见钟情。

当时张佳佳说："我今天又跟宋俏一起去了化工技校，她可真是够执着的，三天两头地扑空，还是坚持往那儿跑。

"帅哥的魅力就是大，也不知道宋俏能不能拿下。"

宋俏能不能拿下我不知道，我只知道她肯定是听说周烬在这儿，才想来碰碰运气的。而且那天刚好是她的生日。

同行的其一个女生提着生日蛋糕，嗲声对周烬说："今天是俏俏的生日，我们来 KTV 帮她过，周烬你待会儿也过来嘛，一起帮俏俏庆祝。"

宋俏一脸期待地看着他。

周烬将外套往上拉，盖住了脸："好困，我要睡觉。"

隔着老远，我听到宋俏捂着嘴笑，声音无比温柔："那你睡吧，等下切蛋糕的时候，我来叫你好不好？

"好不好呀，周烬。"

"嗯。"周烬随口应承，声音带着困意。

宋俏又是一笑，依依不舍地看着他，跟那一行人先行进了包厢。

我觉得趁她们还没发现我在这里打工，我必须赶紧请假离开。

走的时候，经过外面的沙发，周烬还蜷缩在上面，只露出外套下凌乱的黑发。

我在等电梯时，心里突然生出一个荒诞的念头——一个处在阴暗角落里的代嫁，内心的卑鄙。

我转身走到周烬面前，蹲下身子，唤了他一声："周烬？"

原以为睡着的人，抬起了头，凌乱的头发下露出一张桀骜的脸，浓眉英挺，细长且漂亮的单眼皮，眸子乌黑深邃，含着一丝诧异。

"嗯？"

"要不要去兜风？"

我试探着问他，四目相对，看到他眼中诧异褪去，渐渐起了几分玩味："姐姐，你别耍我。"

"没耍你，走，我请你喝可乐。"

周烬一骨碌从沙发上起身，个头足足比我高一头，笑容痞气，冲我露出一口大白牙："走！"

那天，他骑着摩托车带我穿过大街小巷。我们一起去热闹的夜市吃冰粉、打气球。他很厉害，隔着老远用弹枪"哒哒哒"地将气球打了个精光,赢得摊主黑了脸,也成功让我目瞪口呆。最后我买给他一罐可乐,他送我一个赢来的流氓兔大玩偶。

随后我们又骑着摩托车去了附近的中心公园溜达了一圈。城市夜景很美,公园很大,不时有锻炼身体的暴走团成群结队经过。树木上的霓虹闪耀,凉风徐徐,我俩站在长桥上,有一搭没一搭地闲扯。

不远处有一对情侣,在树下椅子上搂搂抱抱,不多时还吻上了。我有些尴尬,周烬轻咳一声,不好意思地移开目光。这倒是挺让我意外的,像他这样的男生,连一向骄傲的宋俏都不惜追到 KTV 来,竟然还挺纯情。

这时他手机响了,他看了一眼便给装兜里了。

我猜测是宋俏,没多想便直截了当地问了他:"宋俏喜欢你,你喜欢她吗?"

他一开始诧异于我也认识宋俏,很快又开口解释:"我跟她不熟,一共也没见过几次,姐姐你别误会。"

少年眼眸漆黑而清亮,我不由得勾起嘴角:"那就是不喜欢了?"

"不喜欢,我有喜欢的人。"

夜幕下,周烬声音含笑,一本正经地看着我,眼睛亮晶晶的,像是星星。

炽热的目光,令我即刻冷静下来,笑了一声:"你喜欢我?"

"嗯。"

"为什么?"

"因为,你是个好人。"

"扑哧……"我忍不住笑出了声,乐道,"你真的假的?"

"哎,姐姐,你果然是对我一点印象也没有了。"

周烬失望地叹息一声,看着我笑:"我第一眼见你就觉得眼熟,下了楼就去找王德兴要了你的身份证复印件。代妈,家住苹果湾小区,我十岁时经常去那一片捡破烂儿、翻垃圾桶。"

我一下愣住了,眨巴着眼睛,试探性地问他:"我给过你很多空瓶子,还给过你烧饼和棒棒糖?"

"嗯,你后来还给过我一份麦当劳,那是我第一次吃汉堡,也是第一次喝可乐。"

"你竟然是那个小孩?"

我觉得不可思议,天底下怎么会有这么巧的事。

周烬看着我笑,目光深深,认真道:"我就是那个小孩,我还记得你因为把家里的空瓶子都装起来给了我,被你妈拿着拖鞋追到楼下揍了一顿。"

"哈哈哈,那瓶子是我妈攒的,她可会过了,平时上下班路上看到空瓶子都会捡回家留着卖钱。"

我简直笑弯了腰,一方面是感叹命运的神奇,一方面是觉得着实有趣。

周烬看着我笑,手搭在桥梁上,夜风吹乱了头发,昏暗灯光下,他眼中闪烁着细碎的光。整个人显得轮廓柔和。

"我十岁时被我婶子撵出来,一路要饭、捡破烂儿,遇到过坏人,也遇到过好人,比如庆宁路的始点网吧老板,收留了我大半年,再比如我哥,送我去上学,带我工作。

"但其实我进城之后,先遇到的是你,你是第一个买烧饼分了我一个的人,而且还坐在一旁跟我一起吃。"

我上小学那会儿,我妈总是很忙。每次商场有打折促销活动,为了那点加班费,她总是很晚回家。因此会提前给我零花钱,让我放学后饿了就先买个烧饼垫垫肚子。

五毛钱一个的烧饼，我最开始会买一个，掰一半给那经常在小区里溜达捡瓶子的小孩。后来干脆买两个，一人一个，蹲在一旁吃完，然后拍拍屁股回家。

　　那时候的周烬，衣服很旧，也很脏。但他的脸总是洗得干干净净的，小小少年，身板瘦弱，矮了我一头。

　　我拿烧饼给他时，会像小大人似的，唤他一声："小孩，给你。"

　　他则会小声说一句："谢谢姐姐。"

　　很奇怪，当初比我还要矮一头的小孩，如今站在我面前，个头高高，浓眉星目，笑得张扬又璀璨。

　　命运真的是很奇妙。

　　在我还在上小学的时候，它已经将周烬送到我面前，以一种奇特的方式，交织着我们各自的人生轨迹。

　　我与周烬，大抵是命中注定。

　　但那时我一无所知，公园桥上，夜风袭袭，他认真地对我说："姐姐，你是好人，所以我喜欢你，那时候喜欢，现在也喜欢。"

　　面对他含笑的眼神，我细微地轻呼一声，目光遥遥望向远处："周烬，我才不是好人。"

　　他一脸不解地看着我，我无奈地笑一声，缓缓道："你知道我为什么拉你出来吗？宋俏是我妹妹，同父异母的那种。"

　　我们在一所大学，一个班级，后来诡异地又在一个宿舍。她没有得罪过我，也没有招惹过我，甚至在张佳佳她们指桑骂槐地影射我时，她还劝阻，让她们不要再说了，算了。

　　宋俏皮肤白净，性格烂漫，对谁都很好。如果没有宋景阳这层关系，我对她不会这么厌恶。

　　没错，是厌恶。

我还记得九京大学录取通知书拿到手的第二天,我就见到了好多年未曾见过的宋景阳。

他登门而入,在我妈不在家的时候,对我说:"你不能跟俏俏上同一所大学,这样我很为难。"

他很为难,因为他那强势的有钱老婆,一个不高兴会拿这个为借口,甩脸色,闹情绪。他在乎的从来都是自己,以及如今的家庭。

没什么可失望的,我在小学的时候就已经认清了事实。所以考上大学的代嫣已经无坚不摧。

他伤害不到我,我拿起手机,作势拨打110,开口就是:"我要报警,有坏人私闯民宅,对我进行恐吓威胁……"

那日,宋景阳脸上写满了震惊,然后落荒而逃。

我在他离开的时候,盯着他笑:"宋景阳,别再来恶心我和我妈了,你是这些年日子过得太好了,忘了自己是怎样一个人渣了吗?我警告你,下次再敢过来,我不介意去你公司门口拉横幅,告诉所有人你是个抛妻弃女的小人。"

我厌恶宋景阳,所以也厌恶着他的宝贝女儿宋俏——哪怕她从未得罪过我。

我们在学校没有说过一句话,调宿舍的时候,发现跟她一个屋,我第一反应就是想搬回去。宁可面对一百个张佳佳,也不想面对一个宋俏。

周烬错了,我从来不是什么好人。内心的卑鄙,让我将躺在沙发上睡觉的周烬带了出来。宋俏不是要喊他切蛋糕吗?找不到人的时候,她一定很失望吧。

我没想瞒周烬这些,所以坦坦荡荡地向他说明了一切。

周烬果不其然地骂了一声,又说:"所以你把我拐出来,不是因为喜欢我，要跟我谈对象？"

我嘴角抽搐了下："你想多了弟弟，我跟你怎么可能，我们顶多是朋友。"

"为什么？"

周烬似笑非笑地看着我："又是因为不是一路人？今儿个你把话说清楚，我是哪条路上的人？"

年少经历坎坷的人，心智总是显得比较成熟。比如我，也比如周烬。看着分明是个少年，他眼神里的很多东西却往往让人招架不住。我早该知道，付雷能放心把钻石那么大一个产业交给他看管，他又怎么会是平凡少年。

但他又千真万确是个少年。那时的周烬，聪明、桀骜、自负，也矛盾。面对喜欢的人，他会故作镇定，耳朵泛红。被拒绝也会态度强势，一脸不服。

桥上四面俱寂，他突然靠近我，把我吓了一跳。然后个头高高的他，伸出手将我圈在栏杆上，低头看我，近在咫尺，眼眸幽幽。

我的身子抵着桥梁护栏，不由自主地往下缩："周烬，你干什么，别乱来啊。"

他笑了，我往下缩，他也跟着欺身而下，分寸不让，神情有些冷。

我咽了咽唾沫，心里直发毛。

然后下一秒，他将我拎了起来，禁锢在他与护栏之间，歪着头看我："姐姐，我特别讨厌你说我们不是一路人，我走这条路是我自己可以选的吗？我也想有健全的家庭、良好的出身，跟你们一样上名牌大学，如果可以选择，谁愿意过这样的人生？

"你说你不是好人，其实我也不是好人，你第一次说那句话的时候，我就有一种想捏碎你的冲动，知道吗？"

我脸有些白，愣愣地看着他："周烬，你可能误会了，我没有别的意思，你不会觉得我看不起你吧？"

他勾起嘴角，幽幽地笑了："你说呢？"

"那你指定是误会了，因为我是单亲家庭，也没有良好的出身，并没有比你好到哪里去。"

我心平气和道："我说我们不是一路人，是因为你的生活方式和我的生活方式相差太远，我和我妈相依为命，我从小老实本分，我们过的是规规矩矩的生活，你懂吗？"

"不懂。"他挑了下眉，竟然伸手捏了捏我的脸，"姐姐，别跟我扯那些没用的，这次是你招惹我的，我说了别要我。

"而且你可能对我有什么误解，我也是规规矩矩的人，没做过什么伤天害理的事，你不能一棍子把我打死。

"所以别整那些有的没的，跟我处对象。你不跟我处，我就去找宋俏处。"

我一巴掌拍掉他的手，皱起了眉："别动手动脚的，周烬你听清楚，你想跟谁在一起是你的事，不用特意告诉我，我今天拉你出来是一时兴起，你不必拿宋俏说话，跟我无关。"

周烬一愣，笑得跟朵花儿似的："生气了？我开玩笑呢。"

我忍不住翻了个白眼，推开他起身离开："别闹了，回去。"

暑假结束，开学，我已经是大二的学生。那一年发生了很多事。仔细说来，也是我命运的转折点。

周烬时常发信息给我，约我出去玩。我一本正经地回复他，我要上课，要学习，闲暇还要找一找家教的兼职工作。顺口还说了一句，"钻石那么大一家KTV，为什么发工资不及时呢？"

我做兼职一个半月，算起来有一千八的工资。

桃子她们的工资也没发，她们倒是说了，这种情况不是第一次，有时候会推迟一两个月才发的，只是不及时而已，不至于赖账。

但我是真的急，我妈生日就快到了，我攒了几千块钱，想给她买一条金项链。

我妈在商场工作的同事，几乎每个人脖子上都有金项链。我想给她一个惊喜。

在我跟周烬抱怨他们钻石拖欠工资时，当天中午周烬就来了我们学校。

那时我和新结交的同学陈玉一起在食堂吃饭。

中午正值人最多的时候，周烬就这么突然出现。穿着一身黑装，腰身紧实，身材修长，走路时一如既往地昂着头，脊梁挺拔，格外引人注目。

那张五官硬朗的脸，在人声鼎沸的食堂不断张望，两道浓黑的眉毛微微挑着。

我在看到他的第一眼便立刻低下了头，将身子隐匿在人群之中。

半小时之前，他喊我出去吃午饭，我说和同学约好了在食堂吃，没空。结果这人堂而皇之地就来了。

学校食堂很大，人很多，我听到不少人在议论：

"那男的是谁呀，长得好帅啊。"

"不是我们学校的吧，我们学校还有这种帅哥？"

"化工技校的周烬，你们不认识啊，很出名的，整个学校就没人敢惹他……"

越来越低的声音，给周烬的出身又添了一抹神秘色彩。

我做缩头乌龟的时候，周烬身边已经不断有人搭话，甚至还有不知从何处匆匆赶过来的宋俏。

一向天真烂漫的宋俏开心地迎了上去："周烬！你怎么会在这儿？吃饭了吗，我请你去第五餐厅吃吧，那里中西餐都有……"

"没空，我找个人。"

"啊，你来找谁？"

热闹的大食堂，我看到周烬侧目冲宋俏微微一笑，在她脸红的神情下，问道："我找代嫣，你看到她了吗？"

一瞬间，宋俏神情呆了："谁？你说你找谁？"

周烬没再理她，径直从她身边走过，四下巡视，扯着嗓子喊了起来："代嫣！出来！人呢？！"

在陈玉震惊的目光下，我缓缓举起了手。

然后就看到一脸坏笑的周烬大步朝我走来，开口揶揄道："藏得还挺严实。"

这人大刺刺一坐，把陈玉挤到了别处。一向文静老实的陈玉，脸红得像个煮熟的虾米。

周围人的目光全都聚集过来。

我半捂着脸，瞪眼警告他："你干什么啊，来学校找我干吗？"

周烬一脸无所谓，昂着那张招摇的脸，对左右吃饭的人道："吃饱了吗？吃饱了你们赶紧走，搁这当电灯泡发光呢。"

很快，连陈玉也赶忙地端着餐盘离开了。

我深深地吸了口气："周烬，你到底想干吗？"

他压低声音笑道："你又不肯跟我谈对象，老是问我这些莫名其妙的问题，合适吗？"

我脑子转了好一会儿才反应过来，顿时两眼冒火："周烬！你说话注意点，要什么流氓。"

"这叫耍流氓?"他眉毛一挑,一脸无辜,"行吧姐姐,我错了,平时跟他们开玩笑开习惯了。"

我压着火,皱眉看他:"你来找我到底什么事,有话快说。"

"我饿了,还没吃饭。"

"说完出去吃。"

"你陪我出去吃。"

"不去。"

"哦,那好吧。"

周烬叹息一声,下一秒伸手将我吃了一半的餐盘拽到自己面前:"我吃姐姐剩下的吧。"

"周烬!"

"没关系,我不嫌弃,小时候捡别人剩饭剩菜的时候多了。"

"……"

我深深地吸了口气,认命地站了起来:"你想吃什么,我去给你打。"

"姐姐看着办,你买的我都爱吃。"少年扬着脸,笑得灿烂。

我简单打了两荤一素,周烬是不挑食的,津津有味地吃了个精光。

一边吃一边对我道:"你知道钻石是我哥和别人合开的,王德兴和财务是闯哥的人,什么时候发工资他们说了算,我们从来没问过。

"不过等我晚上见到王德兴会催他的,让他尽快给发一下。你急着用钱吗?着急的话我有钱,可以先给你。"

"那倒不用,我不着急。"我嘴硬地回了他一句,同时疑惑道,"钻石好像里里外外都是闯哥的人负责,你哥也太不上心了吧,财务上的事都不管?"

"什么叫里里外外都是闯哥的人,我和晖哥、小六他们不是人啊。"周烬不满。

我心道,那不一样,周烬和赵晖他们说白了就是负责安保而已,聪明人都知道,掌握运营和财务才是根本。

十九岁的代嫣,算是个聪明人,但也仅是看到了一些表面。

比如我在钻石见过老板孙大闯,唯独没有见过另一个老板付雷,可见付雷对钻石是不上心的。

但是这么说没道理,那个时候谁都知道,钻石是淮城生意最好、最高档的KTV,每年的盈利绝对远超付雷的其他生意。

我不懂,周烬自然是懂的。

他慢悠悠地嚼着嘴里的米饭,隐约笑道:"你这种小姑娘懂什么,我哥要的不是这些,对他来说,把产业看好了比什么都重要。"

我当然不懂,周烬的眼睛太过幽深,明明是个少年,却透着深沉的暗光。

我那时不知,当时不懂,不过很快,我便什么都会懂了。

03

我记得那是2010年的9月17日。那天,距离我妈四十四岁生日还差两个星期。

想来是因为周烬,桃子一早给我打电话,说王经理通知现在去领工资。我那时在上课,没时间单独跑一趟,于是告诉桃子下午过去。

五点多的时候，我一路从学校赶去钻石。到地方的时候，人很少，还没到客流多的时候。

王德兴是个中年胖子。在我的认知里，跟着孙大闯的人似乎无一例外，都跟他一样心宽体胖。除了他的弟弟孙小春。

我第一次见到孙小春，便对这个极其嚣张的男人没有好感。他脖子上戴着粗粗的金项链，身形很瘦，梳着整齐的大背头，穿着夸张的花衬衫。

那时我在三楼超市打工，看到过他呼朋唤友地来钻石唱歌。包厢里整得乱七八糟，一群人还带了几个女孩，在里面吞云吐雾，弄得一团糟。

我去KTV做兼职之前，一直觉得那种地方会乱、会不安全。后来上了班，才慢慢改观，不过就是正经营业的娱乐场所罢了，没必要戴着有色眼镜看它。

闯哥跟雷哥一样，除了钻石之外，还经营别的生意。如闯哥开的娱乐场所，有棋牌室，有洗浴中心，还有足疗店。

对比之下，付雷是正经的生意人。

我后来也终于明白，周烬所说的——对付雷来说，把产业看好了比什么都重要。

那时我们都以为，眼前看到的就是真实。

大二的代嫣，还未曾接触过社会，对人没有太多的防备之心。更何况等着领工资时，那杯水是我一直认为人很好的王经理端过来的。

事后仔细地回想，我会记得王德兴脸上每一个复杂表情。

他说："代嫣，你先坐下喝口水，我等下给你结算工资。"

我说："好，谢谢经理。"

然后胖乎乎的王德兴起身离开，目光不经意地落在那杯水上，迟疑了下，却什么也没说。

那杯水里加了一些东西，喝了会有两个小时的困乏期，接着让人处于兴奋状态，脑子一片空白。

我曾以为这种东西离我太远太远，与天方夜谭无异。

孙小春平时很少来，连周烬都很少跟他打交道。可是王德兴是闯哥的人。在孙小春示意他将这杯水端给我时，他察觉出了不对，但他照做了，没有制止。他不想得罪孙小春。

我当然也是没有得罪过孙小春的。这些所作所为，不过是他一时兴起在钻石出现，看到了前来领工资的我，心生不轨。然而更可怕的是，他并不是初犯，这种手段他不知使了多少次。

那些被欺负的女孩，要么打碎了牙往肚子里咽，要么哭天喊地地要去报警，然后因证据不足，什么也做不了。就如同那时周烬说了一句，"有证据又如何呢？"孙小春敢做，便什么都不怕。

我比那些女孩幸运。

在我喝了水感觉不对，脑子昏昏沉沉被人往屋里拉时，我拽着沙发，在意识清醒的最后一刻说了句："周烬，我认识周烬！"

那种情况，孙小春根本不会管我认识谁，我直接被拖进了包厢。

而我的运气好在周烬真的来了，也运气好在他没有直接上楼，而是在大厅跟王德兴一起抽了根烟，然后眸光一转，看到了沙发上我的包。

我清醒的时候，已经是第二天上午了。据说周烬将王德兴一脚踹在了地上。

后来小六说："你知道吧，要不是我跟晖哥拼命拦着，后果还不知道多严重呢。"

总之是周烬救了我。

他抱着昏迷不醒的我,离开了钻石,将我带回了他住的地方,一间租的房子,很干净的一室一厅。

在药力发作时,我口吐白沫,整个人跟癫痫了一样,直翻白眼。周烬应该是吓坏了,他在浴室用凉水冲我,希望能让我清醒。

第二天,我俩都感冒了。

早上醒来,我头还是很晕,掀开被子才发现身上的衣服被换成了男生的大T恤。

我在卧室,听到外面客厅有人在说话。一个男人声音低沉,在与周烬谈论着什么。

隐隐约约,我听到周烬说:"就是因为不想得罪闯哥,他们一再地带人过来,那是唱歌吗?"

付雷没说话,烟味飘散开来,好一会儿才听他缓缓道:"阿烬,把头低下来,我现在不能跟他翻脸。"

只一句话,又是一阵沉默。

良久,周烬道:"知道了哥。"

年轻时的付雷,就已经非常成熟稳重,连说话声音都有着穿透力,嗓音沉沉:"这女孩跟你什么关系?"

"我女朋友,雷哥你想都别想,我不可能让她出面的。"周烬声音平静,了无波澜。

付雷忍不住笑了:"你哥在你心里是这种人?臭小子。"

周烬没说话,透过门缝,我看到付雷拍了拍他的肩:"我先回去了,桌上的早餐记得吃,来的时候买的,有你喜欢吃的南瓜饼和油条。"

付雷走后,我看到周烬关了门,转身朝着卧室的方向走来,心里一惊，飞快地跑到床上装睡。

结果就是人站在了床边，最后俯身看我，笑道："别装了，我刚才都听到动静了。"

我眼睑动了动，正犹豫着要不要继续装，温热的气息迎面而来，一道戏弄的声音在耳边响起："姐姐，你需要一个吻吗？"

我猛然睁眼，正对上他近在咫尺的脸。

周烬是真的好看，皮肤好，睫毛长，挺鼻薄唇，凌乱的头发微微垂下，眼眸含笑。

距离太近，我紧张得忘了说话。

而他目光顺着我的嘴巴往脖颈看了一眼，脸也微微红了，轻咳一声，淡定地起了身："身材不错。"

不提还好，一提我就呼吸一滞，整个人都不好了。

"衣服你给换的？"

"嗯，不然呢？昨天晚上都湿透了。"

"周烬，你，你……"我结巴了好一会儿，脸涨得通红，最终泄下气来，"算了，谢谢你。"

周烬凑近看我，冷不丁伸手揉了揉我的头："现在感觉怎么样，头还疼吗？"

我愣了下，也不知为何，后知后觉地白了脸。

是后怕。那种稍一回想就浑身汗毛竖起，一身冷汗的后怕。

我怕得直打哆嗦，然后周烬伸手抱住了我。

我推了他一把，他反倒抱得更紧，将我的头按在胸口，轻声道："没事了姐姐，别怕，有我在。"

少年身上好闻的气息、铿锵有力的心跳，以及那双放在我头上的手，也不知为何，神奇地抚平了我的不安。

然而周烬也不会想到,这一天,是我坠入深渊的开始。

因为那晚的夜不归宿,学校不知何人传出风言风语,说我一整个暑假都在KTV打工,缺钱缺疯了。谣言越传越烈,越传越夸张。

我好不容易交到的朋友陈玉,本就胆子小,老实怕事,连带着被人骂了几次,见到我就躲起来。还有陈嘉贺,因为曾经跟我表白过,也被推到了风口浪尖,被人谩骂孤立。嘲讽他最厉害的,就是张佳佳。

人都说谣言止于智者,然而我一贯的沉默换来的是更加恶劣的对待。

我还未找辅导员,他已经主动找了我,言谈之间都是女孩子要自尊自爱,不能自甘堕落。而我与宋俏最后的那点体面也终于扯破。

寝室里,我被人冷嘲热讽时,装作听不到地戴上了耳机,继续看书。

宋俏在身后拉了那人一把,轻声劝道:"别说了,跟这种人有什么好说的。"

她以为,我戴了耳机什么都听不到,可我的耳机里其实什么声音也没有。

我的世界崩塌了,速度如此之快。

还未到周末,妈妈的同事李阿姨打来电话,只说了句:"小嫣,快来医院,你妈出事了。"

下午交接班的时候,迟迟不见我妈,李阿姨打了无数电话都没人接,放心不下,骑着电动车去我家,才发现我妈倒在了家里。

她死了,死于急性心肌梗死。

一句话也没有留给我,更没有收到我买给她的生日礼物。

我想起我妈与宋景阳离婚之后,在我上小学的时候,有热心的街坊邻居给她介绍对象,让她再找一个。

她起初也找了，她长相不差，性格爽快，想跟她组建家庭的男人不少。可她很快发现，二婚男人一肚子精明，表面上对我很好，实际上根本不会对我视若己出。

最开始的耐心过后，那男人会吼我、骂我，背着我妈掐我大腿。我妈哭了，闹掰之后，再也没动过那种念头。

四十四岁的她，头上已经有了零星的白发，被我发现时，她笑道："年龄大了，当然会长白头发了，我这辈子也算熬出头了，将来等你大学毕业参加工作，妈妈嫁妆也给你攒得差不多了，等你结婚有了孩子，我就退休帮你带孩子，也享一享福。

"妈妈啊，你以后找对象可不能嫁得太远，你要在妈妈身边才行，这样以后受了委屈啥的，妈妈还能帮你出出头。

"我年轻的时候啊，生孩子没有人伺候月子，落了一身的毛病，以后无论你走到哪里，妈妈干脆把房子一卖，跟着你生活，将来你要是有婆婆伺候月子，我就躲一边清闲，要是没人照顾，就妈妈照顾你。"

我妈是个很啰唆的人，也很能想象，把将来我结婚生孩子的画面都计划好了。

在那幅画面里，她抱着小外孙，我推着推车，我们仨逛超市，边说边笑。甚至还有她跟着一群老太太跳广场舞，喜笑颜开地告诉别人，我闺女和女婿工作忙，我得帮忙带孩子做饭，他们离不开我。

其实她说那些的时候，我不屑一顾，但不知不觉也已经被洗脑了——将来我会如她所愿，有幸福美满的家庭。可能还会生两个孩子，工作闲暇之余，和我丈夫一起开车，带孩子和她，去海边捡贝壳，看日落。

可惜，那些都成不了真了。

我小舅带着一把年纪的外公外婆从四川老家赶过来。处理完后事，他们问我要不要回四川。

我摇了摇头，从此之后，成了一个无依无靠的人。

我后来患了抑郁症。因为学校同学的误解，也因为我妈去世的打击……还因为，我翻看我妈的手机时，发现她在去世的那天见了宋景阳。

真是阴魂不散的一个人。

他老婆去逛商场，无意间看到了我妈，这也成了心情不好的理由，回去逮着他撒泼。

宋景阳这辈子做过两件触怒我的事：

一件是他说我不能跟他的宝贝女儿上同一所大学，这样他很为难。

一件是他来找我妈，告诉她今后在商场有点眼力见，看到了他老婆记得躲起来别出现。

说完他轻飘飘地走了，我妈急性心梗，死在了家里。

患抑郁症的人是不会知道自己得抑郁症的。

我正常上学，正常下课，正常吃饭睡觉。唯一不正常的是，我穿上宋俏最喜欢的一条裙子，躺在她的床上，因为突发疾病晕厥。

后来我和宋俏都休学了。

而后长达一年的时间，都是周烬在陪我。

那是极其漫长黑暗的一年。

陪一个抑郁症患者生活，是很容易把一个人的精力耗尽的。

周烬搬到了我家，照顾我的同时，还要定期陪我去医院，监督我吃药。

宋俏在家里的安排下，出国留学了。

想来宋景阳也知道害怕了，怕我会伤害他的宝贝女儿。

我其实还知道很多事，很多年后，我从陈嘉贺口中得知，当时传出我在KTV打工消息的那个人，是宋俏。

我后来还见过一次宋景阳。他在我面前哭得一把鼻涕一把泪，说他对不起我和我妈，他愿意弥补，弥补的方式就是给我一大笔钱。

我冷冷地看着他："你女儿送走了对吧，没关系，你还有儿子。"

宋景阳像看精神病一样看着我，眼中有一瞬间的恐惧，继而演变成恨："你想干什么？你要去陪你妈尽管去，没人拦着你，我警告你，你要是敢乱来，我对你不客气！"

我这道貌岸然的父亲，为了另一双儿女，恨不能掐死我。

周烬看不下去，身形高大的他半倚在门口，吸了口烟，吞云吐雾中，缓缓眯起了眼睛，勾起嘴角对宋景阳道："你试试。"

微微凌乱的头发下，神情生冷，一双眼睛暗沉如黑河。分明是平静的声线，毫无波澜，却硬是让宋景阳感觉到了惧意。

每个人身上都有属于自己的戾气，周烬身上尤其重。

宋景阳怕了，像他这种成功人士，只需稍一打听，便会知道钻石背后的老板，是他老丈人家也不愿得罪的。

但他当时不知，他骂我道："你就是跟这种人整天混在一起，自甘堕落，学得不三不四，才惹得你妈突发心梗……"

可惜话未说完，周烬上前，理都没理他，带我走了。

众所周知，我是周烬的女朋友。我们就这么顺其自然地在一起了。

他为了我做了很多事，然而事情过后，那些他得罪的人见了他，仍如往常一样热络地叫一声阿烬。

付雷那句"把头低下来"，大抵就是这种结果。

在他伤势恢复后,才得知发生在我身上的一系列变故。

他说:"抱歉代嫣,我来晚了。"

我和周烬,其实都是芸芸众生里何其渺小的存在。

可就是这么两座孤岛,在狂风暴雨的汪洋之中,沉沉浮浮,依偎在了一起。

他站在我身边,在四面潮涌,铺天盖地的嘈杂声中,伸手捂上了我的耳朵:"代嫣,别回头,你要一直往前走。"

抑郁症患者,白天与正常人无异,我在屋里画画,废稿扔在地上,他一张张地捡起来,仔细地抹平褶皱,收藏在抽屉里。

他还学会了做饭,炒西红柿鸡蛋、土豆片、炖排骨,连包饺子也有模有样。

我会跟他说笑,说着说着,突然有一瞬间的孤寂。四面八方都是虚幻,只有我一个人。

周烬错了,从来没有两座可以依偎在一起的孤岛。某个瞬间我会看清一望无际的汪洋,实际只有我一个人。如溺死之人,一点点地沉入海底,无法呼吸。

夜里,无数次崩溃、流泪,周而复始。

没有周烬,代嫣是活不下去的。

他骑着摩托车,在寂静无人的深夜,带我穿梭在大街上,不知疲惫,一直前行。我闭着眼睛靠在他身上,听风从耳边呼啸而过。

我们去海边,去泰山,后来还去了一趟西藏。

总会过去的,人生来就是一无所有,两手空空。

周烬说:"没有谁是一帆风顺的,只要不是要命的坎,咬着牙就能过,人到绝境要逢山开路,遇水架桥。代嫣,眼睛长在前面,是告诉我们要永远记得往前走。"

众生皆苦，唯有自渡。

喇嘛念经时，周烬拜了一拜。

虔诚的信仰，源于苦难。而一切的苦难，皆有救赎。

我妈去世的第四年，我和周烬打算结婚了。

我那省吃俭用一辈子的妈，留下十几万元的存折。

我说要把家里那套老房子卖掉，凑钱买一套新的。周烬不许，他递给我一张银行卡，金额数目比我存折里的还多。

他跟了付雷十年，长大成人后开始帮他工作，每个月卡里都有进账，买房根本不是问题。

付雷听说我们有结婚的打算，直接就提出他来买房。

如今的付雷，已是今非昔比了。

当年他说不能跟闯哥翻脸，果真是对的。闯哥的地位，是付雷无法撼动的。他惹不起他，也不能惹他。更何况，其实他和闯哥早就是一条船上的人了，船翻了，他也得葬身鱼腹。

随着闯哥越来越强势的干预，钻石终究还是陷入阴霾之中。

钱挣得比从前更多，连晖哥都拿得不安心。

周烬更是从钻石改变经营方式之后，就跟付雷恼了。

他受付雷恩惠，把他当成亲哥。但他也是有底线的人。

付雷送他去上学是对的。无论成绩好坏，接受过的教育告诉他，有些东西不该碰，也绝不能碰。

周烬没再去过钻石。他看护了多年的产业，最终还是失了防守。

付雷要帮我们买房，周烬拒绝了。

那时的他，二十二岁，已经不复少年模样，眉眼之间皆是深沉。

付雷说："阿烬，我们目前没有跟他们翻脸的资本。"

少年早熟的周烬，笑了一声："哥，这句话你说多少年了，其实也不是不行，你只是不愿做出取舍罢了。"

付雷道："我用了半辈子才走到今天，你还年轻，别太天真了。"

是啊，他还年轻，所以固执，所以天真。

他看着付雷："当初是你自己说的，你有自己的底线，现在你还承认吗？"

付雷沉默了。

周烬带我离开，那天我们约好了下午去看新房，并且很容易地就敲定了满意的户型。

等着签购房合同的时候，他说："阿嫣，签你的名就好了，我出去抽根烟。"

我知道他心情烦躁，爽快地应了一声。

一切搞定的时候，我在售楼处门口看到他。喷泉水柱，花团锦簇，他蹲在台阶处慢条斯理地抽烟，姿态肆意又懒散，引得售楼处的小姑娘不时观望。

我看到有个青春洋溢的小姑娘很快地跑过去，笑得很甜，似乎在向他要手机号。

周烬斜睨着看她，嘴角一抹坏笑，瞬间让她红了脸。下一秒他说："我老婆在里面签合同，你不怕她出来打你啊？"

我隔着距离咳嗽一声，小姑娘落荒而逃。

周烬听到动静，掐灭了烟，起身望向我，挑眉笑道："搞定了？"

我冲他扬了扬购房合同："嗯，你看。"

他走到我面前，以绝对的身高优势揽着我的肩："是不是该庆祝一下，你想吃什么，我带你出去吃？"

"回家切点黄瓜吃凉拌面吧，最近天热，没什么胃口，就想吃点清淡的。"

"……老婆,你不会怀孕了吧?"

"……怎么可能!我们每次都做了措施的。"

周烬眉眼皆是笑意,揉了揉我的头发:"没有就没有,嗓门那么高干吗,怕别人不知道?嗯?"

我环顾四周,瞪了他一眼,胳膊肘撞了下他胸口。

周烬故作吃痛,用力地勾住我的脖子,顺势把头埋下来,一米八九的大个子,在我脖颈处钻痒痒,不满道:"打我干吗,回去加把劲就是了。"

"周烬!"

"哎,姐姐您说,尽管吩咐,小的伺候到位。"

"你闭嘴吧。"

"……好,那咱们回家说。"

在我和周烬决定结婚的时候,我在一家画室应聘做了老师,教小朋友学画画。

周烬比我厉害,他摩托车玩得好,参加过各种越野摩托锦标赛,获得过很多奖杯和奖金。

我的梦想是将来自己开一家画室,他的梦想是将来自己成立一个摩托俱乐部,带出一支勇夺世界冠军的车队。

我们在越来越好的路上。

周烬总说要往前走,往前看,可惜没人告诉我们,有时候人生的路,回不回头,身不由己。

付雷突然打电话说闯哥点名要请周烬和我吃饭。他拒绝不了。

富丽堂皇的五星级大酒店,摆了一桌山珍海味。

除了付雷和周烬，几乎都是生面孔。

哦不，我认识的还有闯哥和他的弟弟孙小春。

孙小春一口一个"弟妹"，似乎全然不在乎曾经与周烬结下过梁子。他主动敬我酒，说是为之前犯下的混账事道歉。我握着酒杯不知该不该喝，周烬伸手轻飘飘地接过："小春哥，我替阿嫣喝了，她不会喝酒。"

"周烬你这就没意思了，一点面子也不给，什么会喝不会喝，抿一口都不行？是不是还记着那事过不去了？"孙小春挑着嗓门，一脸不快。

我的脸有些白，周烬倒是不甚在意的样子，姿势随意地往后仰了下，握住了我的手。

"哥哥们见谅，我老婆在备孕，你们真要她喝，只能以茶代酒了。"周烬面上含笑，声线却很淡。

"阿烬，你这要结婚的消息我还没消化，连孩子都要有了。"

桌上一个穿西装的大哥，头发梳得锃亮，一边抽雪茄，一边笑道："想清楚了吗，你才多大，是不是太心急了。"

"不急，哥哥们又不是不知道，我这种打小没家的人，心心念念就想有个家，谁不想过安稳日子。"周烬笑得坦然。

闯哥与前些年相比，倒少了一些凶神恶煞的气质，手里把玩一串古玩佛珠手串，胖胖的脸上戴了一副近视眼镜，看着有几分"蒜要开花装水仙"的意味。

然后他敲了敲桌子，用佛珠手串指了指桌上抽雪茄的人："还抽呢，都掐了吧，不知道今天请的是谁，没点眼力见。"

声音不悦地说完，转而又像个好脾气的老大哥似的，对我道："小嫣，初次见面，哥哥也没准备什么礼物，这手串送你了，可别嫌弃。"

"瞧咱们闯哥，这全鬼眼的海黄说送人就送人了，我记得这可是您最喜欢的一件藏品呢。"

坐在闯哥身边的一个女人，看上去三十多岁，打扮得妩媚性感，胳膊肘搭在孙大闯肩头，凤眼含笑，对我道："妹妹，闯哥这是真心喜欢你呢，还不赶快收了。"

进来之前，周烬为我逐一介绍过，这女人该称呼一声娟姐，跟孙大闯好些年了。

闯哥给的东西，付雷和周烬都笑着让我收下，周烬还谢了他。

一桌人还算和气地敬了酒，听闯哥聊了会儿古玩鉴赏，又聊了会儿以前的陈年旧事。

他着重谈到了周烬。说周烬算是他看着长大的，付雷把他当弟弟，他也把他当弟弟。他们还说了很多我不知道的过往。

他待过的那个世界，其实我一直未曾了解。

他们说得津津有味，我却因为那些掺杂着血腥的描述有些反胃，喝了些柠檬水才压了下去。

周烬握了握我的手，饭局也进行一半了，于是他跟闯哥提出让我先回去。闯哥挽留了一句，然后心照不宣地让娟姐送我。

周烬应该会回来得很晚，因为娟姐说他们待会儿吃完还要通宵打麻将。

我回到家，洗完澡便上床睡觉了。黑暗之中睁着眼睛，一直未曾踏实。直到后半夜迷迷糊糊中，周烬回来了，他手探过来，整个人直往我怀里钻。

身形高大的男人，像个小狗似的，呼吸间有酒气，眼睛却还很清醒，深邃之中氤氲着暗光。

"阿嫣，你还好吗？"他一脸担忧。

我睡意蒙眬,一脸迷惑地看着他。

喝了酒的他有些黏人,一动不动地抱着我,头埋在我胸口:"对不起,今天是不是吓着你了?"

我知道他在说什么,听他声音惶然,忍不住伸手摸了摸他的头:"周烬,不怪你,就像你曾经说的,如果可以选择,谁愿意过这样的人生。"

"可是,我后悔了。"

我的手一顿:"怎么了?"

"我后悔靠近你了,在今天之前,我一直以为自己有的选,混口饭吃罢了,我也是个普通人。我以为,只要坚守底线,没做过伤天害理的事,那么除了出身不好,我跟你们是没区别的,我真的从没觉得自己低人一等。

"阿媽,我爱你,我曾经自负地以为,没人能比我对你更好,只要我足够爱你,我们就可以在一起,可是我好像错了。"

"周烬,你在说什么?"

"现在怎么办,想抽身太难了,放弃你我又做不到,我们已经走到了这一步,没有你的话,我不知道该怎么办。阿嫣你原谅我,我真的很自私。"

他将我的手握得很紧,紧得有些疼。

我想我应该懂他的意思了,他抽不了身,付雷愿意,闯哥不肯。

其实周烬是个很纯粹的人。在他的认知里,黑就是黑,白就是白,只要不沾,坚守底线,他就是白的,可他如今已经很难全身而退了。

跟我在一起时,他清清白白,到了这个时候,他觉得应该放我离开,但他舍不得。

我叹息一声,笑道:"傻子,你自己说过的话忘了?眼睛长在前面，只管往前走，逢山开路，遇水架桥。阿烬，别担心，会好的，实在不行，我们日后找个说辞离开这里好了。"

"你愿意？"周烬握着我的手，眸光微动。

"为什么不愿意？"我不解。

"我们刚买了房子，而且你从小生活在淮城，家在这里，我以为……"

"周烬，我俩在一起，才是家。"我打断他的话，笑着看他。

床头灯光昏暗，周烬一瞬间神情柔软下来，眼睛有些泛红，下巴抵在我脖颈上，声音微微哽咽："阿嫣，我真的好爱你，有你是我这一生最幸运的事，我保证，只要我活着，一定会是这世上最疼你的人，我会永远爱你，永远对你忠诚。"

"不见得吧。"我翻了个白眼，"我离开饭店的时候看到有小姑娘进去了，你们玩得挺开心吧。"

周烬抬头看我，昏暗之中，一双眼睛含笑，湿漉漉像蒙了一层雾光。

然后他的吻落在我耳畔，笑道："随时欢迎姐姐检验，我里里外外都是你一个人的，干干净净。"

"知道了，睡吧。"我拍了下他不安分的手。

"不行，现在就还我清白。"

昏暗的房间，男人不满地覆上我的唇，声音哑欲。

我嫌弃地将他推开："洗澡去，一身酒气。"

钻石变成今朝的时候，付雷已经在淮城混得有模有样。后来他沉迷于造园艺术，为了一棵松树不惜花销千万。

当年的闯哥，在淮城无人能及时，也迷恋过古玩文物。他送我的佛珠手串,是极品全鬼眼野生海黄珠子,对眼的珠子原料很难得,更何况那是整整一串极品对眼。

闯哥为了自己的爱好,开了好几家古玩店,就如同付雷后来专门成立了园艺公司。

闯哥其实对周烬很好。我相信他是真的欣赏周烬。

孙大闯这个人,从小刀头舐血,三教九流什么人都见过,眼睛很毒。他觉得周烬不错,因为周烬讲义气有血性,还有良心。

他很早之前就对付雷说过,"阿烬这小孩好好栽培,将来是个好苗子"——适合留在他们身边做事的好苗子。

闯哥要周烬留在他身边帮忙。他只需一句"阿烬你是瞧不上哥哥这人,还是心里对哥哥有意见",就没人能不识好歹地拒绝他。

连付雷也道:"既然闯哥赏脸,阿烬你就去闯哥那里帮衬一下吧,跟着闯哥能学到很多东西。"

付雷哥有自己的打算,他当然是为周烬着想的。

他说,当着这么多人不能不给闯哥面子。

他还说了,闯哥不是不讲理的人,周烬那些想法可以慢慢跟他说,多提几次,闯哥不至于霸占着人不放。至于他自己,也会劝孙大闯放周烬离开。

一切都跟我们想的一样。

可是半年之后,海港岸边,闯哥被逮捕,周烬落海失踪。

我不明白。

周烬在孙大闯身边,无非是帮他盯着点古玩店的货,跟他一起去古货市场,听人讲讲翡翠等级、蜜蜡真假。

闯哥还经常带他去各地拜佛。他们去宝华寺、宝莲寺、大相国寺,也去普陀山。

那时候我在挂老房子出售，因为周烬说了，闯哥答应了让他离开。

他拍了拍周烬的肩膀："雷子和我说了，这样，哥哥也不为难你，你自己想清楚。

"你想清楚了，以后想回来，闯哥随时欢迎。"

阿烬当然跟他不一样，他想脱离他们。

十一月初，周烬与闯哥一起去海港码头接最后一批货，说是孙大闯与南方商人敲定的一批工艺制品。

孙大闯很重视这批货，因为里面有他心心念念的极品天眼珠。

他们一行人于深夜去了海港，再也没能回来。

寒冬的天气，掉进大海，基本无生还机会。

明明他走时说，这是最后一趟，明天开始，他就不必再去闯哥那里了。

04

我三十岁生日这年，周烬已经失踪了整整七年。

我们的新房，早就装修入住了。卧室阳台是一面落地窗，很宽敞，是我喜欢的那种。

我通常睡到日上三竿，懒散地躺在阳台椅子上，吞云吐雾。

三十岁的代嫣，有长卷发、精致的脸、好看的指甲。

有房子，也有钱，还有人追。比如那位外表不苟言笑的端庄律师，在我甩了他之后,不知哪根筋不对,突然对我感了兴趣。

我不见他,他便打电话到今朝,轻飘飘一句:"我要订包厢。"

叶诚自己订了个大包厢,既不唱歌,也不要人陪酒,只让人叫我过来,一本正经地对我道:"代嫣,我们谈谈。"

"叶律师,我们不熟,没什么好谈的。"我好整以暇地看着他,弯了弯嘴角。

我笑得漫不经心,叶诚面色顿时不好看,抿着唇,下颌线绷紧。

我在包厢点歌,唱《大悲咒》。这是我的拿手曲目,唱得很流利,曾被阿静调侃听完了想四大皆空,快点出家。

她还曾买给我一只木鱼,告诉我可以边唱边敲,最好敲得客户都清心寡欲,皈依佛门。

我是个奇葩,叶诚也是。我唱《大悲咒》,他便安静地看着我唱《大悲咒》;我唱《心经》,他便安静地听我唱《心经》,神情平静,有时还后仰着闭目养神,包厢灯光下,金丝眼镜折射出光芒。

他后来又订了几次包厢,专程来听我唱《大悲咒》。他说做律师久了,见惯了太多人性的黑暗,有时候自己也很茫然,因为法律并非万能,很多时候无法完美。

他心情低落的时候,也喜欢听歌。只没想到,我唱的《大悲咒》更能让他心境平和。

我说:"这说明叶律师与佛有缘,出家吧。"

他说:"嫣嫣,别闹。"

一向不苟言笑的叶大律师,眼中的笑意越来越柔软。

他还会在我凌晨下班的时候,隔着老远专程开车等我,他想送我回家。

但很遗憾,后来我敲了敲大堂前台桌子:"京淮事务所的叶律师,再来订包厢就说没了。"

周烬走后,我挺喜欢研究《刑法》。

我一直想不明白,孙大闯到底出了什么事。

后来付雷说:"这种事谁能说得好呢?本来就是生死由命,没有人能只手遮天,闯哥后来实在是太飘了,可能踩了底线,只是阿烬的事,很抱歉,我真没想到……"

"雷哥,不怪你,你有什么办法呢,你当时都差点自身难保。"

我认真地看着他,笑了一声:"犯了罪就该死,闯哥是罪有应得,至于阿烬,只能说他运气不好。"

前两年,我是真的以为他运气不好。

付雷以为我留在今朝上班,是因为对周烬念念不忘。

一开始确实如此。周烬不在了,我也没了离开淮城的必要,更何况我不确定他是否真的死了,万一哪天他活着回来呢。

日复一日,年复一年。直到七年后的今天,我已经完全相信,他真的死了。若他活着,只要有一口气,他都不会舍得丢下我的。

早就该放下了。其实,三年前我就想放下了,可是我后来接到了一个电话,是跟阿烬一样失踪了很久很久的小六打来的。当年海港接货,他是和阿烬一起去的。

小六跟阿烬一样,也是个孤儿,遇到了阿烬后,便跟他一直在一起。

阿烬离开钻石时,说将来要成立一个摩托俱乐部,带出一支勇夺世界冠军的车队。小六就跟着瞎起哄,说要当车队的经纪人。后来阿烬去了闯哥身边,他也跟着一起去了。

阿烬出事后,没人关心小六这种小喽啰是死是活。所以他才会在多年后的一个深夜,哆哆嗦嗦地拨通我一直未换的手机号:"……

嫣姐，我是小六。"

隔着不知多远的距离，我在午夜醒来，一头的汗，激出层层寒意。

小六含着哭腔说："我还没到地方，烬哥突然打电话让我快跑，烬哥说让我告诉你，他、他……"

"他说什么？"

小六号啕大哭："他没来得及说，他刚说完你告诉阿嫣，然后电话就没音了，没音了……"

像是一场梦，凌晨的风吹了又吹，我呆坐在床边，披散头发，隔着手机，声音嘶哑："小六，你为什么没有回淮城？你跑什么？"

"我怕。"

"你怕什么，付雷现在有实力保护你。"

"……嫣姐，我怕的就是他。"

近来发生了很多事。

我上大学时，那个胆子很小却一向与我交情不错的陈玉，突然打电话约我吃饭。她已经嫁人了，生了两个孩子，老公是一家广告公司的小领导。

除她之外，与我还有联系的大学同学就只剩陈嘉贺了。毕业之后他读完硕士又读了博士，因为学术能力优异，留在九京大学做了一名大学教授。他至今未婚，逢年过节会简单跟我聊几句。

陈玉约我吃饭，在城东一家挺有名的饭店。

我开玩笑地问她："你发财了？挑了个这么贵的地儿？"

当了宝妈的陈玉一如既往地腼腆："哪有，我家大宝上学的事，还不多亏了你帮忙吗，而且这家饭店是我老公公司老板家开的，过年的时候给了折扣券，我想着给用掉呢。"

"别,这点小事不至于。"

我半开玩笑地夹着手机,用肥皂认认真真地洗手。

确实不至于,当初陈玉因为孩子户籍问题,进不了想上的小学,想花钱进,结果要几万块。她老公工资还不错,当初生二胎的时候,家里没人带孩子,她便安心地辞职在家带起了即将上小学的儿子和还在吃奶的小闺女。

如此一来,她老公压力倍增,夫妻俩因为这几万块钱吵了好几次架。

我听她诉苦时,冷不丁想起阿静曾经说过,她有个姨父是小学校长。几万块钱的事,便也就轻轻松松地给搞定了。

陈玉执意请我吃饭。我想了想,叫上了阿静。我俩开车出发的时候,我还特意去路边的母婴店,买了两罐奶粉送给陈玉家的小宝宝。

阿静感慨道:"嫣嫣,我发现你这人特别好,真的,心地善良,对谁都很真诚。"

车是她在开,我把奶粉往后座一放,笑道:"陈玉养孩子压力太大了,一顿饭怎么也得花几百块,我怎么好意思。"

阿静又在喋喋不休,说什么现代社会生活压力太大,要不是压力大,她也不会两次掉进杀猪盘,快要结婚的男朋友也吹了,她一把年纪了还要来上班还债。

有一搭没一搭闲聊的时候,我目光遥遥地望着车窗外,白日喧闹,川流不息。

如果我和阿烬的孩子还在,应该也快上小学了吧。很可惜,阿烬走了,孩子也没有留下。

我还记得那时我极力克制自己的情绪,最终也没有保住我们的孩子，一个人在医院病房望着窗户发呆时，陈玉来看过我。

那时照顾我的是付雷的老婆，姚洁。

我其实一直很感激她们。

可是当我和阿静笑着推开饭店包厢的门时，我突然意识到，你真心对待的人，原来也会毫不留情地选择践踏你。

很大的房间，装修得高端大气，坐满了一张张熟悉又陌生的面孔。

有张佳佳、程孔、许依然、徐朗……还有我多年未见、刚刚回国的妹妹——宋俏。

上学时疯传我在KTV打工的那些人，寻着机会肆意辱骂欺负我的那些人，基本都在。还有一个畏畏缩缩、面色苍白的陈玉。

阿静不明所以，拉着我问："怎么这么多人啊，不是说只有我们三个吗？"

张佳佳和宋俏坐在一起，冲我笑："老同学，怎么，见到我们不高兴？"

我没搭理她们，提起那两罐奶粉，走过去放在了陈玉面前："给宝宝的，今天这顿饭就算了吧，以后也不必再请了。"

我转身离开，突然被陈玉一把抓住手，她鼻子有些红，声音很不自然："代嫣，来都来了，吃完再走吧。"

我看她一眼，她不肯与我对视，低下头去。

身旁是宋俏意有所指的笑声："代嫣，没人给你撑腰了，连顿饭都不敢吃？"

撑腰？

我顿时了然，看来她人在国外，消息倒挺灵通。

我患抑郁症那段时间，一直是周烬照顾着。甚至后来休学结束，回去上课时,也是周烬每天接送。

那个时候,张佳佳她们已经不敢欺负我了——因为周烬。

宋俏说得没错,没人给我撑腰了。我的阿烬不在了,所以我只能靠自己。

我拉着阿静坐下,静静地看她们表演。

这么多年了,在座的那些同学变化都很大。有的在银行工作,有的自己开公司,有的早已结婚生子,有的事业还在上升期,在外要被人称呼一声"徐总"。

容貌也都有了一些变化,连嘲讽和欺负都显得文质彬彬。

张佳佳问我:"听说你现在还在那里上班?挣得挺多的吧,不然也不会一直干这个。"

我没说话,一旁的程孔立刻接道:"这还用说吗,挣钱对代嫣来说早就是小意思了,现在这个社会,主要是人脉,老同学各行各业都认识不少人吧,听说陈玉孩子上学的事,还是你给搞定的,我还挺纳闷的。"

一直脑子晕晕的阿静反应过来,愤怒道:"说什么呢,嘴巴放干净点。"

我拉了拉她的手,笑着让她坐下,然后从她包里拿了盒烟,从容地点燃。深吸一口,我望向宋俏:"听说你找了个外国人结婚了?不是定居在国外吗,怎么回来了?"

何止是宋俏对我感兴趣,这些年来,我对她也是念念不忘。

刚回来就迫不及待地约了这场饭局,可见她对我的感情之深。

宋俏脸色平静,对着我笑:"回国探亲而已,挺想你们这些老同学的,徐朗说有同学聚会,我就抽时间过来了。"

"哦,那还真是辛苦你百忙之中抽出空。"我夹着烟,似笑非笑地看着她。

宋俏嘴角勾起:"代嫣,你还真是一点没变,还是那么年轻漂亮。"

"没结婚,又不用生孩子,能不年轻漂亮吗?"

张佳佳故作叹息,意有所指:"你瞧瞧我现在,生完孩子胖十斤,怎么都减不下去,还是代嫣好啊,什么都不用做,随便躺躺就有钱赚,滋润得跟朵花似的。"

"扑哧……"

屋里很多人在笑,尤其是她一旁的程孔,花枝乱颤:"我这快三十的人了,男朋友都没有,整天被家里催,人家代嫣可好,天天换男人。"

阿静已经气得手哆嗦了,我按住了她,歪着头对程孔笑道:"不用羡慕,你也可以来,我介绍几个优质客户。"

程孔的笑凝结在嘴角,脸色变了:"不要脸。"

"你再骂一句试试!"阿静实在忍不下去了,起身就要过去。

仗着人多,程孔无所畏惧,又骂了一句。话未说完,阿静扯了她的头发,张佳佳等人站起来就去扯阿静。

宋俏在一旁噙着笑看笑话。她大概以为我会冲上去阻拦,顺便一起被围殴。

但我只是冲她笑笑,吸了口烟,然后站起来,拿起手机调出视频,仔细地拍摄,一边拍一边煞有介事地介绍:"……大奥证券公司张志林张总的女儿,张佳佳女士。穿黄裙子的是金盼烟花厂程老板的女儿程孔女士。骂人的那个叫许依然,她家搞房地产开发的,她爸好像叫许强。"

宋俏脸色一变:"别打了,不准拍!"

回过神来,我对着她的脸,连她这副恼怒的样子一起拍了进去。

"宋俏,家里是搞运输业的,就是那个快倒闭的通达集团……"

"代嫣!"

宋俏恼羞成怒地冲过来,招呼着张佳佳等人一起抢手机。我踩在椅子上,高举着手机,动作很快地把视频发到了群里。然后锁屏,不在乎地把手机扔给了她们。

视频发给了今朝我那组小姐妹建立的群,大约有十几个人在里面。

在她们围观手机的时候,我坐在一旁,眯着眼睛点烟。

吸了一口,我将半截烟递给了阿静。

我嗤笑:"何星海打人赔了七十万,待会儿你去医院验个伤,你那些债马上也能还清了。"

阿静镇定地接过烟,含糊不清地骂了一句:"我谢谢你。"

包厢里动静不小。饭店的经理带人过来询问情况时,房间门大敞,几位恰巧经过的客人也侧目看过来。

西装革履的几个男人,像是来谈事情,穿得很精英范儿。其中一道熟悉的身影,微微侧身,很快走了过来。

男人身材颀长,气质清冷,端正的五官,眸光犀利,架着一副金丝框架眼镜——很不巧,是叶诚。

他看了一眼乱糟糟的房间,目光望向了我:"代嫣?你怎么在这儿?"

"叶诚。"

最先跟他打招呼的,居然是许依然。

刚才还恶狠狠扇人耳光的女人,眸光微动,一副气愤的模样,急声对他道:"你认识她?正好,刚刚就是这个女人,拍视频威胁我们,你知不知道她在这里上班,是个……"

我不知她跟叶诚是什么关系，只看到叶诚皱了皱眉，像是没有看到她一样，自顾自地上前："嫣嫣，拜托，今晚给我留个包厢……"

许依然瞬间愣住。满屋的人都愣了下。

想来也不奇怪，叶诚上学的时候很出名，如今做了律师也很出名，还是同所大学的学弟，谁不认识这位平时不苟言笑的叶大律师。

眼下这一贯性情清冷的叶大律师，竟然让我给他留个包厢。

我也觉得好笑，侧目对他道："叶律师，我们好像没那么熟。"

"熟不熟，你自己清楚。"他一本正经。

我挑了下眉："又要听《大悲咒》？"

"都行，只要有包厢就好。"

"我们的包厢很难订？"我明知故问。

他竟然点了点头："最近打了两次电话过去，都满了，你们生意很好。"

"扑哧……"

我忍俊不禁，他皱了眉："笑什么？"

"没事，叶律师，你们最近生意好不好，帮我打个官司。"

"打什么官司？"

我指了指一旁的阿静："打成这样，应该可以追究刑事责任吧？"

"可以，我们晚上聊。"

叶诚起身，门外他的同事在叫他。

离开前，许依然又叫了他一声，满脸失望和不敢置信："叶诚，想不到你居然是这种人。"

他转身，清俊面容泛着冷意："许小姐，我是什么人轮不到你来评判。我们事务所只是接了许总委托的拆迁官司而已，我跟你并无深交，也不熟悉。"

撇清关系后,他又对我道:"媽媽,公然侮辱他人或捏造事实诽谤,都是触犯《刑法》第二百四十六条的,你可以起诉。"

"好的叶律师。"

我笑着送他离开,挑眉对满屋子的老同学道:"私了还是公了?"

傲慢惯了的大小姐们自然不将我放在眼里,张佳佳还在讽刺我:"仗着你认识的那些男人,就想威胁我们?代嫣,我不是吃素的。"

"你吃什么跟我没关系,不过你真的说对了,我们那帮同事认识什么媒体大V,你说这么有噱头的视频,发酵起来应该挺轰动吧。"我啧啧称奇,"你说会不会把你家的公司也拉下水?"

张佳佳冷笑:"你少吓唬我,就凭你?"

"试试?再不济留个案底吧,反正你不可能置身事外的,这么好的机会,不咬你一口,我怎么甘心。"我笑着看她,眸光眯起,四目相对,直看到她眼底深处,闪过一丝惊慌。

斟酌再三,她松了口:"你想怎么私了?"

"道歉,赔钱。"

我说了个不小的金额,她们又是一阵气急败坏。不过无所谓,我给了她们二十分钟的考虑时间。在这个时间段,我盛了一碗汤,慢条斯理地喝,还不忘问阿静要不要尝尝。

阿静心一横:"喝,老娘晚上还没吃饭呢,饿死了。"

我俩吃饭的空当,房间门再次被推开,是一个气喘吁吁的年轻男人进来。穿着灰西装外套,个头不高,脸挺白,长得很精神。

男人进门就叫"姐姐"。

宋俏看到他,顿时一愣:"小智,你怎么来了?"

"看到你发的微信,我立刻就开车过来了,姐姐你没事吧?"

没错,这男人叫宋智,是宋景阳的儿子,宋俏的弟弟,也是我同父异母的好弟弟。

宋俏不会想到,他进门叫的那声"姐姐",唤的是我;说的那句"姐姐你没事吧",也是在关心地问我。

宋俏呆若木鸡。

我的手漫不经心地敲在桌子上,侧目看宋智:"有事,我朋友快被你那个姐姐打死了。"

宋智看了一眼宋俏,皱眉:"你搞什么,刚回国就惹事?快道歉!"

宋俏的脸一阵白,拉过他,厉声质问:"该是我问你搞什么,你叫谁姐姐呢!"

我好笑地看着他们姐弟争执,从盒里又拿了支烟,含在嘴里。

宋智推搡宋俏一把,过来帮我点烟:"姐姐,别生气了,跟她计较什么,她刚刚离婚回国,情绪不稳定,别搭理。"

"哦?所以是离婚回的国,不是探亲?"我疑惑道。

"探个鬼的亲,那外国佬喝多了家暴,快把人打死了,她好不容易回的国,连孩子都不要了……"

"宋智!你胡说什么!"

宋俏又急又气,冲过来拽他,结果被他一把推倒在地。

热络地叫我"姐姐"的男人,对着她目光阴沉,像变了个人:"你闭嘴吧,回国了就老实待着,别丢人现眼了!"

宋俏瘫在地上,胸口起伏,气得说不出话。

我起了身,半蹲在她面前,目光玩味,伸手拍了拍她的脸:"你这些年在国外挺安逸呀,对你家的状况一无所知?"

怎会一无所知?在我说出"那个快倒闭的通达集团"时,她脸上的恼怒那么明显。

曾经辉煌的通达物流，早就因为各方面原因濒临破产，而之所以没破产，是因为付雷这个大客户的支撑。

付雷之所以伸出援手，自然是因为我一句轻飘飘的话。

宋智自从接手了通达，就上赶着巴结我，套近乎。他很聪明，付雷一个不高兴，他们随时会破产。

这些年，宋景阳老得很快，还有他老婆赵欢。任谁被亲生儿子逼着去给人赔笑，大概都会悲愤交加，尤其这人还是被他舍弃的女儿。

宋景阳没办法。他若是惹我不高兴，我会对他儿子宋智使脸色。

看着斯斯文文的宋智回家像个疯子一样乱砸一气："你们把公司交给我的时候，就快不行了，我撑得多辛苦你们知道吗？我累死累活，在外面跟孙子似的，你们在家享清福，还要拖我后腿！

"笑，都给我笑！哭丧着脸干什么！！"

怪只怪，宋景阳两口子打小对儿子娇生惯养，无限溺爱。

赵欢第一次向我低头的时候，又怨恨又悲愤。曾经的贵妇人，哭得难看："对不起，小嫣，阿姨错了……"话没说完，她先崩溃了。

我看了她一眼，面无表情："你确实错了，那么个垃圾男人，恶心都来不及，你竟然宝贝了半辈子。"

宋景阳眦眦欲裂，新仇旧恨，恨不能当场杀了我："代嫣，你到底想怎么样，你想干什么！"

他想打我，但宋智整个人都扑在他身上，气急败坏地拦着。

杀人诛心，我当着他们的面，缓缓勾起嘴角，对宋智和他母亲赵欢道："记住，你们家走到今天，全拜宋景阳所赐。"

宋景阳的日子不会好过。宋智每天骂骂咧咧，连赵欢也有了怨言。

只有一个蒙着脑子回国的宋俏，还摸不清情况，就自己送上门来挑衅我。

我满意地看着她煞白的脸，轻笑一声："宋俏，梦醒了，接受现实吧。"

离开饭店的时候，陈玉急忙忙地冲过来解释："代嫣，对不起，我真的没办法，张佳佳威胁我，说要让我老公被裁，你知道这两年行业不景气……"

"别说了，到此为止吧陈玉。"

我声音平静，没再看她，扶着阿静上了车。我要带她去医院验伤。

只是没想到陈玉之后，宋俏还会追出来。她一脸的失魂落魄，拦着我的车，扒着车窗喃喃地问我："代嫣，我们有什么仇？父辈的事跟我有什么关系，你为什么要这样对我？"

我启动了车子，目不斜视，也不打算搭理她。

她纠缠不放，一把抓住我的衣服："你知道吗，周烬是我第一个喜欢的人，这些年在异国他乡，我没有一刻忘记过他，如果不是你，我们会有一个好结果的。我第一次见他时，那场篮球比赛，我红着脸递水给他，他对我笑，说你不是九京的啦啦队队长吗，待会儿如果敢在场子上替化校加油，我请你吃饭。

"我不顾一切地那么做了，他也当真信守承诺，请我去吃烤鱼。

"我坐过他的摩托车，揽过他的腰，他为了让我揽得更紧一点，还故意使坏，加速前进……

"你知道我有多喜欢他吗，我跟他告白，红着脸吻了他的脸，他说如果他要找女朋友，会优先考虑我的，我们差一点就在一起了，你知道吗！

"如果不是你突然出现，横刀夺爱，周烬根本不会离开我，也不会有那种下场……"

宋俏像个疯子一样，又哭又笑。

"没错，周烬要是没那种下场，你们家也不至于到今天这地步。宋俏，输了就是输了，我俩无冤无仇，要怪，你就怪宋景阳吧。"

我冷笑一声，缓缓关上车窗。

车子启动离开，还见她追上来，不停地拍打窗户："代媽，你梦到过他吗？你梦里的周烬是什么样子，你告诉我……"

车子驶入主路，一路前行。等红绿灯的时候，阿静担忧地看着我："媽媽，你没事吧？"

我神情明明那么平静，可脸上冰凉一片，我知道我可能哭了。

可代媽一向要强。

我抹了下脸，笑道："没事，就是有点生气。"

该死的周烬，死了那么多年，还能让我吃醋吃得要死。摩托车上竟然带过别的女孩，还被人吻过脸。

狗男人。

我猜付雷最近有些焦头烂额，因为他老婆姚洁最近和一个健身教练走得很近。

找私家侦探拍照的不是旁人，正是他的生活助理，姜晴。

当然不是付雷授意的，是姜晴自己的主意。

这不是姜晴第一次这么干了，只不过这次是歪打正着。

姚洁虽然已经四十岁，不再年轻，但是曾经也是风风雨雨跟他一起走过来的。

我到他东城区的家时，看到的是失魂落魄的姜晴。

曾经面容姣好的姜晴坐在沙发上，捂着脸。敢打她的人，除了付雷，没有第二个人。

我猜想，应该是坐实了她栽赃姚洁的罪名。付雷一向厌恶别人算计他。

姜晴也算是个勇士，明知付雷的底线和雷区，还敢一脚踩进去。

她第一次被打我记得是去年，说起来还有一部分我的原因。

付雷开的那个造园公司，姜晴一直以为是以她的名义开的，结果法定代表人是我，企业账户开户人也是我。甚至专门的收款流动账户，也是用我的身份证办的。

这些在我看来，根本没有任何意义。付雷管我要身份证时，我也只是借给他。名义上的园林公司老板而已，银行账户和卡都不在我手里，压根儿跟我没有任何关系。

可姜晴不那么认为。

付雷的园林公司在国内首屈一指，赚钱很多。

而她已经跟付雷共事三年了，知道这件事心生不满。

她不敢跟他闹，只能跟我吵。平时看着那么文静的女孩子，质问起人来却很难听。

她情绪激动，连付雷出现了也不知道。最后结果是付雷给了她一巴掌。力道太大，耳膜穿孔，还是我开车送她去的医院。

不过她挺厉害，去医院路上非要我拐个弯，去警局报警。还哭得一把鼻涕一把泪，要起诉付雷。

原本恼怒的付雷，直接被她逗笑了。

不得不说，姜晴能在他身边三年，有她的本事。她长得漂亮，性格又直率。比如付雷问她是不是她找健身教练勾搭的姚洁，她一口承认下来。其实，若她有坏心思，完全可以推给我。因为那个健身场所是我推荐姚洁去的。

付雷这次真的生气了。

姜晴坐在沙发上，脸上竟然还能看出几分倔强和不服。

我说她其实有点可爱，是因为她性格确实直率。上次因为我被打得耳膜穿孔，结果事情过后，她一点也不记仇，还能拉着我的手，开开心心地问我："嫣姐，你看我新做的头发好看吧，那个托尼老师手艺不错，我特别满意。"

这次打电话让我来的，也是姜晴。她让我送她去医院验伤。我无奈地看着付雷，付雷根本毫不在意，冷笑一声，上了楼。

于是跟上次的流程如出一辙，我开她的车，将她送去医院。然后办理了住院，她顺便在医院报了警，还联系了律师要起诉付雷。

我叹息一声："你做这些都是徒劳。"

姜晴压根儿不搭理我，自顾自地咨询律师。

我知道，她又在闹脾气了，而且这次连我也怨上了。

我送她去医院的路上，她的那辆红色跑车里，车头挂的保平安的实心葫芦挂件轻轻晃动，质地上乘。

我车上也有一个差不多的挂件，是付雷送的文玩葫芦，值不值钱另说，主要是请金五台的大和尚开过光，据说挺灵。

我随口跟姜晴闲聊："雷哥对你挺好的呀，你干吗非要跟姚姐争呢，姚姐都没找你麻烦，你老老实实的不行吗？"

她像是被触到了逆鳞似的，在我面前阴阳怪气："知道你和姚洁关系好，你们都品德高尚，就我是个阴险小人。"

我好脾气地笑了："用不着这样，你自己选的路，好坏可不得自己担着。"

姜晴坐在副驾驶座，目光沉沉，抿唇看着车窗外，突然回头冲我发火："我怎么走的这条路，要不是因为你，我会走这条路？！"

我皱了皱眉："姜晴，你发什么疯？"

"嫣姐，我给你讲个故事吧。一个贫穷的女大学生，毕业后到一家生物科技公司应聘助理，她运气很好，同时来应聘的比她优秀的人多的是，结果那家公司负责招聘的秘书一眼就看中了她，问旁人这女孩看着是不是眼熟，大家都摇头，就他坚持说很像。

"我做了雷哥三年助理，没办法不对他动心。这世上的有钱人很多，可像他这样对我好的只有一个。他成熟稳重、温柔体贴，分寸掌控得刚刚好，温水煮青蛙似的。我也曾内心煎熬过，但我克制不住地爱他，我拒绝不了他。

"所以嫣姐，你呢，你能拒绝雷哥吗？"

我开着车，诧异道："你说什么呢？"

姜晴冷笑："其实我俩长得并不像，我曾经还在心里嘲笑过杨秘书眼瞎，但是雷哥第一次见到我，挑了下眉，我后来在他书房看到一张合影，里面有你，扎着马尾辫，纯天然的一张脸，标准的清纯女学生长相，我能应聘上，无非当时也是这种类型的女孩罢了。

"嫣姐，你敢说雷哥不喜欢你吗？"

我沉下脸来："你别胡说，雷哥不是那种人。"

"他当然不是那种人，他要是那种人，就不会把我留在身边了。"

姜晴声音嘲讽："他对我好是真的，但是打我也是真的。我为他做了很多事，而你就不一样了，你什么都不用做，就是要天上的星星，他也会拿梯子去给你摘。"

"你别说了。"我有些烦躁。

姜晴不依不饶："我为什么不说，园林公司是你的，挣的钱都存了海外账户，你还不知道吧，海外账户户头也是你的名字，除了你，将来谁都拿不到那笔钱。

"嫣姐，雷哥不敢承认的事，你也不敢承认吗？这场游戏，我真是玩腻了。"

她说着，一把扯下车上挂着的葫芦挂件，扔出了车窗。

安顿好了姜晴之后，我回去见了付雷。他心情不佳，独自一人在喝红酒，顺手也给我倒了一杯。

我迟疑道："雷哥，姚姐她……"

"我不想提她。"

付雷皱眉，深吸一口气，眼眸深沉，神情阴冷。以他的行事手段，姚姐此时应该不太好过。

我有些难过，因为姚洁这个人，性格大大咧咧，嗓门也高，心肠却很好。多年前我和周烬在一起的时候，她对我们就颇多照顾，她把周烬当弟弟，经常打电话让我们去她家吃饭。周烬走后，她对我也一直很关心。

没办法做到袖手旁观，我忍不住劝道："雷哥，你要为尔尔着想，她还在上高中，不能让这件事影响到她。"

付嘉尔，是付雷和姚洁的女儿，果真也是付雷的软肋。

他揉了揉眉心，声音疲惫："小嫣，这里有份离婚协议，你拿去给姚洁签。"

我愣了下："……雷哥。"

"劝她老老实实地签字，该给她的我都会给，这么些年，一点脑子也不长，再不跟她离婚，我早晚死在她手上。"

我知道他在说什么。

他的生意曾经被人举报过，有些事，除非是身边特别亲密的人，旁人是没机会知道的。

付雷怀疑过很多人，连我也不曾幸免。

不只我，姚姐、晖哥、杨天奇……身边每个人都曾生活在他的监管之下。他比曾经的闯哥谨慎一百倍。

那个匿名举报的人成了他心头的一根刺。

我按照他的要求，将离婚协议给了姚姐。

曾经心宽体胖的姚姐明显憔悴不堪，她还很害怕，抓着我的手问："小邢怎么样了，我联系不到他，他是不是出事了？"

小邢，是那个健身教练。

我诚实地回答："我不知道，他已经不在那个健身馆了。"

"出事了，一定出事了。小嫣，你雷哥不会放过他的，你帮帮我，救救他。"姚姐紧紧抓着我的手。

我不忍道："你都自身难保了，还管他干吗？"

"小邢是个很好的人，我害了他，呜呜……"姚姐掩面痛哭，"我跟你雷哥早就没感情了，你也知道，他都好几年没跟我睡一张床了，我们之间除了尔尔没有别的话题。

"小嫣，你可能瞧不起我，但是我也是个正常女人，我就不能有自己的感情寄托？"

我安慰了她一番，姚姐哭够之后，根本不用我劝，主动签了离婚协议。

她明显很怕付雷。

付嘉尔学习成绩很好，按照计划，高中毕业之后会到国外留学。姚姐打算到时候一起过去。

她精神状态很差，签完字后，又神经兮兮地问我："小嫣，你能不能帮我问问，小邢到底是死是活，你救救他，你雷哥平时最听你话了,你帮帮大姐。"

女人的恋爱脑,真的是不分年龄。

算计姚洁的时候,我心里是有一丝不忍的。

健身教练小邢早于几天前就离开了。离开之前,我给了他一张银行卡,里面有五十万元。

当时他说:"嫣姐,你放心,我不会把你说出来。"

我笑了下:"你没机会说的,付雷压根儿不会给你开口说话的机会。"

他愣了下,脸色有些难看。

我缓缓道:"所以你聪明一点,跑远一些,永远不要回淮城。"

我没有吓唬他,付雷一身干净,但他底下的人不是吃素的。

我开车回家的时候,在小区地下车库待了一会儿,车里循环放着一首歌——《大悲咒》。

阿静曾说,我年纪轻轻,《大悲咒》再听下去就要遁入空门了。她让我换一首歌听,还特意拷贝了一个U盘给我。

但她不知道,这么多年,我是靠这首歌撑下来的。

大悲心陀罗尼,对众生起慈悲心。那诵持之音、木鱼声响,如我曾经听过的喇嘛念经。

世上有没有大慈大悲的观世音菩萨我不知道。但我知道总有那么一些如菩萨化身的人,若向刀山,刀山自摧折;若向火山,火山自枯竭。大雾四起,有人身向地狱,地狱因此消散。众生皆苦,总得救赎。

车头挂着的葫芦挂件,被我取下。连同多年以前闯哥送的金鬼眼海黄佛珠,一起收了起来。

几天之后的晚上，我去找了付雷，在他城西香山麓的四合院。

小院里潺潺流水，精心修剪过的黑松朝气蓬勃，在灯光的照射下层层伸展，硕大而飘逸。

付雷很喜欢这棵黑松。

我们在院里散步，走了很久，直到站在这棵黑松面前，他仰头看，棱角分明的脸上眼眸深邃，侧目鼻梁高挺，极薄的唇，下颌线条流畅，如雕刻家精心细琢一般。

他在看松，我在看他。

直到他回过神来，噙着笑看我："小嫣，怎么了？"

我笑道："突然觉得，雷哥好像就是这棵黑松，无时无刻不高耸，无所不能，只可远观而不可亵玩。"

他忍不住勾起嘴角，笑声愉悦："你这丫头在说什么呢，一棵松树而已，怎么能无所不能。"

我不好意思地抓了下头发。

付雷突然又道："上次你说的那个金鱼叫什么来着？"

我愣了下："兰寿？"

"对，兰寿，我托人从日本买了不少，在前面的池子里养着，走，我带你去看看。"

付雷院里养的，其实是精品锦鲤。只是上次我过来的时候，随口说了一句——"锦鲤一点也不可爱，我上次在网上看到了一种兰寿小金鱼，胖嘟嘟的，又蠢又萌，可有意思了。"

却没想到，付雷将满池锦鲤全部换成了兰寿金鱼。

晚上的园林小院，亦处处是美景，只是有些地方灯光照射不到，显得很暗。

我跟在付雷身后，正走着，他回头对我道："这里很黑，小心一点。"说罢,伸手握住了我的手。

我愣了下,抬头看他,对上他平静且漆黑的眼睛。

他笑了笑:"走吧。"

这莫名其妙的牵手,让很多事都变得不言而喻。

溜达完了园林小院,进了中式住宅,付雷倒了杯红酒给我。

我没有喝,只轻声道:"雷哥,我先回去了。"

他自顾自地饮了一杯,回头看我,深沉眼眸如暗涌的黑河。

"小嫣,过来。"

屋内有酒香,即便不喝,也能让人头脑昏昏。

我听话地走了过去,不解地看他:"怎么了?"

他抓住了我的手,十指紧扣,突然将我抵在了身后的酒柜上。

近在咫尺,我慌道:"雷哥……"

付雷温热的呼吸满是酒香,低声道:"小嫣,我娶你好不好。"

明明该是询问,他却语气笃定,如陈述一般。也没有给我回答的机会,手掌摩挲我的脑袋,吻了下来。

深夜起了风,有树叶作响的声音。

05

我躲了付雷几日,直到他亲自找上门来。

晚上十一点的今朝,气氛正浓,我在包厢跟一熟悉的客户闲聊几句,喝了几杯。

付雷推门而入，身后跟着的，是晖哥等人。

我的笑凝结在唇边。

付雷面色不善，晖哥帮忙招呼客人换个房间，还说要送 XO 套餐。如此大手笔，果真是今朝的老板才做得出的事。

屋内的人鱼贯而出，只剩我和付雷的时候，我坐在点歌台点了歌："雷哥，你听《大悲咒》吗，我唱给你听。"

他不像叶诚，也没有那么大的耐心。他走到我面前，拿下了话筒，然后坐在了沙发上，拉我站在他面前。

付雷认真地说："我不会亏待姜晴，今后你不要来今朝上班了，搬去香山麓，你要是觉得闷，就去园艺公司上班。"

不是商量，而是陈述。

我愣怔地摇了摇头："雷哥，我们不能这样，这样对不起阿烬。"

他看着我，神情柔软："傻瓜，阿烬已经死了，活着的人要向前看。"

其实那一刻，我该问他的，阿烬到底是怎么死的，但我忍住了。

付雷等不到娶我的那天，就死了，开车撞死他的人是姜晴。

姜晴主动投案自首。她有足够多撞死付雷的理由。有医院的验伤报告，有两次报警记录。

她很冷静，说付雷经常打她，这一次更是想杀了她。

她报警了，但是没用，付雷在淮城只手遮天，她不能眼睁睁地等着付雷弄死她，所以才先下手为强。

这起案子，轰动了整个淮城。

大概是惺惺相惜，我知道姜晴不容易。我去找了叶诚，请他做姜晴的律师，最大限度地保全她。我要的是无罪辩护。我还拿得出一些确凿的证据，关于付雷犯下的一些罪。

叶诚皱眉，他似乎知道这个案子有多复杂。但他拒绝不了，我拿出手机，随便给他发了几张照片。

斯文儒雅的叶大律师震惊地看着我："代嫣，你从看我的第一眼就在算计我。"

我笑着看他，不急不慢道："叶诚，我知道你的能耐，你很擅长刑事辩护，你父亲是法官，母亲是检察院的人，所以现在拿出你所有的实力，不畏权势，伸张正义，或者，你身败名裂。"

这一天，我等了很久了。

从三年前那个夜晚，接到小六鬼魅一般的电话开始，我不停地做噩梦。

怎么会呢，那笔生意明明是工艺制品，为什么会变成其他东西？

我和小六都知道，不到万不得已，阿烬是不会出事的。他一身清白，没做过的事根本不会怕。更重要的是，他舍不得让我担心。可他最后给小六打的那个电话，是让小六快跑。

小六说，他们是被算计的。

孙大闯根本没在怕，他们那帮人还没搞清楚状况，跑什么？之所以会跑，只有一种情况，他们连开口的机会都不曾有。不跑就是死路一条。

阿烬提前发现了不对，因为那帮送货的不像普通商人，更像是外国人。

什么是黑，什么是白。

那年海港湾，我的阿烬在十一月份的寒冬，掉进了大海。警方追捕，那帮送货的"商人"却全身而退。从一开始，就是奔着他们去的啊。

幕后的人是谁我不知道,我也一直不确定付雷有没有参与。哪怕小六,也只是怀疑罢了。

可事实是,付雷没有受到牵连,反而顶替了闯哥的位置,有了如今的地位。他运气未免太好了些。

确定他参与其中,是因为姚洁。她确实是个没心机的,跟我关系不错,几杯酒下肚,就说出了付雷认识的一些朋友,以及他曾经跟境外的一些人谈生意。

她仅知道这些罢了,但这些已经够了。

我曾经失败过,以一封匿名检举信,以及自以为是的证据,试图扳倒付雷。后果是遭到了他长久的监视。不仅是我,连同姜晴等人,一举一动,也都在他的掌控之中。

姜晴车上的葫芦挂件,和我的那个一样,都是装了窃听器的。

付雷要是真的清白,根本不会给我们扳倒他的机会。然而,事实是,他一如既往。

其实,我和姜晴三年前就认识,我们一直在演戏。让付雷付出代价,是我们共同的目的。

我为的是阿烬,她为的是她哥哥。

姜晴家境贫寒,从小跟她哥哥相依为命。她哥哥供她上学,什么脏活累活都干。

姜晴哥哥是警方的线人,为了挣那些线人费,也为了心底的一份良知。

我不知道他叫什么,也不记得付雷身边有没有这号人。因为那个时候,我跟周烬在一起,对付雷并不熟悉。如果阿烬还在的话,想必是认识她哥哥的。

阿烬失踪,最起码我知道他是掉了海。姜晴就不同了,她哥哥是莫名其妙地就没了踪迹。生不见人，死不见尸，仿佛世上从没有这个人存在。

我也曾不动声色地向晖哥打听过。晖哥只道以前得罪的人太多了，谁知道是不是被报复了。我不信，后来又去套姚姐的话，姚姐仔细回想，倒是说了付雷身边曾经有个叫姜宁的小伙子，很能干，后来也不知去哪儿了。

既然是付雷身边的人，晖哥没道理说不熟悉。

凶多吉少，是肯定的。姜宁很大可能是暴露了。可是谁也没有证据治付雷的罪，他太狡猾了。

我很早就说过，他是手很干净的一个人。

但是不该这样啊。黑就是黑，白就是白，做错了事，就应该受到惩罚。谁也不能例外。洗白了也不行。

我和姜晴计划了很多扳倒他的方法，可是那些黑暗的现实告诉我们，不能再铤而走险。

那天晚上，我给他打电话，惊慌失措地告诉他，姜晴疯了，想杀了我。电话那头，一贯冷静的付雷竟然慌了，他问我在哪儿，然后立刻开车出来找我。

在我家附近的废弃修车厂，付雷那辆豪华皮卡如黑夜之中的猛兽。

他下了车四下寻我，急声呼叫我的名字，我扑到了他怀里，哭着告诉他姜晴约了我在这儿见面，说要跟我谈谈，结果她拿出了刀子要杀我。

付雷脸上阴寒至极，他安慰着我，说：“小嫣，不要怕，我在这儿。"然后他让我上车等他。

区区一个姜晴，根本不是他的对手。

他很快找到了姜晴,将她从她那辆红色跑车上拽了下来。

付雷真狠啊,痛下死手。陪了他三年的女人,被他拖着头发踹倒在地。

他面色冰冷得像个杀人机器。

我看着他打姜晴,哆哆嗦嗦地坐在车上点了支烟。

付雷的车没熄火,车灯照耀前方,亮如白昼。

我冷静地叫了他一声:"雷哥。"

付雷停下动作,直起身子,挽了挽袖口,转身朝我走来时像一位绅士。仿佛刚刚打人的不是他,他迎着光,神情含笑,温柔美好得不可思议。

我打开车门,下了车,然后看着他,一步步地走向我。

在他身后,猛然亮起另一束车灯,交汇在他身上的白光亮得刺眼。付雷还没反应过来,身后那辆红色跑车已经"轰"的一声,猛烈地朝他撞来。

车内坐着的姜晴,满脸是血,表情狰狞,眼底含着疯狂的恨意。

她将油门一踩到底,撞飞了他。巨大的冲击力下,人就像一具玩偶,飞起又落下。

付雷倒在了血泊之中,不甘地睁着眼睛,目光开始涣散而茫然。

他努力地唤了我一声:"小嫣……"

我面无表情地站在了他面前,看着他,声音寒冷:"你的黑松下面,是不是埋着我的阿烬?"

黑松高高在上,枝繁叶茂,汲取的营养,是不是我阿烬的尸骸。

你一步步地走到今日,踩着我的阿烬,知不知道他有多疼。

寒冬腊月,掉进大海,我的阿烬有多冷。

他托小六带给我的那句话,最终也没有说出,我的阿烬,该是多么的遗憾和心有不甘。我永远没机会知道他想说什么了。

可是阿烬疼的时候,我感同身受。

"雷哥,没有人可以踩着别人的尸骸,站在高处。"

付雷想说话,他嘴里涌出血,源源不断,扯着脸上的肌肉,像是在笑,又像是在哭。

他含糊不清地说:"我说,不要去……他没有,听……"

我说不要去,他没有听……

我耳畔是呼啸而过的风,以及那年意气风发的周烬,逆着光冲我笑:"阿嫣,最后一次,从今以后,我们自由了。"

付雷眼角有泪滑落,然后睁着眼睛,最终咽了气。

我呆愣愣地站在原地,直到姜晴朝我扔过来手机:"报警。"

她要以正当防卫做辩护,而她也确实有足够的理由。

法庭审判现场,我作为证人,亲口证实了付雷对她的暴行。姜晴两次住院,都是我送去医院的。甚至付雷死的那晚,还在把她往死里打。除此之外,付雷其他的犯罪证据也在调查中,逐一浮出水面。

叶诚据理力争,姜晴最后被判了三年。

付雷全部资产被查处,除了合法经营的园艺公司。姚姐因为离婚,也保全了自己那份。如姜晴所说,那海外账户里的钱,只有我能动。不过我委托了叶诚,将钱全部捐了出去。同时捐出去的,还有一串鬼眼海黄佛珠。

叶诚在案件尘埃落定后,忽然异常认真地问了我一个问题:"今后有什么打算?"

"哪方面?"

今朝被查处了，我以为他在问我工作的打算。

可显然不是，叶诚抿了抿唇，道："代媽，你今年三十了吧。"

"嗯。"

"有没有想过，结婚。"

"没有。"

"……那你要找工作吗，可以来我们事务所。"

"不必了叶律师，过段时间，我就要离开了。"

"你要去哪儿？"

"无可奉告。"

离开淮城之前，我见了姜晴一面。

她精神状态很好，笑着跟我告别："一路顺风。"

"安顿好一切，等你出狱，我来接你。"

"好。"

我开车走了，一路前行，风和日丽。

车后座有一幅最新画作——一只断了翅膀的雁，被同伴托举，在乌云压顶的雷霆下，飞向前方透过一丝光亮的青天。

这幅画名为《见天》，它将出现在沪城的国际画展，是写实画派名家吴老先生向我预定的。

我跟他是网友，其实未曾见过面，但近些年提供给他过好几幅画。

《见天》的落笔是烬燃，一个不知名的新派画家。

这一次，吴老先生约我见面。

车子过了收费站，又过了原野荒原。路上听的依旧是《大悲咒》。经文教人念佛忆佛，迷途知返。然众生痴迷，从来无人能广大圆满。

因为救赎从来不在神佛。

世间疾苦，也要砥砺前行。如那年周烬站在学校门口，看着我走进去，双手插兜，在背后冲我喊了一句："你只管往前走，总有一天，我们以为的坏日子，回过头来看，其实也没有那么坏。"

他是对的。一切都会过去，人在绝境应生出无限的勇气，遇山开路，遇水架桥。只有内心足够强大，回首过往，才能一笑了之。

周烬最后那句没有说出口的话，我猜他是想告诉我：阿嫣，不要怕，勇敢向前走。

这世上永远有一个周烬，停在了最爱我的时候，如他所言，会永远爱我，忠诚于我。

《大悲咒》听完，我想是该重新开始了。

我将阿静之前给我的 U 盘插上了，歌很好听。

> 路不停来又来去又去
> 前生的印记
> 消失的风景画冬如期
> 此刻触手不及
> …………
> 下一场蜿蜒曲折剧情
> 永生眷念苍生的怜悯
> 停在这里，云淡风轻
> 那全部都是为你

番外

付雷篇

佛家中说，无间地狱位于阎浮提地下二万由旬处，凡造五逆罪之一者，死后必坠于此。付雷一直坚信，自己死后是要到那里去的。

其罪之一——母亲因生他难产而死，是为杀母。

其罪之二——高中那年村里收庄稼，他回家帮父亲开那台耙地机，日头毒辣，大型机器穿梭在田里，他在前头轰隆隆地开，父亲在后头踩着耙架。直到二叔他们拼了命地追上来，疯了一般地招手让他停下，他才知道父亲一个没踩稳，人卷到了耙架下。

滚着的锋利耙片，把父亲当场绞杀。耙地机开过的土壤，鲜红一片……

付雷在火车站附近开二十四小时餐饮店的时候，习惯凌晨蹲在店门口抽烟，眯着眼睛看不远处人来人往的进站口，永远有人背着行囊行色匆匆。

世人慌慌张张，不过图碎银几两。在这俗世当中，谁都不能例外，所以他才会把农村老家的房子卖了，拿着所有的积蓄在这里开餐饮店，试图闯出名堂。

事实证明他是对的，火车站人最多，不到两年他就回了本，还买了城里的房子。可是潜意识里，他仍旧认为自己身如浮萍。

决定资助周烬读书，绝不仅仅因为他们是同乡，还因见到周烬的第一眼，他就觉得似曾相识。

那孩子身上有他的影子——孤苦伶仃、身如浮萍的影子。

五年之后，付雷和孙大闯合伙开了淮城最大的KTV。

他跟孙大闯认识得也很随意。

火车站那种地方，可谓是淮城最乱之地，扒手、街头混混、逃窜的犯人……应有尽有。

闯哥算是那儿最有名的人。他来快餐店吃饭，从来都记账，无论点了多少东西，带了多少人来。

服务员敢怒不敢言，付雷从不在意，还会掏根烟给他。

二人的交集，便是偶尔一起抽烟的关系。

直到那个因为一张话费卡找事的客人，让他们成了生死之交。但他知道，他和孙大闯不是一类人。

隔壁米线店的老板后来经常说，付雷这小伙子是个斯文人，端汤锅救人的时候，都要从容不迫地卷一卷衬衫袖口，防止汤水溅到身上。

后来他成了钻石的老板，还在步行街开了一家酒吧，附近的巡警到处跟人说："付雷哥是个规矩的生意人，他的店完全可以放心。"

然而，真的可以让人放心就好了。

很早之前付雷就说过，他跟孙大闯不是一类人，可现如今，他已经覆水难收。

闯哥拍着他的肩，说他们是一辈子的兄弟，还文绉绉地说了句"凭君莫话封侯事，一将功成万骨枯"。

孙大闯给人送礼的时候，用几个蛇皮口袋装钱，一句"里面装的土豆",逗得人哈哈大笑。

他站在高处,自以为掌控了一切,什么都不怕。

付雷也越陷越深,他还记得钻石沦陷的时候,周烬用失望的口吻质问他:"哥,当初是你说的,你有自己的底线,现在你还承认吗?"

付雷很茫然,一开始他清清白白,还曾拍着阿烬的肩膀,坚定地告诉他"我们和闯哥是不一样的,不过是混口饭吃,哥哥有自己的原则和底线",可是,为何后来他的胃口会越来越大呢?

孙大闯告诉他《庄子·养生主》里的一句话——"提刀而立,为之四顾,为之踌躇满志。"

孙大闯从前是多么粗俗的人,现如今这人竟然变得很爱学习。

他的别墅里,最显眼的檀木书架上摆满了各类文学名著。他还学会了写毛笔字,戴着一副框架眼镜,掩去面上的凶悍,竟然显得几分和善。

他说,战国时期,有个很善于宰牛的厨师叫庖丁,给梁惠王宰牛,三两下就收拾干净,梁惠王很惊奇,问,你怎么本领这么高超?

庖丁说,我刚开始学宰牛,看整头牛站在那儿,也不知道如何下手。后来经过了一段时间的训练和摸索,我了解清楚了牛的身体构造,哪里有筋脉,哪里有肌肉,哪里有骨头,哪里有骨头接缝……

当我提起刀的时候,看到的不再是一头牛,而是连接在一起的很多骨头,我能准确地找到骨节缝隙,把刀顺着骨缝插进去,慢慢旋转刀刃,骨头就断开了……

孙大闯说:"雷子,我们是庖丁,不是那头牛。"

庖丁受梁惠王欣赏。可如果有朝一日,梁惠王想要庖丁的命呢?

你宰牛技术很好,梁惠王也吃了你太多,突然有一天有人说这些牛来路不正,梁惠王为了自己的声誉,会不会杀人灭口?

凡造五逆罪之一者,死后必坠无间。

付雷想,阿烬是对的,有些东西、有些路,由不得人反悔和后退,走上了,就是死局。

闯哥去接那批工艺制品的时候,他对周烬说:"明天晚上你来我家一趟,我有东西给你。"

周烬说:"我明天没空,要和闯哥一起去海湾码头。"

付雷手中的烟顿了顿,不动声色:"闯哥那边人多,不差你一个。跟他说一声,别去了。"

没有刻意说不准去,因为那件事太大了,他在其中只分担一角,出了问题谁都兜不住。甚至,他也有可能自身难保。

对于周烬,言尽于此。

看着周烬心不在焉应了一声的样子,他心里阴暗处滋生出了什么东西,只有他自己知道。

付雷抽完了那根烟,从没有一刻如此刻觉得自己仿佛置身惊涛骇浪的大海之中,能够栖身的只有一块甲板。

人生在世,起起伏伏。谁知道呢,兴许这块甲板也会翻。葬身鱼腹的究竟是谁,他也不知道。

凭君莫话封侯事,一将功成万骨枯。

听天由命。

后来的事大家都知道了。

一晃七年。

付雷迷恋上造园的时候,看着自己亲手打造出的园子,第一个想到的就是代嫣。他承认,当年周烬带着代嫣出现在他面前的时候,他是对她有好感。

这姑娘眉清目秀，扎着马尾，很干净，也很美好。

模样生得好，第一印象自然也好，但也仅是好感罢了。

他有老婆有孩子。他跟姚洁相识多年，从前在火车站开餐饮店的时候，姚洁是他店里的服务员，一个圆脸爱笑的姑娘。

犹记当年，她总是偷偷摸摸地看他，端给他的茶永远是一壶沏好的大红袍。那是他习惯喝的茶。

付雷咬着烟问她："你喜欢我吗？"

姚洁顿时满脸通红，不知该如何是好。

周烬有一句话说得对，像他们这种打小没家的人，心心念念就想有个家。

他结婚其实很早，二十四岁与姚洁成家，没有轰轰烈烈，也没有爱得多深。只是因为他不想回家之后，冷冷清清一个人。

付雷是个看得开的人，骨子里对感情也比较淡薄。

这怪不得他。从出生起就没有母亲，父亲又死在自己开的耙地机下。他觉得自己可能是天煞孤星，连女儿付嘉尔出生的时候，都没有什么太大的情绪起伏。但他是爱付嘉尔的，总愿意把最好的一切都给她。

他只有尔尔一个女儿，并非姚洁不愿意生二胎，而是他不肯要。

后来，他站在了淮城的高处，人人称呼他一声"付先生"，态度恭敬。想靠近他的女人很多，愿意给他再生个孩子的女人更是数不胜数。不少跟他关系好的朋友，讲起世俗文化里的传承，总是建议他再生个儿子。

付先生正值盛年，攒下那么大一份家业，就一个女儿似乎说不过去。

付雷从一开始的轻笑，到后来听人说的次数多了，竟然也觉得再生个孩子似乎也不错。

这个念头一出来，他脑中浮现出一个荒诞的想法——他想跟代嫣生个孩子。无论男孩女孩，他一定视若珍宝。

今朝的营销经理代嫣，人人都知道是老板付雷的旧识。然而事实上，他心里一直都有些怵她。说不好是不是因为周烬。总之，这个女孩子，令他心慌。

从前周烬还在的时候，他见过她很多面，甚至去过她的学校，以家长的身份找校领导解决过问题。

男人的骨子里，对脆弱无依的女孩子似乎有一种天生的保护欲。

她患抑郁症期间，见到他时还会扬起笑脸，柔和地打招呼，轻唤一声"雷哥"。

纤细的脖颈、瘦弱的手腕，仿若一阵风就能吹跑。

一群人在他家里热热闹闹地吃饭，代嫣安静乖巧地坐着，可她的状态很不好。

人群越热闹，我越孤寂。所有人都在笑，越显我的格格不入，荒唐可笑。

快要溺死了，喘不过气了，千万只蚂蚁在啃噬我的心，再不去死，就要被啃食干净了。

那女孩曾在他面前哭过，满脸泪，眼睛红得像兔子，呜咽如受伤的小兽，在他一遍遍的安抚下，逐渐平复，最后又扬着脸求他："雷哥，你别告诉阿烬，他今天好开心，知道了会难过的。"

付雷自诩感情淡薄，可那一刻，他心肠柔软，竟然疼了下。

女孩头发上洗发水的清香，淡淡萦绕。付雷有一瞬间的失神。

他后来总是对阿烬说："好好照顾小嫣，多带她出去走走。"他还买了本有关抑郁症的书，拿给阿烬，告诉他，"热闹和人多的地方并不适合她，只会让她高度警惕，精神紧张地扮演自己。她更喜欢安静，可以带她去人少的地方看看风景。"

其实哪里用得着他嘱咐，周烬家里有一堆关于抑郁症的书。他比任何人都了解代嫣的无助。

付雷从什么时候喜欢代嫣的？

他自认为是周烬失踪之后。

他和姚洁的婚姻平平淡淡，感情也平平淡淡。

他没见过代嫣这么固执的人。她对阿烬的爱，执着、烂漫、矢志不渝。

阿烬不知所终，所有人都说他死了，可她不信。

她那时身怀有孕，执意要把孩子生下来，她说："雷哥，你们都不必安慰我，我现在什么都不想，我要保持好心情，把孩子生下来，阿烬不会那么狠心，他会回来找我们娘俩的。"

狐狸一样的付雷，怎会看不出她平静面色下掩盖的巨大恐惧和悲伤。

孩子没保住，代嫣躺在医院跟死了一样。

可她很快又恢复了神志。

付雷让姚洁去医院照顾，姚洁回来后直抹泪："小嫣今天跟我说，她还不能死，她要是撑不住了，阿烬回来后发现孩子和老婆都不在了，他会疯掉的。

"小嫣说，阿烬难过的话，她在阴曹地府都不安心。"

付雷那天独自一人在书房待了一下午。

他素来知道阿烬爱代嫣。他愿意为她做任何事，承担一切，保护她，守护她。代嫣就像是一个终点，指引着周烬奔赴的方向。

兴许是他付出得太多，导致所有人都没看清代嫣的感情。连付雷曾经也以为，代嫣选择跟阿烬在一起，只是因为遭遇家庭变故，患了那场抑郁症，阿烬不离不弃，她顺水推舟而已。

喜欢固然是有的，只是没料想她的爱，同样是飞蛾扑火般执着。

这世间的救赎，从来都是双向的。

她从此留在今朝，一步也不肯离开。

一年，两年，三年……她始终是一个人。

那样炽热的感情，付雷不曾拥有过。茫然，也嫉妒。

他日复一日地关照代嫣，一开始觉得自己是在替阿烬照看她，可这照看越来越细致。

看到好东西，他会习惯性地先给代嫣；知道她受欺负，他会怒火中烧，愤怒不已。代嫣在他面前说的每一句话，他都听得很认真，并且格外重视。

阿烬死了七年了。

代嫣变化很大，长卷发，化妆，也爱抽烟。

付雷买最贵的雪茄给她，叮嘱赵晖要看着她。直到最后，他开了园艺公司，想的是放在代嫣名下。

他时常想，就当是为了弥补她，也弥补阿烬。

对于阿烬的死，他是愧疚的，但他从不认为是自己的责任。

放在他如今的地位和身份，必然是要保住周烬的，但他也是一步步爬上来的。没有人生来站在高处。

付雷是理智的，也是残忍的。他如今已经不做庖丁，也不再为梁惠王宰牛。他的手很干净。

他想起大学时自己曾经有过的理想，不过是开一家茶馆，品茶鉴茶，生活无忧。

如今他什么都可以实现。

姜晴在他身边三年，姚洁知道，也从没有闹过。

他并非沉迷色相之人，这么些年，身边也只有姜晴一个。

他很大方，可姜晴越来越贪心，什么都想要。

直到最后，一语道破，姜晴在车上对代嫣说："雷哥不敢承认的事，你也不敢承认吗？你什么都不用做，就是想要天上的星星，他也会拿梯子去给你摘。"

她说得对，代嫣就是想要天上的星星，他也会去帮她摘。但她说的也不对，他没有不敢承认，他很早之前就正视过自己的内心。

他喜欢代嫣。

说不清是从什么时候开始的，时间太久了，感情已经模棱两可，融入光阴之中。

原以为，就这样也挺好——将她当成妹妹，像家人般一直守护。可跟姚洁离婚后，因为姜晴的一番话，他心里起了波澜。

其实，他也不是不可以。他可以娶代嫣，跟她成家，生一个属于他俩的孩子。

一旦有了这个念头，这些年的体面突然就溃不成军。

他失眠了，内心煎熬。终于，鬼使神差地，他拉住了她的手。

承认吧，很早之前，他就已经动了心，想要将她据为己有。

他已经浪费了那么长的时间，余生不应该继续浪费。

人要向前看，活着的人终归要屈从于俗世的温暖。

他们会好好的，组建一个家庭，生一个孩子，终得圆满。

付雷直到临死，才想起自己原来是要下地狱的，但没想到送他下地狱的，是代嫣。

她说："你的黑松下面，是不是埋着我的阿烬。"她说话的时候，脸上的表情那么冷,那么淡。

付雷一瞬间想起幼时,家里那尊掸去灰的菩萨雕像。

他笑了,到临死才知道,出佛身血,真的洗不干净。

代嬷说得对,没有人可以踩着别人的尸骸,站在高处。恶业于身,迟早要下地狱。只是没想到,这一天来得那么快。

恍惚之中,他似乎看到了阿烬。

那少年还在上初中,个头开始长高,正值变声期,扯着公鸭嗓冲他嚷嚷:"哥,我这次考试及格了,你说的送我游戏机,不能不算话啊。"

"臭小子,及格就想找我要礼物,你这底线也太低了。"

"嘿嘿,不是你说的吗,底线这东西,是自己定的。"

底线是自己定的,可惜,他后来越线了。

临死的时候,才知道悔了。

他满脑子都是周烬,看到那少年勾着他的脖子,一声声地唤着哥,嘻嘻哈哈;也看到十六岁的他,为了护着自己,凶狠地站在饭店的桌子上,大声怒吼:"谁敢动我哥!"

阿烬,哥错了。

我说自己身如浮萍,其实从那年车站遇到你的那刻,我就已经不再孤苦伶仃。

我们曾是家人。可惜,我没有守住底线,把你弄丢了。

阿烬,哥现在去陪你了,向你赎罪。

哦不,我是要下地狱的,你不在那里。

阿烬,那么就此一别,再也不见了吧。

对不住了。

因缘

　　潍公岛，是一个面积不大的海岛，约莫住了八十多户人家。当地旅游业不发达，即便岛上风景不错，林壑秀美，仍旧很少有外人踏足。

　　这里不太富裕，岛民仍过着原始的渔民生活，住着简易的房屋，常常出海打鱼，辛勤劳作。

　　周烬已经在这里待了近十年。他如今还有个名字，叫李皓，岛上的居民都这么叫他。

　　他是个记忆不完整的人。

　　当年李叔出海打鱼，正是寒冬腊月，凌晨四点，从海里捞上来一人。

　　回想起来，李叔时常心惊胆战。因为捞上来时，那人便已经昏迷不醒。

　　他疑心这人是撞上了他的船卷入船底才受伤的，所以没敢报警，直接将人带回了家。

　　岛上的赤脚医生是邻里乡亲，到家里给救治了下，摇头说不一定能活。

　　连续几天，发烧四十度以上，醒来怕也烧成傻子了。

　　周烬命大，后来醒了，没烧成傻子，但是因颅脑损伤，落了个头痛的毛病。

　　他对从前是有些记忆的，只是记忆很乱，很多场景和人，变得模糊。他甚至想不起来自己叫什么。

李叔把他留在家里，说不着急，小伙子你慢慢养着，总能想起来的。

这一养，就是五年。

李叔名叫李先海，是土生土长的潍公岛渔民。他原本有个儿子，叫李皓。后来儿子因病去世，老伴儿也死了，家中只剩他一个。

他说他儿子如果活着，差不多和周烬一般大。

兴许就是这个原因，他照顾了周烬五年，几乎把他当亲儿子对待。

周烬初时不知姓名，也记不清自己的来历，李叔便叫他皓皓。久而久之，整个潍公岛的人都知道李叔出海打鱼捡了个儿子回来。大家也跟着叫他皓皓，抑或者李皓。

身体恢复好了之后，周烬不知道要做什么，他开始和李叔一起出海打鱼，在台风要来的时候，穿厚底鞋捡大块的珊瑚和十几斤重的贝壳，压在房屋顶上。日头好的时候，屋前屋后晾晒鱼干、海参、海螺肉。

潍公岛景色很美，岛中有小湖，碧绿清澈。夏天晚上，海浪退潮时，偶尔能看到夜光藻发光。

五年后他依旧记不清自己是谁，但已经习惯了被叫作李皓。

李叔把他当儿子，见他年龄也不小了，还拿出了积蓄要为他娶媳妇。

邻家大婶为他介绍了个潍公岛的姑娘，姑娘很能干，性格大大咧咧，跟着家里打渔，搬货送货，力气很大。

她早就注意到了周烬，于是让家里托人去说亲。

李叔很开心，觉得这桩姻缘再好不过。

可是周烬拒绝了，他对李叔说："我好像结过婚了。"

李叔很诧异，赶忙问他想起了什么？

他皱起眉头，想了很久，直到头又开始隐隐作痛，才痛楚道："不记得了，只知道我奶奶死了，我好像读过书，认识一个女孩，我们感情很好，我想不起来她叫什么，但是我一想到她……"

他头痛欲裂，额上冷汗淋淋，眼睛泛着血丝。

"很疼，我的头很疼，身上也疼。"

李叔赶忙劝他，慢慢想，不着急。

他曾试图找回过自己，去岛外的派出所报警，各处查询。可是人海茫茫，他寻不到自己的来路，最终又回到了潍公岛。

他后来真的成了李叔的儿子，身份证上赫然写着李皓这个名字。

潍公岛的那个姑娘，被他拒绝之后，曾经主动找过他。

她说："李皓，我看你人好，就是喜欢你，你要不要再考虑下，我家条件也不差，咱们俩在一起了，日子只会越过越好。"

她坦荡，直率，皮肤晒得有点黑，但是眼睛特别亮。

周烬依旧没答应："我结婚了，有老婆。"

"但是你也不确定，你想不起来，也可能一辈子都想不起来。"

"想不起来，就慢慢想吧，没办法。"他苦笑一声。

姑娘有些难受，但也不是纠缠不休的人，两年之后，她便嫁给了一个喜欢她的小伙子。

潍公岛的日子过得太平静，周烬早就学会了捕鱼，修船，修缮房屋，成了一个合格的岛民。

人生如同风平浪静时的海面，没有波澜，毫无起伏。

他去大医院检查过，颅脑损伤是不可逆的，逆行性的遗忘，后遗症存在的时间可长可短，部分人可以恢复，但完全正常几乎是不可能的。

医学上的很多神经细胞是不可再生的,这也意味着,他也有可能永远记不起来。

周烬在潍公岛待了十年。

第八年的时候,他某一日想起了"周烬"这个名字。

梦里面,很多不同的声音在叫他。

年老的声音,年轻的声音,男人的声音,以及一个女孩的声音。

那女孩的声音很温柔,像是午夜梦回的呢喃,她把头埋在他怀里,紧紧拽着他的衣襟,不住流泪:"阿烬,阿烬……"

他醒来时,满头的汗,心脏骤疼。

而他那时已经不再年轻,是个三十岁的男人了。

命运和时光是公平的,不会管他是不是想得起来,该流逝的一样流逝,悄无声息。

第十年的时候,李叔患了癌症,去世了。周烬给他送了终,岛上的家,从此只剩他一人。

周烬后来习惯了抽烟。他烟瘾很大,晚上的时候,仰头躺在屋内,听着外面翻涌的海浪声,看到镜中的那个男人,手上的香烟一点点在猩红中燃尽,他的眉眼清晰又生冷,全是陌生。

一个落寞的,没有未来,也看不清来路的可怜人罢了。

他决定离开潍公岛了。带着不多的行囊,独身一人。

去哪儿呢?

天下之大,他如此茫然。

那就去很远的地方吧,佛家说,万法皆空,因果不空,既然不空,不如信一次命。

三十三岁这年，代嫣已经是沪城一家画室的老板了。

彼时姜晴因在狱中表现良好，已经提前出狱。

那家名为"斯年"的画室小有名气，因学生很多，招了三名教画画的老师。

代嫣在姜晴出狱之后，便当了甩手掌柜，将画室全然交给她去管理。

这一年，她一个人，又一次去了西藏。

根培乌孜山，是拉萨著名的神山。每年藏历六月三十，为哲蚌寺的展佛节。

早上八点，半山腰上第一缕曙光辉映，发号声庄严响起，五彩丝绸织就的巨大释迦牟尼像，徐徐展开。

佛像容颜祥和，凝视众生。数万名信徒和游客，双手合十，顶礼膜拜。

代嫣在其中，虔诚地拜了拜。

上一次来是什么时候？

是十一年前。

那时周烬在她身边，她闭上眼睛的时候，默念了下哲蚌寺的原名——吉祥永恒十方尊胜州。

如今大批的游客和信徒，如那时一样，涌向佛像。她站在原地，没有上前。

在人群之中笑了一声，缓缓转身。

身后不远的地方，潮涌的人流中，她愣怔地看到一个男人。高个头，单眼皮，黑色外套。

他长相略显沧桑，下巴留有青茬，但五官端正，相貌堂堂。

他面相锋锐，眸光黑沉。

耳畔的嘈杂声，忽然全都消失不见，静寂无声。

代嫣看着他一步步朝她走来，目光落在她身上，又很快移开。

他途经了她，错过了她。

而她傻傻地站在原地，双腿发虚，几乎快要站不住了。

"你好，我们是不是，在哪里见过？"身后，传来那男人的声音。

她转身，朝他望去，已经泪流满面。

"阿烬……"

周烬记得梦中那个声音。

他怔怔地看着她，眼睛隐隐泛红，然后上前不顾一切地将她拥入怀中。

损伤后的神经细胞是不可再生的，可是爱会再生。

那些活下来的细胞，依旧在身体里，叫嚣着这是他爱过的人。

爱过的，和正在爱的人。

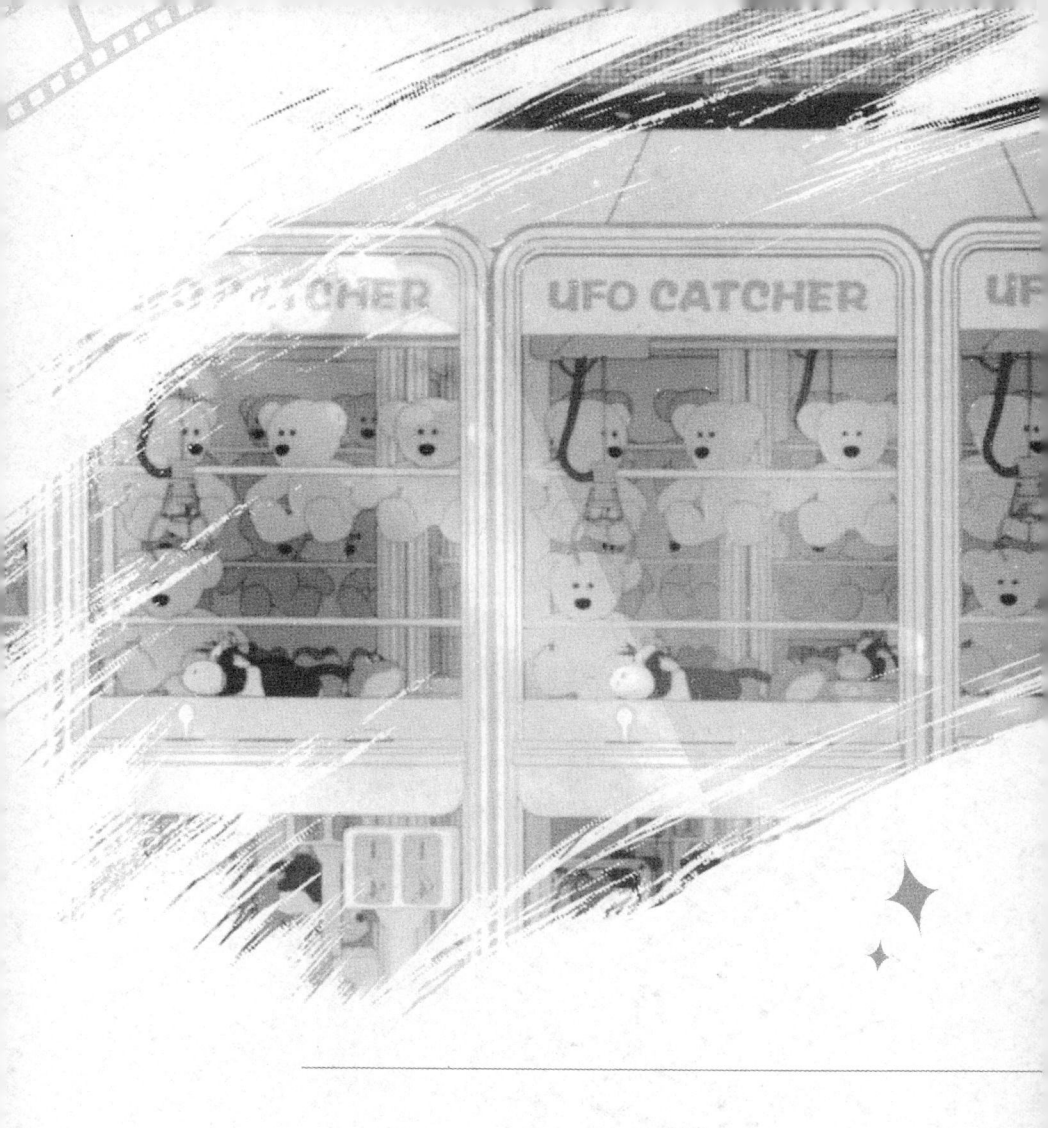

影片三

▶ 破曉

楔子

在一起八年,说好年初二到我家商量婚期,他们全家都放了我鸽子。我去要个说法,看到他带了个女同事回家过年。

他让我别多想,别发疯。

他爸妈说:"涂可你收敛一点,像什么样子。"

我爸爸一大早就起来忙活,准备了满满一桌子菜,逢人就说亲家待会儿要过来。

结果他说忘了,改天吧。

他出国留学期间,他爸病了,全程都是我陪着去医院的。

我爸那时身体也不好,怕我忙不过来,自己去医院手术,瞒着不说。

那一刻我突然就崩溃了,疯了似的踹他家的门:"我今天就是来发疯的,让我收敛?楚昂,我收敛你全家!"

01

我被楚昂打了。毕竟大过年的,我不仅踹了门,还骂了他全家。

他爸妈站在一旁,半晌没反应过来。

待到反应过来,楚昂忍无可忍地给了我一巴掌:"涂可,你闹什么!大过年的发什么疯!"

是,我在发疯。年前说好的,初二他爸妈和他一起,去我家商量婚期。现在一句"对不起可可,我忘了,改天吧"就想一带而过。

楚昂还摸了摸我的头,表示歉意。

我望向他爸妈,他爸将目光挪开,没有看我。

他妈笑着往自己身上揽:"是我不好,可可,阿姨记错了日子,还以为是下个月初二呢。"

言语之间,好像大家都认为这是无关紧要的事。

他们家的客厅,电视热闹地放着,方瑾坐在沙发上,穿着漂亮的红毛衣,面容白皙,在冲我笑。

我问楚昂:"她为什么在这儿?"

"方瑾爸妈都在国外,过年没地方去,所以来了家里。"

他说得那样坦然,风轻云淡,可我知道不是这样。

我和他很早就在一起了,走过青葱校园,也走过漫长的异地恋。

他在国外留学那会儿,认识了方瑾。

不知从何时起,我们之间隔着电话聊天的时候,他常提起她。

方瑾爸妈是商人,家里从事金融行业,在国内小有资产。

她是典型的白富美,性格爽朗,对朋友很真诚,也很仗义。

楚昂提起她的时候，含着欣赏的语气。

说的次数多了，我便有些不高兴，问他："你是不是喜欢她啊？"

楚昂一愣，在电话里笑出了声，声音揶揄："宝宝，格局放大一些，你老公不是那种人。"

他声音很好听，悦耳又充满磁性，隔着手机，也能使我面上一红。

楚昂一直都很优秀。上学时他成绩好，样貌出众，很耀眼。后来出国留学，回来后仿佛更耀眼了。

他戴着一副金丝眼镜，敛着深邃的黑眸，看上去斯文冷静，做事永远从容不迫，有条不紊。

这样的人，身边是不乏女孩子追捧的。

但我一直很相信他，因为他很坦荡，总是认真地告诉我："可可，回去后我们就结婚，你放心，我心里只有你一个人。

"你早就是我们家的媳妇儿了，我爸妈说除了你谁都不认。

"我跟方瑾就是朋友，以后你见到她就知道了，大家关系很好，你一定也会喜欢她。"

他回国时，是和方瑾一起回来的。

我和他爸妈一起去接机，看到推着行李箱出来的二人，有说有笑，无比登对。

楚昂看到我，眉眼含笑，率先走过来，拥抱了下："可可，好久不见，有没有想我？"

当着他爸妈和方瑾的面，他还亲了亲我的额头，宠溺地揉我的头发："你瘦了，不过不要紧，以后我可以亲自照顾你了。"

叔叔阿姨在一旁笑，方瑾友好地冲我伸出手："你好涂可，我是方瑾，久仰大名。"

我红着脸，伸出了自己的手："你好，我也常听楚昂提起你。"

楚昂留学期间，他爸查出了尿毒症。住院治疗时，医生建议后续选择药物和血液透析。

楚叔叔生活还算规律，医生说配合好的话，维持二三十年的寿命不成问题。也因此，他每个星期需要往返医院三趟做透析，定期检查。

为了方便照顾，我后来一直住在他家，还辞了薪资不错的工作，找了家工作相对轻松的公司做文员。

钱阿姨是个遇事没有主心骨的人，她经常哭哭啼啼地告诉我，楚昂不在，没有我的话，她都不知道怎么撑下去。

楚昂回国时，他爸的情况已经稳定了。他很感激我，回来后总是拘着我留在他们家，当着他爸妈的面打趣："爸、妈，要抓紧找涂叔叔商量下我和可可的婚事了，不然我怕我媳妇儿跑了，她最近总是躲着我，有些害羞。"

我是有些害羞。楚昂从前跟我谈恋爱时，是很含蓄的，学校的操场上，我追问他无数次，他才肯红着耳朵，轻咳一声："涂可，关于我喜欢你这件事，不用反复地确认，我知道自己的心。"

可能一开始跟他在一起，我就觉得很不可思议吧。

我长相一般，成绩也一般，就是个爱笑的好脾气姑娘而已。

上学那会儿在班里人缘不错，男生女生都喜欢跟我一起玩。情书也收过两封，被男孩子表白过。但被班长楚昂表白时，我还是挺震惊的。他同那些男孩子比，无疑是更出众的。

那时，他比我还容易害羞，拉一拉我的手都紧张到手心出汗。

后来他出国留学，临行前亲吻我，眼眶都红了。

他说："可可，你一定要等我回来，我们以后会在一起的。"

他还叮嘱他爸妈："把我女朋友看好了，照顾下她。"

他爸妈对我很好，此后经常来学校看我，买很多好吃的，让我分给室友。

内心深处，我也早就认定，自己将来是一定会和楚昂在一起的。

但他留学回来，变得不太一样了。可能是国外比较开放，他亲吻我时不会再脸红了，更不会紧张得呼吸紧促。他热情得令我招架不住。

当着他爸妈的面，他也会大大方方地抱我、亲我，说令人脸红心跳的话。我不太习惯，也因此找借口搬回了公司宿舍去住。

楚昂有些不满，后来搂着我的腰，颇为幽怨："可可，你太保守了，早晚都要嫁给我的，还不肯跟我一起住？"

"不急，等结婚吧。"我脸红红，心慌慌。

本来说好的，等他回来就结婚，后来他问我能不能等他先稳定下来。他要创业，和方瑾等人一起。这是他们在国外时就规划好的。

我答应了。

坦白来说，我不该怀疑他们。他和方瑾看上去落落大方，并没有什么不妥，但女人的第六感一向很敏锐。

他们一帮朋友聚会，有次我跟着去了，一起喝酒时，方瑾多喝了几杯，说头晕，不太舒服。

跟他们一起在国外留学的一个男生见状，撞了下楚昂的胳膊，开玩笑道："还不把肩膀借过去靠靠？"

楚昂把玩着我的手，倚着沙发，姿态漫不经意："我女朋友在这儿呢，你别胡说。"

那男生回过神来，连连道："涂可你别介意啊，我这人就这样，嘴欠，喜欢开玩笑，他们之间啥也没有，你别误会。"

信誓旦旦的一番话，加上楚昂毫不心虚的镇定，我信了。

楚昂说，当初在国外，就他和方瑾两个人，一个女朋友不在身边，一个单身，常被他们调侃。但他和方瑾只是朋友，互相欣赏，仅此而已。

那天他和方瑾都喝了酒，我便开车，一起先把方瑾送回家。路上楚昂让我把车停下，他去了一家药店，买了盒药给她。

"回去如果不舒服，把药吃了，下次别喝那么多。"

"呵，你还知道我胃溃疡，有点儿良心。"

"那是，冲着交情也得给你买盒药备着。"

他们开着玩笑，楚昂还对我道："可可你不知道，在国外那会儿，有次大家一起吃饭，她多喝了几杯，直接胃溃疡进了医院，真能作。"

"你才能作呢。涂可，别听他诋毁我啊。"方瑾笑道。

那晚，楚昂让我去他家住，我没同意。他倒也没多说什么，笑了笑，让我回去的时候注意安全。

我开了他的车，想着他明天可能会用到，因而一早起来，买了早点，去给他送车。

开门的时候，钱阿姨还一脸惺忪。

我问："楚昂起床了吗？"

她说："啊？他昨晚不是跟你在一起吗？没回来啊。"

后来，我打电话问他。

他先是一愣，继而笑道："昨天乌鸦嘴了，方瑾胃疼得受不了，去医院急诊打了吊针，我去看她了。"

"可可，这样，我喊方瑾过来跟你说。"

他们似乎在公司，楚昂叫了她的名字，她很快过来，接了电话。

"涂可，怎么了？"

"你昨晚去医院了？"

"对，楚昂告诉你的？"

"嗯，没事了吧？"

"没事了，已经好了。"

"那就好，你们忙吧。"

疑心的种子一旦种下，总会生根发芽。

我开始留意他们之间的一举一动，留意方瑾的朋友圈。

她生日的时候，收到一条玫瑰金项链。

我对楚昂说，这项链肯定是追她的男人送的，因为是七夕限量款。

楚昂愣了下，说一条项链而已，哪有那么多讲究。

我笑道："不一样的，她发了朋友圈。"

过后不久，她朋友圈删掉了照片，而我无意中在楚昂的手机信息里，发现了一笔五万多的转账记录。

我没有问他，因为公司业务往来资金他经常先垫付，比这金额大的也有。

他们一起开公司，整天待在一起。

我去过一次，虽然楚昂一如既往，淡定从容，还把我带到办公室，开玩笑说我终于学会查岗了。

确定他们有问题，是方瑾后来谈了个男朋友，大方地带到了大家面前。

楚昂看似平静，但我明显地感觉到他那段时间情绪不对了。他说是工作上的事，比较烦心。

直到有次他和方瑾在电话里起了争执，他恼怒道："如果心思没放在公司上，我们可以趁早散伙，别只顾着约会，耽误了重要工作！"

方瑾似乎气哭了，说为什么他能做的事，她就不可以。

楚昂语气一顿，对她道："我的精力全都放在了公司上，你也是知道的。"

他说得对，他后来确实很忙，一心想把公司做大。

方瑾短暂的恋情很快结束，一切又恢复如常。

他有时加班，名正言顺地住在了公司。同样在公司的，大概还有方瑾吧。

我问他，我能不能也去他公司上班，反正现在的工作也没什么意思。

楚昂笑了，摸了摸我的头："不可以，你在的话，我完全没心思工作。"

我其实，已经意识到他和方瑾的关系不对了，因为后来方瑾对我的态度逐渐含了几分女孩子才懂的敌意。

我喜欢楚昂，那么那么喜欢，虽然他出国留学回来，改变了很多，再不是我记忆中的少年。人都是在成长的，他如今公司步入正轨，人人称他楚总，自然不能跟从前比了。

好像只有我，还停留在原地，一如既往地仰望他。

我问他："我们什么时候结婚，还会结婚吗？"

他蹙了下眉，笑我："说什么傻话？当然会。"

"那你能不能离方瑾远一点，我知道，她喜欢你。"我认真地看着他，眼神平静得毫无波澜。

楚昂神情一怔，没反驳，只亲了亲我："可可，不要瞎想，我们现在是合作关系，你放心，我有分寸的。"

"你会喜欢她吗？"

"我跟她只是朋友，我们八年的感情，你要相信我，我心里只有你一个。"

"楚昂,我想结婚。"

"……好,回头我跟爸妈说一下,挑个时间去你家。"

看吧,是他自己说的,要挑个时间去我家。

他妈妈欢天喜地地告诉我,年初二吧,初二正好是儿媳妇回娘家的日子。我记得清清楚楚。

钱阿姨还说,年底了,楚昂公司事多,她和楚叔叔做主,买好了东西,到时候直接过去。

过年时我提前几天请假回了家,每天打扫卫生,屋内和院子都拾掇得干干净净。收拾爸爸房间时,还意外地在床头柜里发现了一种药——左甲状腺素。

我家是城东村的,妈妈在我小学时因病去世,是爸爸拉扯我长大的。

他是个不折不扣的农民,包了十来亩地种大棚蔬菜。

我在家那几天,每天都要和他一起去地里给大棚盖保温被,天亮的时候,再去地里把保温被掀开。那是很费力气的活儿。

寒冬里也干得气喘,罩衣脏兮兮的,爸爸总冲我摆手:"去玩吧闺女,不用你干,爸爸自己来就行。"

他在我心里,一直是力气特别大,无所不能。

可我发现了他偷吃的药,翻出了压在桌子底下的出院通知单,以及病理分析——甲状腺滤泡性腺癌,恶性肿瘤,已切除。

术后需长期监测甲状腺功能,口服左甲状腺素抑制治疗,因滤泡性腺癌有复发转移的可能,必须按要求进行定期复查,一旦局部复发,立刻住院治疗。

手术时间,是两年前。算起来,正是楚昂他爸尿毒症复发又住院那次。

我差一点点就失去了自己的父亲。

我在他面前哭得撕心裂肺。

爸爸慌了，一个劲儿地安慰我："没事的闺女，就是个小瘤子，说是恶性，但是直径不大，医生都说发现得早，手术完就行了。

"是微创手术，连切口都没有，你别哭，爸这不是没事嘛，两年了也没复发。"

我流着泪冲他吼："复发了你也不会告诉我！复发就晚了！这么大的事你为什么不说！"

他讪讪道："那不是楚昂爸爸身体也不好嘛，我想着他比我严重，你每天去医院已经很累了，爸爸心疼，不想折腾你。"

不想折腾我，所以瞒着不说。他甚至连周围的邻居都没说，雇我堂叔照看大棚，自己跑到医院做了手术。

我哭得泣不成声，爸爸又说："手术头一天的时候，你赵阿姨家的儿子去医院看我了，就是刘嘉易，你还记得他吗？小伙子人不错，他在市里开饭店，经常来我们村大批量买菜，人可厚道了，从来不压蔬菜价格，蒜薹烂地里的时候，他还给五毛钱一斤呢……"

我在跟他讨论手术，他跟我说蒜薹五毛钱一斤。

我哭着哭着又笑了，笑完之后抹着眼泪，说我过完年立刻去公司辞职，陪他去医院好好地检查。

爸爸急了："不用！真不用！我身体好着呢。"

"爸，你还想让我活吗，你要是有什么事，我怎么活啊！"说着说着，我又哭了。

他一时手足无措，不知道怎么安慰我："可可，你年龄也不小了，要不跟楚昂家商量一下，别拖着了，早点结婚吧，爸爸给你攒了好多嫁妆呢，别看咱们是种大棚的，不见得比不上他们的家底。"

我知道，楚昂妈妈是老师，爸爸是国企退休的干部，他们是城里人，爸爸一直担心他们看不起我们来着。

我抽泣着对他说："楚叔叔他们对我很好，他们说初二的时候，来家里商量我和楚昂的婚事。"

爸爸很高兴，连说了几个"好"，又说要去集市买牛羊肉，提前准备，年初一到初三，集市肉摊不开门。

他兴高采烈地忙活，在初二那天，一大早起来，准备了满满一桌子菜。他还对家附近的邻居们说，亲家今天要过来，商量小孩子们的婚事。

那天，菜都凉了，楚昂家也没有来人。

爸爸抽着烟，面色逐渐凝重起来，让我打电话问一问。

我没有打，也不想打。回家之前，楚昂跟我说他们公司要筹办年会，可能会很忙。我不想过多地打扰他，只在昨晚发了条信息，问他都忙完了吧，他说忙完了，这两天总算闲了下来。

"那你好好休息，明天早起一会儿。"

"好，你也早点睡。"

他们家自己定好的日子，没有来，也没有一通电话。

我知道这意味着什么，手在抖，一颗心已经坠入冰窟。

如果需要一个说法，我不希望被敷衍。我要楚昂和他爸妈当面说清楚，给我一个合理的解释。

天快黑的时候，爸爸开出了他拉蔬菜的面包车，带我去了楚昂家。

他找地方停车的时候，我率先去敲了门。然后看到方瑾在他们家，正有说有笑、其乐融融地看电视，餐桌上还有冒着热气的饺子。

楚昂一脸歉意，说："对不起可可，我忘了，改天吧。"

他还说:"你怎么不打个电话?这么晚了亲自跑来。"

我问他:"为什么方瑾在这里?"

他一脸坦然,解释道:"方瑾爸妈都在国外,过年没地方去,所以来了家里。"

我冷笑一声,说:"让她走,现在就走。她不走的话,我们就分手。"

楚昂皱眉,有些无奈:"可可,别闹了,她回去也是一个人,再说天也晚了,明天吧。"

"现在就让她走!"我盯着他,斩钉截铁。

"你能不能别多想,这么不相信我?"

"怎么相信你?你告诉我怎么信?你们全家放了我鸽子,在一起陪她过年,你告诉我怎么信!非要让我亲眼看到你们躺一张床上,你才肯说实话吗!"

我声音大了一些,有些歇斯底里,引得对门邻居打开了门观望。

他看着我,有些恼怒:"我说了,公司事太多,是真的忘了,大不了明天再去你家,我爸妈都还在,我跟方瑾能有什么?你别在这儿发疯,先进屋。"

"涂可,你别误会,我和楚昂真的只是朋友,别把话说得那么难听,冷静点,好吗?"方瑾走了过来,看着我笑,声音温柔,显得那么大方得体。

钱阿姨一脸责备,语气不快,想要拉我进门:"是啊涂可,你收敛一点吧,像什么样子,让邻居看笑话。"

满心的失望,在这一刻达到顶峰。

八年的感情,无论是对楚昂还是他爸妈,我都付出了全部的真心。

他在国外回不来,我像亲闺女一样带他爸爸看病,安慰他妈妈。

他们老家还有个八十多岁的奶奶,亲戚也多,以往红白喜事、逢年过节,也都是我请假,开车带他爸妈回去的。甚至我的驾照都是为了方便带他爸爸去医院才考的。

这些年,我所有的时间和精力都用在了他们家身上,自己的爸爸去医院手术,竟然还需要别人帮忙照顾。

到头来我得到了什么?

他们全家放我鸽子,说忘了,记错了日子。

他爸爸压根儿不敢看我。钱阿姨含糊其词,还在打马虎眼。方瑾站在一旁,看戏似的冲我笑。

一瞬间,我觉得自己可笑至极,愚蠢得像马戏团的小丑。

我很愤怒,眼泪"唰唰"地往下掉,突然疯了似的踹他家的门:"我今天就是来发疯的!让我收敛?楚昂,我'收敛'你全家!"

楚昂一脸震惊,反应过来后,怒不可遏地给了我一巴掌:"涂可,你闹什么!大过年的发什么疯!"

打完之后,他愣了,我也愣了。

随后他又慌了,赶忙想要拉我的手:"可可,对不起,你听我说……"

他没机会说了,因为我爸爸过来了。他刚好看到了这一幕,二话不说,上前给了楚昂一巴掌。

"亲家,有话好好说,怎么能动手呢!"钱阿姨开始急了,指责我爸。

爸爸看着他们,怒火中烧:"什么亲家?谁是你们亲家!我闺女养那么大,不是给人打的,你算什么东西,敢打她?!"

爸爸平时干农活儿,力气很大,这一巴掌,绝对比楚昂那一巴掌重得多。

钱阿姨忍不住恼火："是涂可说话太难听！大过年的，怎么能骂人呢？"

"她骂人，我道歉，但你儿子打她，我不答应！"

"叔叔，都是误会。"楚昂顶了顶嘴角，看着我爸，平静地开口。

爸爸道："什么误会？你都把人领回家了，还装什么！你有没有二心，我闺女比谁都清楚，你自己也清楚！"

"亲家，真的是误会，方瑾跟我们儿子是朋友，人家姑娘父母在国外……"

"父母在国外，亲戚也没了？你们是她什么人，她就非要到你家过年？难道她就认识楚昂一个？再说我闺女这么多年怎么对你们的，领人回家过年，不该给她说一声？

"啥也别说了，你们这样的家庭，我们高攀不起，做人得有良心，没良心遭报应的。"

"怎么能这么说话呢？"

"妈，别说了，都冷静一下。可可，你劝劝叔叔，等气消了咱们再谈。"

"谈什么？我爸不是说了吗，你们这样的家庭，我们高攀不起。"

我静静地看着他，冷笑："楚昂，正式地通知你一下，我们分手，我不要你这种垃圾了。"

02

　　回家路上,爸爸一边开车一边教育我:"女孩子怎么能骂人呢?骂人终归是不对的。"

　　车上一包抽纸,已经被我用了大半,我哭道:"我还想打人呢!现在全村人都知道我被甩了,好丢脸。"

　　"丢什么脸!这年头娶不上媳妇儿的才丢脸,女孩都是香饽饽,你瞧着吧,明天开始上门想给你说亲的队伍能排到咱家大棚地。"

　　"呜呜呜,我不信。"

　　"真的闺女,你别不信,爸不骗人,二队人老李家的闺女,一百八十多斤还在挑呢,你长得比她好看,肯定能嫁出去。"

　　"……算了爸,我不打算嫁人了。"

　　"胡说!你都多大了,耽误这么多年,还想耽误下去?"

　　"爸爸,我不甘心,我想报复他们。"

　　"报复谁呀?听爸一句话,别想那些乱七八糟的,早点儿看清也好,人就这么一辈子,咱得往前看,把自己的日子过好了,无愧于心就行。"

　　爸爸总是这样,从小到大,把"无愧于心"挂在嘴边,但是令我释怀真的不是件容易的事。

　　我拉黑并删除了楚昂和他爸妈所有的联系方式,唯独在删掉方瑾的时候,愣神许久,还是忍不住给她发了信息。

　　我和她见了一面。在市中心的咖啡馆,她一如既往,面容白皙,眼含笑意。

她为我解疑,很直白地告诉我,她和楚昂在国外时,一次聚会喝酒后确实在一起了。

楚昂没想过跟我分手,事后很后悔,但他们那个圈子都很开放,这种事不算什么。

时间久了,楚昂的负罪感也没了,他甚至觉得,在国外玩玩也就算了,回国后断干净,不让我知道就行。

可是方瑾动了心。她默不作声地策划着,跟着楚昂回了国,又一起创业开公司。

她说,楚昂确实想跟她划清界限,也讲明了以后二人只能是朋友。但是这种关系,天天在一起,怎么撇得清?

"我费了那么多的心思,不是为了跟他做朋友。我喜欢的人,当然要想方设法地得到。"方瑾坦率又平静,眸子里有明晃晃的光,又道,"涂可,我知道你们谈了八年,但你和他真的不合适。我没有别的意思,听说你家里是种地的,你读的也是普通大学,在事业上给不了楚昂任何帮助,我不一样,我在尽心地帮他。"

"帮的是你自己吧,公司又不是他一个人的。"

我看着她,心里翻腾的怒火,压了又压。

她笑了:"不瞒你说,我对创业一点兴趣也没有,我家里情况你知道,我就算每天养尊处优地到处消费,钱一辈子也花不完,我为的就是楚昂这个人。"

我输了。不得不承认,输得很彻底。

明明恶心的是他们,可方瑾还能理直气壮地告诉我:"你听说过一种说法吗?如果一个人同时喜欢上两个人,要选择后来的那个,因为如果真的喜欢第一个,就不会有第二个人的出现。

"涂可，这个社会就是这样的，只要诱惑足够大，人性就会复杂，没有人经得住考验。"

"插足别人感情，你还挺有优越感。"

"楚昂和你男未婚女未嫁，这不算什么。我知道你现在很愤怒，很不甘心，但没办法，你已经输了。"

杀人诛心，她还顺势撩了下头发，给我看脖子上的项链："你猜到了吧，这是楚昂送的，虽然是我主动开口要的，但是他送了。我当时说要不给涂可也买一条吧，他说不必，涂可不适合戴这个。

"这条项链五万多，我猜情人节的时候，他送了你大牌的口红，三支加起来也就一千多块钱，对吗？

"其实男人内心分得很清，你得承认，我在他心里和你不一样，五万多的项链，他认为我配得上，但你配不上。

"他爸妈也是这样认为的。他之前确实喜欢你，那是因为我没出现，在五万块和一千块之间选择，我想是不需要犹豫的吧。"

我不该见方瑾的。见了之后，只是更愤怒，更痛苦。

那场谈话以我站起来泼了她一脸咖啡结束，我说："你俩挺不要脸的，把男盗女娼玩得明明白白，那就祝你们长长久久，锁死了，不要再去恶心别人。"

我在家消沉了半个月，工作也辞了，整天魂不守舍，眼睛红肿。那种痛苦，如心里深扎了一根刺，疼得喘不过气。

爸爸每天忙着照看大棚，中午还不忘回家，做饭给我吃。

他说："欢欢说下午来找你玩，你把脸洗洗，邋里邋遢的。"

我声音闷闷的："我不想见人，你就说我不在家。"

"……整个村的人都知道你被甩了，在家哭呢。"

我本来已经两天没哭了，一听这话，眼泪夺眶而出，"哇"的一声:"我就知道,他们都在背后笑话我,你还说上门给我说亲的队伍能排到咱家大棚地,是看我笑话的人能排到咱家大棚地吧,呜呜呜。"

"谁看你笑话,爸爸早就放话出去了,等你结婚,爸陪嫁五十万加一辆二十万以上的轿车,这几天想给你说亲的人多的是,爸是看你状态不好,都给推了。"

"呜呜呜,我这辈子都不想结婚了。"

"没出息。人家欢欢跟你一样大,孩子都两个了,你还在家窝着脚脖子哭。你都二十八了闺女,是要急死你爹啊。"

我抽泣着,忍不住纠正:"我二十六,虚岁二十七。"

"行,你二十七,在家窝着脚脖子哭,人家欢欢二十七,孩子马上一年级。闺女你吃个馒头争口气,楚昂也没啥好的,爸瞧着他也就那样,人家刘嘉易比他强多了,又会赚钱又会来事儿,心肠又好,谁见了不夸他一句……"

"爸,你别说了,我给你讲,我没开玩笑,我遭受的打击太大了,这辈子都不想结婚了。"

"不结婚,你想干啥?"爸爸明显有些急了。

我抹了下眼泪:"我工作也辞了,以后就在家跟你一起种大棚,守着你。"

"你可拉倒吧,我辛辛苦苦地培养出个大学生,是让你回家种地的?"

"种地怎么了?大学生又怎么了?谁还能不吃地里种出来的东西?你不是常说,往上数三代大家都是农民,分什么高低贵贱,难不成连你自己也觉得种地的庄稼人低人一等?"

"我可没那么说,谁敢这么说我用粪叉子拍他。"

"就是,瞧不起谁呢。以后我就在家跟你种地,咱家十来亩大棚,我还能帮忙在网上搞搞团购，拓展销路。"

"闺女，你歇着吧，咱家的菜不愁卖，除了有刘嘉易这种散户收购，剩下的都被农贸批发市场的菜贩子给包了。"

"那……人家来收菜的时候，我帮忙摘。"

"行，你跟你堂婶她们一起去大棚摘菜吧，爸也给你开工资，一天五十。"

"一天才五十？！"

"看你在家窝脚脖子哭的那样，五十都给多了。你们现在这帮小闺女，就是没吃过生活的苦，等你知道钱难挣、屎难吃的时候，就不会在家哭了。这世上还有吃不上饭的人呢，知道不？看新闻了吗？那些战乱中的国家，老百姓命都没了，咱们国家让你吃好喝好、无灾无祸的，你就因为这点事走不出来了，脸也不洗，牙也不刷，邋里邋遢的……"

"……爸你别说了，我对不起国家，我这就去刷牙。"

"顺便把脸洗洗，下午去大棚地干活儿。"

吃了生活的苦，一切都将是浮云。

大棚室外春寒料峭，大棚室内温暖如夏。

一进去就得脱衣服，穿着短袖也能忙活出一头汗。

我在种满菠菜和茼蒿的棚里，和堂婶她们一起采摘、打包。

堂婶一边麻利地干活儿，一边劝我："茼蒿现在都十多块一斤了，小白菜也六七块，你爸这一冬天，小菜就得卖三四万，他有钱，而且把钱都给你存起来了，你还担心个啥，被甩就被甩呗，哭啥？咱这条件，啥样的找不到。"

"可是很丢脸啊。"

"丢啥脸？一点也不丢脸，没听说吗？有福之人不进无福之家，咱就好好地过自己的日子，开开心心的，让他家后悔去。"

"对，是他家没福气，找个比他好的，气死他们。"

我刚进大棚地的时候，其实还有些忐忑，怕看到别人打量的目光。结果是我想多了，这帮婶子个个热心肠，挨个儿地劝我，又说要给我介绍对象。不知哪位老婶子，还用手机放了一首《最炫民族风》，气氛十分欢乐。

大棚室内，蔬菜长势喜人，一片片青翠欲滴。阳光透过棚顶，投射进闷热的室内，我回头，看到爸爸站在不远处，正和堂叔说话，沧桑又粗糙的脸皱巴巴的。他头发白了很多，好像也就是近几年，老得特别明显。可他站在我身后，我便知道，只要他在，就会是我的底气和靠山。

婶子们刻意地劝说，逗我开心，想也知道是他提前打招呼了，让她们多劝劝我。

我眼眶不由得又有些发热，想起曾经对楚昂爸妈掏心掏肺的自己，自他爸爸患了尿毒症，我有近两年的时间都在他家住。

那时候又要上班，又要兼顾他家，回家看我爸的次数实在不多。即便回来了，也待不了多久，又要赶回市区。

我真的对不起他，作为女儿，竟然两年后才知道他得了甲状腺癌，动过手术。

自虐性地在大棚摘了两三个小时的菜，我累得胳膊都酸了。堂婶让我去歇一歇。

正值傍晚，大棚地里突然变得热闹起来，外面很多人在说话。

堂婶说是市区几家开饭店的，不想去批发市场的菜贩子那里，每天这个时候过来大棚地拉菜。

我想起爸爸说起的赵阿姨家的儿子，刘嘉易。

在爸爸住院的第一天,他抽空去照顾了我爸。于情于理,我该向他表示感谢的。

刘嘉易这个人,我很早就知道。

我妈还活着的时候,和他妈妈,也就是赵阿姨,是很好的朋友。在我上幼儿园时,她常带着刘嘉易来我家找我妈妈。

我和他那时候很要好,他还在我家住过,暑假时我们一起玩游戏、摔泥巴。但后来他爸妈离婚了,赵阿姨带着他去了山东他舅舅家。而我妈妈,在我小学时去世了。

所以我们也就小时候见过,时隔那么久,我早就不知道他长什么样儿了。

堂婶说他应该在番茄和黄瓜那个大棚。

我套上羽绒服,在大棚地转了个弯,进了他所在的棚。

番茄是一筐筐采摘好的,有几人在过秤,谈笑风生。

我记着堂婶的话,刘嘉易个头特别高,留着寸头,胳膊上有文身。

大棚里大家都穿短袖,我很容易就找到了他。只是没想到,他还挺时髦,耳朵上亮闪闪的耳钉,寸头贴着头皮,还染成了黄色。

堂婶说他长得特别好,五官端正,一脸正气。

这话我很想反驳,长得确实还行,脸很白,但流里流气,和一脸正气实在挂不上钩。

他蹲下拿出框里一个番茄时,我扯出一脸的笑,走过去拍他的肩:"嗨,刘嘉易。"

猛地回头,四目相对,他嘴里正叼着一个番茄。咬得太大口,番茄汁顺着他嘴角往下流,还不小心滴在了衣服上。

我果然觉得他有些眼熟,也很想笑,忍不住道:"我是涂可,小时候跟你一起玩呢,还记得吗?"

嘴里含着番茄的家伙，快速地把番茄咽了下去，我以为他要跟我说些什么，结果他扯着嗓子喊：“七哥，涂可找你！”

我愣了下，顺着他的目光望去，不远处的大棚内，番茄支架遮掩，站了几人。我爸和我堂叔竟然也在。

回头望过来的那个年轻男人，如堂婶所说，个头特别高，挺拔高大，留着青楂寸头，花臂文身至手背，但五官端正，看上去确实充满正气。与那流里流气的小白脸相比，他真是耐看多了。下颌线分明，好看的单眼皮、高鼻梁……只不过面容略显严肃，深沉的眸光透着股锋锐。

那目光望过来，四目相对，我紧张了下。

如我爸所说，他果然会来事儿，那几个堂叔大伯手里正拿着他递过去的烟。

我爸爸一脸慈父笑地冲我招手：“快过来闺女！刘嘉易在这儿呢！”

好尴尬，我突然好想转身就走，但是堂叔大伯们，以及身旁那流里流气的小白脸，皆在笑眯眯地看我，我只好硬着头皮走过去。

还没到地方，我爸爸已经领着堂叔等人与我擦肩而过了：“闺女，跟刘嘉易慢慢地聊，我们去其他棚里看看，不打扰你们。”

连那探头观望的小白脸也被我爸拽走了。

我一时手足无措，尴尬至极。

刘嘉易真的好高，无形之中给了我这种矮子好大压力。

他手指修长，原本还拿着一根烟，看样子想点燃来着，见我过来，又塞进烟盒收了起来。

我抬头看他，声音细若蚊蝇，把刚才和小白脸说的话，又弱弱地重复了一遍：“嗨，刘嘉易，我是涂可，小时候跟你一起玩呢，还记得吗？"

"记得。"

他看着严肃，但忍俊不禁的时候，眼眸弯了一弯，还挺好看。

声音也好听，勾着笑，低沉悦耳，像早春的溪涧："你好涂可，我是刘嘉易。"

对上那双眼睛，我又尴尬得厉害，不知道该说什么，想了半天，又憋了一句："你来买菜啊？"

"不，我来遛弯。"

他还挺幽默，含笑的声音，缓解了我的一丝尴尬，我于是也笑了："你遛弯遛得还挺远哈。"

"嗯，顺便买菜。"

总之那天，真是一场奇奇怪怪的对话。

我问他怎么不去批发市场买菜，他问我是不是不想做他生意。

我又问他："听说你在市里开了个饭店？"

他说："对，所以来你家买菜。"

我还问他："饭店生意怎么样？"

他说："还成，养家糊口不成问题。"

后来我才知道，他这人挺谦虚的。

那名叫"居福食府"的饭店，上下三层，占地面积颇大，里外装修得很上档次。生意也很好，包厢都需要预订。忙不过来的时候，他这个老板也需要去后厨炒菜。

我惊讶道："你也会炒菜？"

他撩着眼皮，看着我笑："嗯，我新东方毕业的。"

03

成年后,我和刘嘉易的第一次见面,在尴尬又奇怪的氛围下结束。

主要尴尬的是我。他一直很淡定,配合着回答了很多无厘头的问题。

我对他曾经去医院照看过我爸表示了感谢。

他不甚在意地笑了笑:"应该的。"

回家之后,我爸追着问:"咋样闺女,刘嘉易人不错吧?他没对象呢。我上次见你赵阿姨,她说你要是也没对象就好了,正好和刘嘉易凑一对。你妈活着的时候都喊她亲家,喊刘嘉易未来女婿。"

"当时你没被甩,爸爸就没提这事,现在正好,你被甩了,他单身。"

我有些气急败坏:"你能别张口闭口我被甩了吗,多难听啊,明明是我甩了他们家!"

"行!就当你甩了他们家,现在你和刘嘉易都没对象,你俩能结婚不?"

"你说什么呢,别乱点鸳鸯谱行吗?我俩又不熟,而且刘嘉易也看不上我。"

"他要是看得上呢?明天爸就去找你赵阿姨,问问她的意思。"

"爸,你能别这样吗?我现在真没那个心思,你不能牛不喝水强按头啊!"

"你二十八了。"

"二十六，虚岁二十七。"

"行，你二十七，那你告诉我，你啥时候有那个心思？"

"反正现在没有。爸爸，现在这个年代跟你们那时不一样，大家都崇尚自由，日子过得舒心最重要，所以结不结婚的其实并不重要……"

"你拉倒吧！别跟我扯那些没用的，你爸思想觉悟不高，就是一农村老头，不管别人怎么样，你是我闺女，今年必须找对象结婚，嫁出去。"

"为什么？我要是嫁得不好还不如不嫁，你怎么想的啊？"

"我怎么想的？我能怎么想，我那时候动手术，躺上面就一个念头，我要是真活不成了，我闺女没爹也没娘，咋办啊？

"你妈死得早，我要是再没了，你一个人连个家都没有，我死了眼睛都闭不上。爸不是逼你结婚，就是想让你安定下来，有个自己的家，就这点要求，过分吗？"

"……不过分。"

"医生说了，我那毕竟是恶性的瘤子，五年内要是没扩散，存活的概率就很大，要是扩散了，也就很快的事。爸想看你嫁人，还想活到你有孩子，想抱抱外孙，可可，你得理解爸爸。"

"我理解，爸爸，我理解的。"

说着说着，我眼泪又忍不住掉下来了，哽咽道："你不会有事的，咱们以后都定期去医院检查，而且爸爸，我也不是不愿意找对象结婚，但是得找个合得来的，你不是说要给我说亲的人很多吗，安排着先见面呗。"

"爸瞧着刘嘉易就不错……"

"不一定非得是他啊，我跟他根本不来电，今天说话都尴尬死了。"

"闺女，你要真听爸的话，就跟刘嘉易处，爸都观察他两年了，真的是个不错的小伙子，靠谱得很。你堂婶之前要把她娘家侄女说给他，人家还没看上呢，直接就给回绝了……"

"那他也不一定看得上我，他眼光那么高，你以为你闺女多好……"

"我不是吹，我老涂的闺女，在城东村怎么也得数一数二，首先你是大学生，长得也不差，而且爸爸有钱……"

"……爸你到底有多少钱啊？这么猖狂。"

"刘嘉易要是愿意跟你结婚，咱也不二十多万的车了，爸直接陪嫁一辆大奔。"

"几个菜啊你喝成这样？二百多万的车也敢想？"

"啥？不是三十多万吗？"

"哈哈哈，爸你家底也没多厚啊，你觉得刘嘉易会因为一辆三十多万的大奔做你女婿？人家来大棚地的时候，开了一辆大越野好吗。"

"他有是他的，他要是因为三十多万的车才娶你，爸该不乐意了。咱看中的是人品，刘嘉易厚道啊，有礼貌，还谦卑，做事又稳重，听爸的嫁给他准没错。"

我爸爸简直是中了刘嘉易的毒，提起他就来精神。

我挺无奈。平心而论，我真觉得刘嘉易看不上我，也没放在心上。但是为了避免尴尬，隔天他带人来大棚地拉菜的时候，我又去和他说了几句话。

彼时天还很冷，我穿了件黑色的短款面包服。巧了，他也穿了件黑色夹克款羽绒服，嘴里咬了根烟，往那儿一站，身姿高挺，腰身劲瘦，敛着锋锐的眸子，显得狂野不拘。

"哟，情侣装啊你们。"昨天那黄发小白脸正站在一旁看人搬货，嘴里同样叼着烟，看着我笑得意味深长。

我顿时语结，脚步停下，也不知该不该上前了。

刘嘉易扫了他一眼，声音很淡："你很闲啊，去搬菜。"

小白脸垮了脸，猛地吸一口烟，起身去帮忙。走过我身边时，突然又笑嘻嘻地问我："涂可，你不会不认识我了吧？我车晨，咱俩高中同学呢。"

我愣了下，很快地又反应过来，不可思议道："你是车晨？"

"对啊。"

高中时期，我们班成绩最差的一个，坐最后面一排，上课总趴着睡觉。我那时候坐前排，跟他交集不多。

之所以对他印象深刻，是因为高二那年他写过一封信给我，在课间当众拍到了我桌子上。

那时我和楚昂坐前后位，看到楚昂眉头一皱，不太高兴，我立刻起身将信送了回去。

"车、车晨，马上高三了，我们现在要以学习为重，这个，还给你。"

我结结巴巴，声音很低。

车晨看了一眼坐前面的楚昂，没好气地夺过那封信，揉成一团，投进垃圾桶。

"太没眼光了。"他瞥了我一眼，气哼哼的。

我的脸顿时红得厉害。

因为那时我还以为，我和楚昂关系好是个秘密，结果这小子竟然什么都知道。

毕业后，大家各奔东西，再未见过。

褪去青春期的青涩和张狂，车晨如今变化还挺大。

他又笑嘻嘻地跟我闲扯几句，攀谈之间，目光瞥见了我身后的刘嘉易，突然又正色道："我先去搬菜了，改天再聊。"随后飞快地加入了搬菜队伍。

我站在刘嘉易面前，看到他不动声色地把烟给掐了。

很奇怪，刚才和车晨还有说有笑，只剩我俩的时候，气氛又尴尬了起来。

也不全然是尴尬的，至少刘嘉易看着挺随意，还冲我勾了勾嘴角，眼中含笑。

我不好意思道："没想到，车晨变化还挺大的。"

"嗯，比以前靠谱多了。"

"你们怎么认识的啊？"

"认识挺久了，他现在跟我干，在店里帮忙。"

"哦，你们饭店应该挺忙的哈，我昨天搜了下，在网上没看到团购套餐啥的。"

"没做那个，你想去看看吗？直接过去就行，我基本都在。"

"啊，不用不用，我很少去饭店吃饭的。"

"店里菜品还行，改天你带你爸去尝尝。"刘嘉易黑眸定定地看着我，声音含笑，神情认真。

他还挺真诚，再推诿倒显得我小家子气了。于是我赶忙也认真了起来："行，等哪天有空，我会带他去光顾你们生意的。"

他闻言，眼眸弯了一弯，嘴角压着笑，心情不错的样子。

我挠了挠头皮，又有些不好意思地开口："那个……刘嘉易，我爸爸他这人，挺聒噪的，想一出是一出，要是在你面前说些有的没的，你别搭理就行，也别放心上，如果对你造成困扰，我很抱歉。"

"你指什么？"

"……他要是问你三十多万的大奔怎么样，你告诉他，十万以内的小轿车就挺好。"

"你要买车？"

"……呃，有，有这个打算。"

"喜欢越野吗？女孩子开也可以，视线好，安全。"

"啊，那个，我想想啊……哈哈哈，哈哈哈我让我爸再干几年大棚吧，争取凑个首付出来。

"哈哈哈，哈哈哈……"

我原本是不想笑的，实在憋不住，眼泪飙了出来，捂着腰蹲在了地上："刘嘉易，你怎么这么搞笑啊，给我推荐二百万的车，哈哈哈，你咋想的？笑死我了。"我蹲在地上，乐不可支地看着他。

他倒是神情自若，还挑了下眉。接着又半蹲在我面前，胳膊搭在膝上，姿态随意，漆黑的眸子看着我："笑完了吗？笑完车钥匙给你，以后我的车给你开。"

我的笑挂在脸上，没明白他的意思。

他勾了勾嘴角，漫不经心地从夹克羽绒服口袋掏出那辆大越野的车钥匙，拉过我的手，塞到我手里。

我半张着嘴，还是没反应过来。

他已经起了身，双手插兜，身姿高挺地站我面前，认真道："小轿车不适合你，三十多万的大奔也不适合，我那辆，你开着刚刚好。"

随后，他冲我笑了笑，转身上了那辆拉菜的大货车的副驾驶位。

我目瞪口呆地站起来，隔着不远不近的距离，看到坐在司机位置的车晨，探出黄澄澄的脑袋，冲我咧着嘴招手："嫂子，回见啊！"

我整个人都蒙了。

回去当晚,我问我爸要了刘嘉易的微信,通过之后,犹犹豫豫地打字,想问他到底什么意思。

结果语言还没组织好,刘嘉易直接向我发起了视频通话。

我差点没拿稳手机,第一反应是跑过去将房门关上,又深吸了几口气,才略显紧张地点了接听。

饭店那边的环境很嘈杂,刘嘉易的脸出现在屏幕上,嘴角微微勾起。

"在干吗?"隔着手机,他的声音含着笑,很好听。

我结结巴巴地回答:"在……在跟你视频。"

"嗯,没错,我们在视频。"他声音揶揄。

我脸有些热,也不跟他绕弯子了,鼓起勇气道:"刘嘉易,下午的时候,你和车晨什么意思啊?"

他扬了下眉,神情诧异:"不够明显吗?"

我顿时不知如何开口了,吞吞吐吐道:"挺明显的,但是我们又不熟……"

"不熟?我们早就认识了,怎么会不熟?"

刘嘉易蹙起了眉头,认真道:"我俩小时候,你妈和我妈去商贸城买衣服,把我俩给忘一楼游乐园了,你哭一下午。我花两块钱买了根画笔,你在我脸上画满了王八,好几天才洗掉。"

…………

"我爸妈感情不好,经常吵架,暑假她把我送到你家,你天天缠着我,跟我说你家就是我家,你爸妈就是我爸妈。"

…………

坦白来说,刘嘉易说的这些,我真的不太记得了,因为我六岁时,他已经上小学二年级了,二十年前的事,被他这么提醒,我也只是有些印象而已。

刘嘉易隔着屏幕,单手点了支烟,他看着我,又勾了勾嘴角:"涂可,别说我们不熟,挺伤人的,我一直都记得你呢。"

我神情讪讪,想跟他说些什么,一时又不知如何开口。

他倒是坦荡,看着我笑:"大伯说你失恋了,要给你安排相亲,找个靠谱的对象,我觉得我还挺靠谱的,所以想先争取下,希望你给个机会。"

因为刘嘉易那番话,我当晚失眠了,在床上翻来覆去地睡不着。

第二天顶着熊猫眼,我又在大棚地见到了他。

我发觉不知为何,在面对他时总有些尬包,他的眼睛黑沉沉的,定定望过来的时候,会让我觉得紧张。

我硬着头皮,把车钥匙还给了他。

"刘嘉易,这个你收好。"

"争取的机会也不给我?"

"不是,我知道我爸很喜欢你,我也答应了他愿意相亲,但是咱俩……目前八字没一撇的事,我拿你东西不合适。"

"不是你说要买车吗,我那辆挺好的,我平时开得少,你先开着。"

"不行,就算我俩正式开始相处,这进展也太快了。"

我声音很轻,他笑着看我,说道:"快吗?要不是我拦着,我妈已经带人去你家提亲了,你都不知道她听说你分手了,有多积极。"

"……赵阿姨还好吗?"

我已经很多年没有见过赵阿姨了,对她的印象还留在小时候,只记得她瘦瘦的,总爱找我妈哭诉婚姻的不幸,嗓门很大。

"她挺好的,一直嚷嚷着要见你,让我带你去家里吃饭。"

刘嘉易看着我笑，对上他的眼睛，我觉得脸上一热，极力正色道："我好久没见她了，那你有空带我去看看她。"

直到最后，刘嘉易也没有收回车钥匙。

我俩以成年人的默契，默认了彼此交往的事。

此后几天，我们每天都会见面，他带人来大棚地拉菜，会特意过来找我聊天。

车晨张口闭口喊我"嫂子"，口无遮拦，刘嘉易看出我的不自在，后来干脆不带他来了。

几天后，刘嘉易约我去看电影。

他干餐饮行业，中午和晚上都没空，所以我们定的是下午场。

电影院里的人很少，我捧着爆米花，看得津津有味，他却直接睡着了。

出来后，刘嘉易跟我道歉，说饭店最近忙，他实在太困了。

我笑着说没关系，我理解。然后他也笑了，朝我伸出手来。

我十指紧扣，走在热闹的街上，他的手掌很宽很暖，掌心的茧子粗糙，却不知为何，给了我一种很安定的感觉。

我们俩的影子紧挨着，他高了我那么多，腿也长，跟我走在一起需要刻意放慢脚步。我抬头看他时，他刚好默契地侧目看我。

四目相对，他眼眸深邃，我不好意思地低头看路。

刘嘉易把我的手握得更紧了。

伴随着我怦怦的心跳声，我突然明白过来，那种安定的感觉，其实是属于女孩的归属感。

我开始相信爸爸的眼光了。有些人不会说花言巧语，但他的一举一动，便足以让你感受到尘埃落定的踏实。

他带我去抓娃娃，我技术很差，他在一旁指导，说别急，慢慢来，我们有的是时间。

我们还排了很长的队,去买很火的网红糖球,刘嘉易尝了一个,当着店主的面对我一本正经道:"不好吃,下次我做给你吃,我手艺比他好。"

我赶忙拉着他走开了。

后来我跟他说,想找个时间去看看赵阿姨。刘嘉易说周末店里忙,星期一他来接我。

回家后,我正想着该给赵阿姨买什么礼物,岂料第二天她就登了门。

跟我印象中的一样,她还是那个爱嚷嚷的大嗓门。

不同的是她变胖了,脸圆圆的,一脸慈爱,看到我就喜不自胜地拉我的手,一口一个"可可",一口一个"乖乖我的孩",叫得亲热无比。

赵阿姨是带着媒人过来的,对我无比热情,说话间还提起了我妈,笑着笑着眼眶又有些红。

她说刘嘉易店里忙,不知道什么时候才能闲下来,她实在等不及了,所以带着媒人过来,先给我们送聘礼,看订婚的日子。

我爸直接乐呵道:"订啥婚,咱这边没那么多规矩,直接看日子结婚得了!"

"那不行,多委屈可可啊,订婚有订婚的礼节,该给可可买的,咱都得买。"赵阿姨道。

"嗐,我原本说要陪嫁一辆车的,嘉易说他们店里除了拉货的车,还有一辆越野和什么龙,他那辆越野直接就给可可开了,没必要再买。"

"老涂,那你也不能省,把买车的钱折成嫁妆,还得给我们可可。"

"那是那是，我打算给她八十万的嫁妆。"

"哈哈哈，可可你赚了，刘嘉易之前跟我说，无论你爸准备多少嫁妆，他彩礼都出双倍。"

"啊，嘉易这么说的吗？那我还得再看看存折，给我闺女再添点……"

他们聊得很开心，全然不顾旁边一脸茫然的我。于是寻了个间隙，我给刘嘉易打了电话，接通后他那边声音嘈杂，似乎是在忙。

他说："涂可，你等下。"

隔了好几分钟，他那边总算安静了下来，他笑着问我："怎么了？"

我把赵阿姨来家里的事告诉了他，果不其然，他也是一愣，但很快又反应过来，问我道："你怎么想的？"

我支支吾吾，想表示进展太快了，但又觉得贸然拒绝的话，好像会伤了赵阿姨的心。

她和我爸聊得红光满面，从进了门的订婚到结婚，眼下似乎说到了以后孩子的教育问题，我爸脸上的褶子都快乐成一朵花了。我实在说不出扫兴的话。

电话那头有打火机的响声，刘嘉易似乎点了支烟，他道："你别那么大压力，你不想的话，我妈这边我来说，你搞定大伯。

"但其实涂可，我还挺想跟你先结婚的。我妈喜欢你，大伯对我也满意，而且我俩年龄也不小了，又从小就认识，所以如果你愿意的话……可不可以考虑下，跟我先结婚再谈恋爱？"

我一下子愣住了，没说话。

刘嘉易就这么等待着我的回复。隔了好久，他说："没事，你不愿意的话……"

"你妈喜欢我,那……那你呢……"我吞吞吐吐,打断他的话,又不知如何表达。

他笑了一声,开口问我:"我表现得不够明显吗?"

这是他第二次问我不够明显吗?显然,是很明显的。

我心里的慌乱和不安在这一刻居然诡异地平息下来,我也不知自己为何,生出了这样的勇气,下定决心,郑重地对他道:"刘嘉易,你别后悔!"

"嗯,绝不后悔。"电话那头,他笑出了声。

于是三天后,我和刘嘉易简单地订了个婚。

两家人在一起吃饭,刘嘉易的继父也来了,给了我厚厚的见面礼。我爸和我堂叔高兴得合不拢嘴,红光满面。当然,也不排除是刘嘉易等人以小辈的身份,频频地给倒酒喝的。

在场的还有车晨和另外两名小青年,以及一位年龄稍大点的大哥。

他们看样子都是刘嘉易店里的人,热忱无比,一个劲儿地逮着给我爸和堂叔敬酒。

我有些急,在一旁劝:"我爸不能喝这么多,刘嘉易,你少倒点。"

"胡说,我身体好着呢,今天高兴,我多少都能喝。"我爸瞪我。

刘嘉易穿得很正式,衬衫西裤,簇新笔挺,轮廓分明的脸上,锋锐眉眼染着笑。

包厢开着空调,一派热闹,他的衬衫袖子卷到了小臂,线条流畅,手臂至手背的文身看上去显得很野。

他也喝了酒,吃完饭后,直接拉着我去了旁边商场。

他问我:"咱买钻戒行吗?"

我声音吞吐,道:"不保值,还是要金的吧。"

他笑了，带我去黄金柜台，选金戒指、金手镯、吊坠、手链、项链。暴发户似的，全都挑克数大的，我在古法手镯和传承手镯之中犹豫不定时，他直接说都要，换着戴。

最终，林林总总，买了近二十万的金首饰。

柜台的几个女销售，围在一起帮忙选款，满是羡慕："你老公太好了吧，他真的好疼你啊，哪里找的？长得帅还舍得花钱……"

离开商场后，他拉着我的手走在街上，也不知为何，我突然就哭了，眼泪汹涌。

人潮拥挤的街上，他回头看我，一脸不解，问我为什么哭。

我只是突然想起前段时间发生的事，觉得恍如一梦，心里特别委屈和难受。

我曾和一个男孩从青春时期在一起，蹉跎了八年，最后他送了别人五万多的项链，送我一千块的口红。

方瑾说在他心里，我配不上五万多的项链。我也一度认为，自己确实配不上。

人家方瑾白富美，别说五万多的项链，就是五十万的，在楚昂心里，她也配得上。

我家里条件在这儿摆着，我爸爸种大棚，挣的每一分钱都不容易，一千块钱三支的口红我已经觉得很贵了。

人与人的需求不同，自然有逾越不了的鸿沟。

楚昂即便有钱，也只会给我买匹配我身份的东西。

人性就是这样，他没有错。我想得通，可仍旧觉得心里好痛，尤其是当刘嘉易毫不犹豫地付款，想把最好的、最贵的买给我时。

我的八年，输得一塌糊涂。

我站在街上，眼泪控制不住地往下流。

刘嘉易皱眉，伸手抹去我脸上的泪，抿唇问我："涂可，你是不是后悔了？现在后悔有点晚了吧？"

我摇了摇头，泪眼蒙眬地看着他："我没后悔，你也不要后悔。"

刘嘉易摸我的头："傻瓜吗你。"

有关五万多的项链这件事，后来隔了很多年，我跟我爸以开玩笑的方式提过一次，他当时就生气了，说："你那时候怎么不和爸爸说呢，爸有钱，你要是说了，爸直接就带你去买。"他说完，又补充一句，"就算没钱，爸借钱也给你买。"

爸爸可能没什么本事，但爸爸会永远地爱你，做你的底气。

我和刘嘉易结婚的日子定得很快，是典型的闪婚。

对此欢欢说："咱们农村就这样，相亲、订婚、结婚，看对眼了就是快，想不快都难，媒人比谁都积极，生怕跑了她的大鲤鱼。"

"哈哈哈，哈哈哈……"我被她逗得前仰后合。

她抱着个小娃娃，也咧着嘴笑："就是因为这样，离婚率也高啊，其实结婚还是不能太草率，一定要相互了解，脾气啥的合得来才行，这个过程不能省，省了这个过程，说不定会浪费更多的时间。"

"……有道理，我觉得我有点草率了。"

"你草率啥啊，刘嘉易不是和你打小就认识吗，那叫青梅竹马，这还叫草率？"

"我们中间好多年没见过，我都不记得他长什么样了。"

"可可，你知道打败离婚魔咒的另一种魔法是什么吗？"

"……什么？"

"听爸爸的话。"欢欢笑道，"当然了，前提是得有个靠谱的好爸爸。

"男人最了解男人，尤其是有生活阅历的爸爸们，我老公就是我爸给挑的，没什么大本事，但是疼老婆孩子，挣钱都上交，还顾家。"

欢欢与我一同长大，实在不是读书的那块料，初中毕业后上了个技校。

当时在学校谈了个男朋友，外地的，领回家见了爸妈，结果她爸观察了几天，死活不同意。哭完闹完，最后还是分了。再后来家里给她介绍了现在的老公。

她感慨道："听我同学说，我之前谈的那个，结婚后又离了，忒不是东西，他赌博，赌输了回家问媳妇儿要钱，媳妇儿不给，直接一脚踹过去，他媳妇儿怀着孕呢，救护车给拉走的。

"我想想就胆寒，他又是外地的，我那时候要是真嫁了他，他把我打死我爸妈都不知道。

"现在说是男女平等，可就从力气这个方面说，真到了动手的地步，有几个女的打得过男的？

"当然了，现在敢对媳妇儿动手的男人很少，但少不代表没有。坏男人需要擦亮眼睛去辨别，尤其是结婚的时候，女孩子还是要多听家里意见。咱爸妈可都是过来人，看得比我们远，真到了以后哭着说早知道当初听我爸妈的，那就太晚了。"

男孩小时候要听妈妈的话，女孩长大了要听爸爸的话。很幸运，我听了他的话，嫁给了他考察了两年的女婿。

距离婚礼半个月的时候，有天晚上，楚昂来了我家。

我把他联系方式删除后，他换过别的手机号给我打电话。只打了一次，接通后我便挂掉了。我是真的不想再跟他有任何牵扯和瓜葛。

我爸说得对，他没有杀人放火，犯的是道德上的错。

道德上的错，你可以谴责，但没办法制裁。

这世道就是这个样子的,他在感情上伤害了我,只要他不在意,依旧会过得很好。

人人都是精致的利己主义者,甚至有可能,他根本不会意识到自己有什么过错。他会过得很好,连愧疚都不曾有过。

所以请那些受到过伤害的女孩子,也务必要走出来。

你在哭,他在笑,你心有不甘,想要报复,事实是感情上的事,辜负了也就辜负了。法制社会,不是异想天开,报复谁啊?

哭过闹过,请一定要活得漂亮,化个妆,好好地对待自己,送自己玫瑰,吃一顿大餐。报复不了别人,至少不要报复在自己身上。

看一看身边被忽略的风景,陪一陪家里人,站起来直面生活,勇往直前,终有一日,回头再看,过往不过是一笑而过。继续往前走,还会有更美的风景。

远离伤害你的人,好好地爱自己,爱值得的人,才是最好的报复。

就像我在家蓬头垢面、痛彻心扉的那半个月,手一直在抖。

楚昂电话打过来的时候,明明心里叫嚣着,八年的感情呢,听他解释,让他道歉,给他一次机会……可我仍是用仅存的尊严,咬着牙对他道:"如果你要脸的话,滚远一点,不要再打给我。"

自我与他认识,我一向是个好脾气的姑娘。

他估计着又过一个多月了,我的气也该消了,晚上开车过来,敲了我家的大门。

以往,只要他过来,爸爸都是一脸笑意,热情地招待。

此刻,他板起脸,怒气冲冲地把大门关上了:"走走走!你赶紧走!我们家不欢迎你,以后别来。"

楚昂是带着礼物上门的,他站在门外,声音一如既往地斯文冷静:"叔叔,让我跟可可谈谈吧。"

"谈什么谈！没必要，你赶紧的，再不走我可拿粪叉子了！"

我听到动静出来，得知是他，脸色立刻难看起来。

隔着大门，冷冷道："我们没什么可谈的，你回去吧。"

"可可，我就说几句话，说完就走。"

"……你站外面说吧。"

"你气消了吗？"

"滚！"

我警告楚昂，再不离开我就报警。不多时，门外果然没了动静。

爸爸不高兴地念叨着："报什么警，他要是再不走，我就拿粪叉子了。"

"……行了爸，去看你的电视剧吧。"

我推他回屋看电视，扫了一眼挂钟，已经晚上十点了。

蹲在院里刷了牙，又洗了把脸，在我准备回屋睡觉时，大门又被敲响了。

一时，气不打一处来，我顺手拿起墙角的粪叉子，趿拉着拖鞋，一脸凶悍地打开了大门："还敢敲！你要不要脸啊！我拿粪叉子……"话未说完，我把剩下的咽进了肚子。

门外赫然站着身姿挺拔的刘嘉易，正好笑地看着我，挑了下眉。

烫手山芋般，我赶忙把粪叉子扔一边，然后头皮发麻，红着脸问："你怎么这个时候过来了？"

"嗯，店里这会儿不忙了，我过来看看。"

大门只开了一扇小门，他弯腰进了院子，右手还拎着几个袋子。

"什么呀？"我问。

"羊肉面鱼、干贝鲍鱼盅，还有几样切好的水果。"

"我不喜欢吃羊肉。"

"我烧的,你尝尝。"

"晚上吃东西容易胖。"

"所以我来了,你太瘦了,吃点儿吧。"

他轻车熟路地进了我们家的厨房,打开灯,从柜子里拿大碗,把还冒着热气的羊肉汤和鲍鱼盅倒了出来。

"大伯呢?"

"屋里看电视呢。"

"我去叫他。"

刘嘉易起身离开了厨房。

没多时,又笑着回来了:"他不肯来,你吃点儿吧。"

"哦,他们那个年龄过了晚饭时间,很少吃东西的。"

农家院子,厨房灯光亮着,四方四正的桌子上,羊肉汤冒着热气。我用小碗盛了两勺,老老实实地埋头喝汤。

刘嘉易人高马大的,倚着我家厨房门,伸手点了支烟,看着我喝汤,突然开口问我:"好喝吗?"

"好喝。"我赶忙点头。

"鲍鱼吃一个,我做的。"

"哦。"

我乖乖地盛了一碗干贝鲍鱼,低头吃掉。

咽完最后一口,他又说:"再吃一碗。"

我这下抬头看他了,连连摆手:"真吃不下了,太撑了。"

刘嘉易嘴里咬着烟,看着我笑:"那就别吃了,歇会儿吧。"

已经快十一点了,他没有要走的意思,蹲在院里跟我聊了会儿。

堂屋檐下,老旧的灯泡灯光晕黄,投射到我们身上,在院里映出两道影子。他的影子长,我的影子短,紧紧挨着。

刘嘉易侧目看我，一手拿烟，一手搭着膝盖，眼睛眯着，姿态随意："刚才开门的时候，要用粪叉子打谁？"

距离很近，他眸光意味不定，身上的烟草味隐约地夹杂着凛冽的气息。

我有些紧张，低着头不敢看他，声音弱弱："……前男友。"

他低"啧"了一声，目光落在我身上，似笑非笑："还没分干净？"

"不是！分干净了，我也没想到他会过来。"

"下次他再来，你打电话给我。"

"没有下次了，刘嘉易，我爸爸也在的，我保证以后不会见他。"我赶忙看着他，只差举手发誓了。

他笑了："你紧张什么？又不怪你。"

我也不知道自己紧张什么，可能是觉得，都要跟他结婚了，前男友这边还在纠缠不清，挺可恶的，所以声音也闷闷的，道："对不起，我会处理好的。"

"涂可，你不会，心里还有他吧？"

"……没有。"

"你犹豫了。"

"真没有。"

"那请他来喝喜酒，你不介意吧。"

"……刘嘉易，没这个必要，我真不想再见到他。"

"哦。"

他不说话了，有些烦似的，深吸了口烟，缓慢地吞吐。

像是为了证明自己的决心，我看着他，生出几分勇气，去握了他的手。

他有些不明所以，侧目看我。

我凑过去，压向他，吻他的唇。

刘嘉易身形一顿，手中的烟扔在了地上，继而揽住我的身子，反攻了过来。

我原本只是想蜻蜓点水地吻一下。谁知他反应那么快，手扣着我的脑袋，欺身压过来。然后我蹲太久，直接脚麻了，没站稳，倒在了地上。好在他的手护着我的脑袋，跟我一起倒在了地上。

这种情况下，他竟然都没松开我，把我按在地上亲。

我被他压着，直接被这狂野整蒙了，又好气又好笑，又羞涩又害怕，一边推他，一边"唔唔唔"地想要提醒。

我爸在屋里呢！家里有大人！

最终，他气息凌乱地松开了我，近距离地与我四目相对，黑漆漆的眼睛仿佛透着幽光，蒙着层潋滟水雾。

"涂可，我今晚不走了行吗？"他哑着嗓子道。

"不行。"

"很晚了。"

"不行。"

"大伯不会介意的。"

"不行就是不行。"

我红着脸没看他，声音坚持。

他又凑过来，低声道："求你了，我开车回家要半小时呢。"

"那，我把越野的车钥匙给你。"

"……你跟我一起回去。"

"刘嘉易，你别闹。"

"没闹，婚房你都没见过，我带你去看看，给大伯说一声。"

说罢，他作势要拉我起来，去找我爸。

我一把将他拉回来，又气又急："刘嘉易！你别胡来，半个月都不能等吗？"说完，自己脸先红了，转过身去没看他。

他看着我，笑出了声："行，你不愿意，那就等吧。"

半个月后，我和刘嘉易结婚了。在他自己的饭店，摆了三十桌酒席。

我们家的亲戚不多，主要是他这边的朋友比较多。尤其是本地干饭店餐饮的，来了好多老板。

虽然婚礼比较仓促，但完全是按照我的喜好置办的。

中式明制汉服婚礼，场面布置得恢宏大气，我穿着凤冠霞帔，一步步地走向他。

台下爸爸笑着拍手，一度又默默地抹泪。轮到他上台说话时，哽咽得失了言语。

我没想到，楚昂会在我敬酒时出现。

我早就把他和他爸妈拉黑了，还有那些共同的朋友。但是毕竟在一起八年，无可避免地，还是有漏网之鱼。

他出现在宴会大厅时，脸那样白。一向从容不迫的男人，头发凌乱，衬衫也凌乱，失了分寸，眼眶泛红。

众目睽睽之下，他看着我，声音又慌又乱："可可……"

我身上的法式一字肩敬酒服，如果他还记得，是他说要他爸妈选个日子去我家商量婚期那天，我在喜欢了很久的网上旗舰店挑选出来的。

当时他说："在网上看什么，到时候我们去店里选。"

我笑着摇头，高兴地告诉他："这件我真的很喜欢啊，你看看，一字肩那里是镂空蕾丝的，我脖子长，穿这个肯定好看……"

人生何其讽刺。

几个月前,他还宠溺地摸了摸我的头,说:"行吧,你喜欢就好。"

几个月后,我穿着喜欢的敬酒服,妆容明艳,站在了别的男人身边。

刘嘉易一身西装,因为嫌热,衬衫领口敞开一颗,正式之中又添了几分恣意。

他撩着眼皮看楚昂,嘴角噙笑:"来都来了,喝杯喜酒再走?"

话音刚落,车晨等人已经围了过来。

车晨走过来按着楚昂坐下,声音惊喜:"呀,这不是我们班长吗,咱们多少年没见了?"

"你怎么会来喝喜酒啊,是认识我哥还是认识我嫂子?"

"哦,我忘了,你跟我嫂子也是同学,咱们都是同学,缘分,都是缘分!"

车晨咋咋呼呼,刘嘉易揽着我的腰,带我去别桌敬酒。

后来,直到酒席结束,楚昂都还没走。

我想,总该做个了断的。所以当着刘嘉易的面,我走向他,叹息一声:"你看到了,我结婚了,以后不要再出现,我老公会不高兴的。"

"可可……"他脸色一直那么白,声音微微地颤抖,"你还没消气对不对?我跟你道歉,你打我骂我都行,但是不能因为赌气嫁给别人,我带你走,重新商量我们的婚事,我知道错了。"

"你哪儿错了?"

"我不该打你,但是叔叔也打回来了,我们翻篇好不好?重新来过。"

"太晚了。"

我静静地看着他,笑了:"你那天,是真的忘了来我家的日子?"

"真的，我那段时间太忙了，根本没想那么多，你相信我。"

"你爸妈呢？也是真的记错了？"

楚昂脸色又是一白，缓缓道："我说他们记错了，你也不会信，但是可可，这事全怪我，他们见我没有提去你家的事，以为我还没准备好，就想着先等一等。"

"楚昂，你们跟我玩过家家呢，不觉得太欺负人了吗？"

"对不起，我爸妈会跟你和叔叔道歉的，这件事确实是我们错了。"

"嗯，方瑾呢？"

"我已经跟她划清界限了，公司步入正轨，以后除非工作上的事，我会跟她保持距离。"

"都已经睡过了，怎么保持距离？"

"可可……"

楚昂震惊了下，反应过来，又想要解释："不是你想的那样，我没想过跟她在一起，那是个意外……"

"别说了，挺恶心的。"

我皱眉看他，目光清冷："楚昂你累不累啊，前脚跟她睡完，后脚在我面前装深情。你不是非我不可，只是舍不得这八年的感情，一边享受我的付出，一边贪图她带给你的利益和刺激，你摇摆不定，最后你爸妈看出了你的摇摆不定，反正你们全家都挺恶心。算我倒霉吧，碰上了你们家。"

"你别这么说。"楚昂眼睛通红，神情痛苦，"对不起可可，我错了，跟你道歉，我保证以后不会了，你给我一次机会，原谅我。"

"你想我原谅的话，就桥归桥路归路，从今往后，永远不要出现在我面前。"

我回头，看向刘嘉易，又对楚昂道："我不是因为赌气才结的婚，我老公是爸爸挑的，他很满意，我也很满意，而且你知道吗？我六岁时就认识他了，托你的福，兜兜转转，终于又遇见。"

"还有，我并非配不上五万块一条的项链，是五万块钱的项链配不上我，因为每个女孩的真心都是无价的。"

"你看，上天自有安排，被辜负的人，无愧于心，终将得到福报，而弄脏了真心的人，很难再遇到另一份真心了，至少，你永远不会再遇到第二个涂可。"

我笑着看他，礼貌地告辞："请回吧，替我向你爸妈问好。"

离开饭店时，爸爸还在絮絮叨叨，有些生气："你还搭理他干什么！说那么多话，还不如直接把他撵走。"

刘嘉易捏了捏我的手，笑了："爸，你不懂，这叫杀人诛心。"

"什么杀人诛心，你别胡说！"我"哼"了一声。

杀人诛心谈不上。但我知道，他应该很难忘记我了，至少短时间内，我会是扎在他们一家人心中的一根刺。

谁在乎呢，那些已经与我无关了。眼下我有自己的事需要担忧。

结婚当晚，我来了大姨妈，肚子疼得直"哼哼"。

大厨刘嘉易一头黑线，先是去楼下超市买姨妈巾，回来又在厨房煮红糖姜茶。

他睨我一眼，哼道："骗子，说好的等半个月。"

我把脸埋进枕头，深深地羞愧。

一星期后，我在阳台晒衣服。

推拉门响动，刘嘉易站在我身后，倚着门抽烟，顺势上前打开窗户透气。

他笑着问我："亲戚走了吗？"

我点头:"走了。"

"……那,我晚上早点回来。"

"……好。"

那天,我闲着无聊,晚上六点的时候,突发奇想地去了饭店找他。生意刚开始忙,刘嘉易在后厨一直没出来。

我跟着端盘子上菜,车晨见了"哎哟哟"地直嚷嚷:"这是老板娘该干的活儿吗?一会儿七哥见了不得心疼死。"

菜端上桌,我找机会问他:"你们为什么叫刘嘉易七哥啊?"

"六加一,等于七啊。"

"哦,哈哈哈,哈哈哈……"我忍不住笑出声,前仰后合。

车晨没好气地白我一眼:"笑点还是这么低,也不知道七哥喜欢你什么?"

我扶着腰,突然也好奇起来,问他:"他真的喜欢我啊?"

"废话,不然写信干吗?"

"啊?"

"啊什么,你不会以为当年那封信,是我写给你的吧?"

"是刘嘉易写的?!"

"除了他,还能有谁?"

"……写了什么?"

"你自己问去。"

"他怎么会突然给我写信?我那时候都没见到他。"

"怎么没见到?高二,寒假,溜冰场,你和楚昂一起去过。"

"然后呢?"

"然后,我不告诉你,上菜去喽。"

车晨晃着颗黄脑袋,笑嘻嘻地离开。

我也跟去帮忙，忙忙碌碌，又过了一个小时。

随后刘嘉易在二楼找到了我。他换了身衣服，喊我走。

我说："这会儿有点忙，等等吧。"

他走过来，直接揽着我的脖子，把我往外面带："回家干正事，傻媳妇儿。"

想来是因为干餐饮，刘嘉易很爱干净，每天早晚都要冲澡。他洗澡的时候，我便在厨房下了两碗面。

婚后这些天，只要他在家，基本都是他做饭。刘大厨炒菜很有一套，颠勺颠锅，跟玩似的。锅里炒着菜，然后忽然蹿起老高的火苗。

我特别喜欢看，总围在厨房惊叹，顺便鼓个掌。

他便回头，轻"哼"一声："被哥迷倒了吧？"

"刘嘉易，你真是新东方毕业的？"

"……那还有假？"

"哈哈哈，我是不是这辈子都不用做饭了？"

"想得美，最起码得会下面条吧。"

"我会下面条啊，我面条下得可好了。"

"呵呵。"

他在家的时候，通常只穿一条松松垮垮的睡裤。炒菜的时候也是，身姿高挺地站在厨房，宽肩窄腰，背部线条流畅，腹肌紧实又分明。双臂很有力量，变戏法似的，轻轻松松地就收盘出锅。

会做饭的男人，果然是很有魅力的。只是他身上的文身有点野，后背都是，遍布整条手臂和手背。

他洗完澡出来的时候，我已经吃完了一碗面，进厨房给他拿筷子。

刘嘉易把擦头发的浴巾盖在我头上，又兜住下巴，只露出我一张脸。

他笑得很坏很坏，痞气道："洗澡去，我不吃面条，我吃荤。"

他从背后拥着我睡觉时，温存而餍足地闭着眼睛。

我握着他的手，一根根地掰着玩，突发奇想："刘嘉易，我也想去文身。"

"嗯？"

他懒懒地回应，低声失笑："那不行，太疼了你受不了。"

"……我就只文一点点，能忍住。"

"你忍不住，刚才都哭了。"

"……别说话，睡觉！"

"啧。"

"你啧什么？"

"不能啧吗？"

"不能。"

"哦，那睡觉。"

"……听说你以前给我写过一封信，你给我讲一讲，写了什么？"

…………

"刘嘉易？"

"睡着了。"

"你骗人。"

一个翻身，我正对着他，伸手去抠他的眼睛。

他嘴角勾着笑，突然抓住我作乱的手，压住了我："不让我睡是吧？那我可来精神了。"

"哈哈哈，哈哈哈，我开玩笑的，你睡吧，我不问了。"

"晚了，我现在不困了。"

番外

刘嘉易的信

1

你好涂可，我是刘嘉易。

放假在溜冰场看到你了，你没认出我。

我看到你好像是跟你们班的那个班长一起来的？车晨说他叫什么楚昂。

你可不能喜欢他，也不能跟他在一起。

你忘了你妈和我妈互相叫对方亲家母了？

我小时候因为父母总吵架，放假时住在你家，你安慰我说："哥哥没事，我家就是你家，我爸妈就是你爸妈。"

你忘了你整天缠着我，说最最喜欢我了？

你爸妈对我那么好，你妈说我是她未来女婿，让我喊她丈母娘，还给我买零食、玩具和新衣服。我跟她拉过钩，吃了她的东西，以后就是她女婿。

你爸爸脾气特别好，不像我爸会打人，我做梦都想像你一样，成为他们的孩子。

所以我一直认为我们早晚会成为一家人。

你爸妈对我好，我也会保护你，对你好。

我们小时候经常拉钩的，你忘了？

你不能变心啊，你变心的话，我很难办。

丈母娘去世这些年，我和我妈一直在山东，今年才计划回来了。

我妈改嫁了，给我找了个继父。

他对我还行吧，就这样。

我学习成绩不好，我妈以后想让我学一门手艺。

你觉得厨子怎么样？

盼回复。

2

你好涂可，我是刘嘉易。

这封信不会给你。

因为上一封你没要，被车晨给扔进了垃圾桶。

你好像喜欢了别人，你叛变了。

我和丈母娘都很鄙视你。

生气了，以后不会写信给你了。

别以为你长得可爱，就可以为所欲为。

你好自为之吧。

冰冷的我，冰冷的笑。

冰冷的刘嘉易，你不知道。

3

你好涂可，我是刘嘉易。

二十七岁的刘嘉易。

这些年好吗？

我新东方毕业七年了。

一开始在饭店后厨给人打工，整天就是炒菜、炒菜、炒菜。

一言不合大家还群殴，拿着锅干架。

我寻思着自己得开个店，不能一直这样。

开口问我继父借钱了。

我亲爸你知道的，早就不联系了，不管我们死活。

继父人还行，看我妈的面，借给我钱了。

我在襄南路解放桥开了家饭店，生意还可以。

干了三年，下大雨解放桥附近积水，把我的店给淹了。

我刚把欠的钱还清，又借了点儿出来，并且这次打算寻个好门面，搞大的。

厨子真不是人干的，致敬所有的餐饮人。

这年头，钱难挣，屎难吃。

我好油，每天要洗两遍澡。

好在我的店起来了，哥还是有两把刷子的。

生意越来越好了，挣钱使我快乐。

对了，写这封信是因为我去你家大棚地买菜了。

我才知道你爸种大棚。

都是自己人，以后方便了。

最好你爸还能让我赊账。

不过，我来你家大棚拉菜，一次也没见到你。

大伯说你在市里上班，不常回来。

听说你住你男朋友家，他爸身体不好，你常带着去医院。

你爸身体也不好，你知道吗？

他去医院手术，头一天我去照看的。

第二天他能行动自如了，非要我回店里忙。

涂可你个傻玩意儿，但愿你能得偿所愿吧。

4

你好涂可，我是刘嘉易。

听你爸说你分手了。

哈哈哈哈哈哈哈哈哈。

哈哈哈哈哈哈哈哈哈哈。

哈哈哈哈哈哈哈哈哈哈哈哈。

活该啊你！

你分手第一天，你爸在大棚地找我，问我愿不愿意跟你处。

不愿意的话，他就安排你去跟别人相亲了。

我当然……

愿意。

你别误会，我只是平时太忙了，没空找对象。

饭店那些年轻小姑娘，叽叽喳喳，太聒噪了。

没几个长得好看的，长得好看的车晨那帮小子早就去追了。

当然也有同行业的成熟老板娘勾搭过我，但哥不是那种人。

我这些年一心扑在事业上，没有遇到喜欢的女孩。

我一直记得你，在你家看过你照片。

从小到大的照片，我都看过，还用手机拍下来几张留念了。

你跟我想的一样，看上去还是那么傻乎乎的，笑的时候眼睛都快眯成一条缝了。

我也不知道为什么，看到你笑，心情就很好。

嗯，可能因为你确实很可爱。

咳咳，我也不是非你不可，就觉得兜兜转转这么些年，肯定还是咱俩合适。

你家种大棚，我开饭店。

你大学生，我厨子。

般配的嘞。

你爸说你刚分手，情绪不好，那你就慢慢地缓和一下，缓和好了，记得来大棚地找我。

哥的怀抱随时向你敞开。

热情的刘嘉易，等着你。

听爸爸的话

我是涂可，婚后第二年，我怀孕了。

这一年发生了挺多的事。

首先是楚昂和方瑾离婚了。啥时候结的婚？在我和刘嘉易结婚半年后吧。

看吧，这世上，从来没有谁离不开谁。而我注定会是扎在他们家人心中的一根刺。为什么？因为我当初放手放得太过干脆。在楚昂以为一切还没结束时，我率先离场，毫不犹豫地转身，弃他们如敝屣。

遇到垃圾的时候，人首先要爱自己，才会有重来的勇气。

单单的异性相吸很容易，但婚姻不容易。要磨合脾气，磨合家庭，磨合方方面面的琐碎事宜。

短暂的激情过后，方瑾也开始患得患失了，她高傲强势，总疑心楚昂心里还有我，甚至不能听到我的名字。

可是过年回老家，楚昂八十多岁的奶奶张口就问："可可呢？我孙媳妇儿怎么没来？"

人如果病得太久，会越来越像个孩子，脾气暴躁。楚叔叔身上无时无刻地带着尿袋，需要人精心地照顾。后来又复发住了一次院。

方瑾是绝对不会去医院陪护的，也没有耐心对待一个病人。何况楚叔叔犯糊涂的时候，总叫她可可。

钱阿姨背地里对楚昂抱怨："咱家也不缺钱，也不是请不起护工，但是护工哪有家里人照顾得精细，她是一点都不愿意付出，连涂可一半都比不上。"

"是吗？涂可那么好，当初说好去她家，你为什么到日子了也不提醒我？自作主张地放了她鸽子，现在又来抱怨什么？"楚昂神情冷淡，声音也漠然。

钱阿姨愣怔过后，恼怒地指责他："你现在怪我了？当初是谁把方瑾领回家过年的？你要是对涂可一心一意，怎么会有这么多乱七八糟的事？"

家里有病人，照顾起来焦头烂额，总会相互指责。

后来，方瑾从公司撤资，去了国外。

楚昂来找过我一次，他爸住院，情况不太好，总问他，可可怎么不来？他红着眼睛，求我去医院看他爸。

我拒绝了。实在是分身乏术，那一年，我爸爸的身体也不太好，又到了医院治疗一次。

好在这一次，我在，刘嘉易也在。

他说我怀着孕，不能老往医院跑，于是我每天去饭店坐一坐，收钱做账。爸爸一直是刘嘉易在照顾。

爸爸说得对，人活一世，孤零零的一个人太可怜。我们需要相互取暖，互相依靠。

从前我的底气是他，后来我的底气是我自己和刘嘉易。

家里的大棚地，有近两年的时间都是我在打理。直到后来，实在忙不过来了，刘嘉易与我商议，把十来亩的大棚蔬菜转给了我堂叔一家。

生活总是有奔头的，我们之后又开了一家饭店，生意依旧很好。

爸爸复发的瘤子切掉了，我把他接到身边照顾，时刻地看着他，不准他抽烟喝酒、吃辛辣食物。他倒也没闲着，大棚不种了，帮我带儿子。

隔辈亲是真的，孩子被他惯得无法无天，气得我家法伺候。

那年，楚昂的爸爸去世了。

我想起医生当年说的话，若是护理得好，他活二十年不成问题。

问题出在哪里，我不知道。但我有一瞬间的愣怔，还是打电话给他爸爸订了个花圈。

我还记得大学那会儿，他爸爸常去学校看我，问我钱够不够花，带我去超市买很多东西。我实习期的工作，还是他爸爸帮我找的。

他也曾真心地关怀过我,只是归根结底,更爱的是自己的儿子。

那些都与我无关了。

我爸爸还算幸运,虽说两次都是恶性肿瘤,但甲状腺一期的十年生存率为百分之九十九。我无比珍惜和他在一起的时光。

闲暇时,我们一家人去海边玩。

儿子骑在刘嘉易脖子上,爷俩耀武扬威地走在前面。

我挽着爸爸的胳膊,在后面慢慢地走,听他怀念地给我讲,年轻时和我妈是如何相识相知的。

我妈死后,很多人劝他再找一个,他不肯。老头重情义,说当年我妈跟他,他无父无母,穷得"叮当"响。他还说,总有一日,他要去找我妈。

"闺女,你要听爸爸的话,到时爸爸就算不在了,你也不要害怕,不要哭,人嘛,总有那么一段路要学会自己走。"

他絮絮叨叨地说了很多,我点着头,听了很多。

那就听爸爸的话吧。

女孩子长大了,是要多听家里人的话。

故事的最后,如果你也有一个好爸爸,请仔细听他的话。

如果你也遇到了一个刘嘉易,请抱紧他。

如果都没有,请先抱紧自己。

春暖花开,值得每一个好姑娘的期待。

七年之痒

书上说，人体细胞平均每七年会完成一次整体的新陈代谢，爱情或婚姻到了第七年，往往也会无聊乏味，进入倦怠期。

楚昂心里始终意难平。

涂可是他的初恋，是情窦初开时的悸动、年少热烈时的爱意，以及权衡利弊下的选择。

他背叛了她，但即便当初和方瑾有了那层关系，他也从未想过离开涂可。

方瑾可能会使他摇摆不定，但他无比确信，涂可始终会是他坚定不移的选择。

他承认自己很坏、很渣。可是他也坚信，人性和欲望的抉择面前，没有男人能抵制住诱惑。换作旁人，也会如此。他只是不够谨慎，被涂可发现了而已。

涂可说出那句"我们分手，我不要你这种垃圾了"的时候，他脸白了下，很慌，但很快又镇定下来。八年的感情，哪里是那么容易割舍的。

涂可在气头上，那就先让她冷静一下，他总会将她哄回来的。

事已至此，他对方瑾道："我们断了吧，今后工作上的事，你也不用来找我了，跟老赵商量就成。"

方瑾不敢置信，眼圈泛红地看着他。

楚昂叹了口气，态度很坚决："我不可能跟涂可分开，我俩在一起这么多年了,我无法想象失去她以后的生活,我会娶她。"

"那我呢?我不信你心里没有我!"方瑾哭了。

真到了这一刻,她发现楚昂冷酷得有些无情。

"我对你动过心,但相对涂可而言,那份心动不算什么。我从没想过离开她,这一点很早之前我就说过。"

楚昂想,是时候收心和涂可结婚了,结婚之后,他一定不会再三心二意,让涂可伤心。

他想的是自己不会离开涂可,内心深处却从未想过,涂可会离开他。哪怕在她拉黑了他和他爸妈所有的联系方式后,他想的仍是让她先冷静一段时间,气消了,他再去道歉,顺便正式商量下两人的婚事。

以前荒唐就算了,结婚后,他会做一个合格的丈夫,给涂可满满的安全感。

可是楚昂万万没想到,两个月后,涂可竟然嫁给了别的男人。

这中间,他想方设法地联系她,也曾登门去找她,想跟她道歉。意识到涂可是动了真格的要分手时,他也慌过,但心底深处,他始终认为二人不会真的分开。

涂可是重感情的人,八年的感情就是他的底牌。

直到那天,他在一个久不联系的高中女同学的朋友圈看到了涂可的身影。

那女同学上学时跟涂可关系要好,拍摄的视频里,涂可坐在镜子前,化妆师在给她做造型。

女同学道:"这是今天最美、最幸福的新娘子哟……"

镜子里的涂可,明眸皓齿,笑得比花儿还灿烂。

几乎是瞬间,手机掉在了地上,他的脸煞白,手止不住地抖。

后来，他打听到了那家饭店，慌乱地赶过去找涂可。

其实直到那一刻，他心里已经无比清楚，这次，他真的失去了她。

父母之命，媒妁之言。

涂可的婚礼热闹且盛大，身上那件法式一字肩敬酒服并不名贵，但他知道那是涂可选的。

她笑容明艳，那么美丽、端庄、神圣。

她说："我不是因为赌气才结的婚，我老公是爸爸挑的，他很满意，我也很满意，而且你知道吗？我六岁时就认识他了，托你的福，兜兜转转，终于又遇见。"

杀人诛心不过如此。

楚昂哭了，他知道，自己彻底失去了这个女孩。她的转身猝不及防，决绝又坚定，从此之后，她将会是他心里永远的白月光——爱而不得的人。

人总是这么犯贱。初时欣喜若狂，得到了又学不会好好珍惜，一旦失去，又悔不当初。

他消沉了半年。怨恨自己，也怨恨爸妈。

如果那时按照约定去了涂可家，他和涂可此时已经结婚了。

楚昂恨自己，过年时怎么就忙忘了约定的日子，怎么就把方瑾带回了家。

他颓废的时候，方瑾一直陪着他。

她说："楚昂，涂可没你想象中那么爱你，她不值得你这么难过，最爱你的人是我，我会一直在你身边，直到你看清楚我的心意。"

后来，他便和方瑾结婚了。

男人和女人的不同之处在于，即便是伤心欲绝，也总能保持几分理性的分析。他和涂可已经没机会了，方瑾对他一心一意，家境好，事业上又能帮衬，没有比她更适合的结婚对象了。

他以为自己今后可以慢慢忘掉涂可，和方瑾也能过得很好。可是到手的东西不再珍惜，大概是很多人的通病。

他承认一时忘掉涂可很难，但方瑾的大小姐脾气，在结婚之后有恃无恐，暴露得太快。

她本就是个心高气傲的千金小姐，与楚昂纠缠的这些年，受了太多的委屈和压抑。

她开始患得患失，听不得涂可这个名字。偏偏他爸妈在涂可嫁人之后，跟他一样悔得肠子都青了。

涂可又乖又懂事，老家的那些亲戚和奶奶都喜欢她。

方瑾每天都跟他吵，楚昂觉得很累，身心疲惫。

他爸住院的时候，方瑾没去过医院，她冷笑道："你爸不是喜欢涂可吗，我为什么要去看他？"

一地鸡毛的婚姻，最终以离婚收场。

楚昂比任何时候都想念涂可，他觉得自己的生活了无生趣，他爸去世后，他妈每天神神道道，搞得他无比烦心。

他清楚地记得，以前跟涂可在一起的时候，他内心无比安宁和满足。可是如今，涂可压根儿不搭理他，她生活得很幸福。

她老公开饭店，是个厨子。那男人不仅样貌出众，还很疼她。他们还生了个儿子。

楚昂后来一心扑在事业上，他想，情场失意，职场得意，也算上天给他的另一种补偿吧。

他公司越做越大，中间有三年的时间，去了外地驻扎，开拓市场。一切稳定之后，又回到了这座城市。

身价在涨，人也变得更现实、更通透。

他身边不缺女人，总有人往他身边凑，奉承地唤一声"楚总"。

楚昂发觉自己已经不会去爱人了，他不再相信真心。身边的女伴换过很多个，因为他的圈子里那些有钱的老总大都这样。

没结婚的，风流不羁，女朋友没有固定的。

结过婚的，外面玩得花，老婆或知道或不知道，很少有人闹。

随着年龄的增长，楚昂已经不相信真心了。这东西不仅他没有，女人也没有。

公司策划部之前有个小职员，长相温温柔柔的女孩子，模样单纯，看他的时候眼睛明亮。

楚昂跟她在一起之后，才知道她竟然有男朋友。被发现后，女孩急声表示会跟男朋友分手，划清界限。他笑了笑，觉得挺有意思。

当然，女孩和男朋友分手后，一心一意地跟了他很久。后来楚昂跟她也分开了，女孩哭得梨花带雨，说她真的很爱他，每天都来找他，纠缠不休。直到他给了一笔不少的分手费，才消停了。

后来他也相亲遇到过更优秀的女人。大概是年龄相当的缘故，大家都很现实，谈论婚姻、价值和优势。更像是一场势均力敌的交易，什么都很合拍，唯独没有爱。

"爱"这个字，矫情又可笑。

同样可笑的，还有真心。

楚昂不期然地想起曾经涂可对他说过的话——"弄脏了真心的人，很难再遇到另一份真心了，至少，你永远不会再遇到第二个涂可。"

是的，七年了。他好像走出来了，又好像还没走出来。每次想起涂可，心里还是会钝钝地疼。

想起上学时，自习课上他们偷偷传字条，简单一句话，也会心跳加速。

放假的时候，她来家里写作业，他给她讲数学题，涂可听不明白，懊恼的样子呆萌可爱。

写完作业，他们约了同学一起去溜冰场，涂可一开始不会，他拉着她的手，扶着她，紧张得手心冒汗。

…………

楚昂想，为什么就走散了呢？

他们在一起八年，人体细胞每七年完整地更换一次，婚姻尚且有七年之痒一说，爱情到了第七年，有倦怠期很正常啊。他不过是在倦怠期犯了个错，但依旧很坚定地在选择她。

涂可为什么这么狠心，八年的感情说扔就扔，连个机会也不给。

男人哪有不犯错的，她这么决绝算什么，难道就能笃定她那个开饭店的老公，一辈子没异心。

这样想着，心里又难受又不甘心。

很长一段时间都不甘心，尤其是后来，有一次他和朋友在一家餐厅吃饭，竟然看到不远处坐着涂可的老公。那个叫刘嘉易的男人，长相很好，很扎眼。

他对面坐着个很年轻、很漂亮的女孩，二人正热络地交谈。说着说着，女孩拿着手机，起身同他坐在了一起。他们挨得很近，共同在看一部手机。

楚昂心里莫名地有些不是滋味，他起了身，借机去卫生间，途径他们身边，看到他们在刷短视频。

大概是刷到了什么有意思的视频，女孩笑得很开心，挽住了刘嘉易的胳膊，半贴着他。

刘嘉易认真地看她手机，嘴角上扬，忍不住笑了。过后他们离开餐厅，上了同一辆车。

楚昂跟上了。说不清是什么心理，他竟然觉得有些畅快。

那是涂可结婚的第七年。看吧，七年之痒，谁也躲不过。

涂可，你看，即便不是我，别人也会犯错，每个人心里都藏着不为人知的龌龊，换个人也不能幸免。

直到亲眼看到刘嘉易的车拐入一小区，和那女孩一起上了楼，很久都没下来，楚昂终于心满意足。

他想，是时候让涂可面对现实了。

他打听了涂可儿子所在的小学，打算在小孩放学的时候，约见涂可。

那天，他如愿见到了涂可。

她变化不大，皮肤白净，扎着马尾辫，没化妆，只涂了个口红，看上去又年轻又有气质。接了儿子放学，她开车打算离开，一路有说有笑地跟儿子说话。

校门口人多，楚昂把车停在远一些的地方，安静地等她开过来。然后意外来得猝不及防，有辆拐弯的车，车速很快，直接追了涂可的车尾。

从车上下来的男人，其貌不扬，一脸凶相，开口就"你会不会开车"。

楚昂走了过去，刚巧听到涂可隔着车窗冲男人喊："你凶什么！追尾还有理了！什么人啊！"

她一边气愤地跟男人理论，一边打电话报警，同时又对男人说道："我等下打电话给我老公，让他来处理这事，你别跟我凶，没有用。"

话音刚落,她抬头,看到了楚昂。

交警与保险公司来到后,现场责任认定,赔偿调解,都是楚昂在交涉。

一切结束后,他笑着问涂可:"没吓着吧?"

涂可也笑了:"这不算什么,我老公说遇事解决事,没必要害怕,也没必要慌。"

时光悄然流逝,似乎也带走了曾经的爱恨情仇。

涂可看向他的时候,像看一个老朋友,那么寡淡,无关紧要。

楚昂有些难受,说:"有时间吗,我们聊聊。"

"啊?算了吧,没时间,我着急带孩子回家。"

"不会耽误你太久,就几句话,涂可,我真的有事跟你说。"

他的神情既诚恳又认真,涂可愣了下,笑道:"你在这儿说呗。"

楚昂无奈,只得站在街边,翻出手机里的照片,递给了她看:"可可,我没有别的意思,只是无意间看到了,觉得你不应该被蒙在鼓里。"

涂可看了照片,竟然笑了:"嗐,啥事都没有,你误会了,我老公才不是那种人……"

"我亲眼看到他们上了楼,很久都没出来。"

…………

"可可,男人都是一样的,在一起久了没了新鲜感,很容易犯错,每个人都会犯错,你没必要那么相信他……"

"我当然相信他。"

涂可打断了他的话,神情认真地看着他:"楚昂,其实你说的很对,两个人在一起久了,确实会没了新鲜感,可是爱情和婚姻,本来就不是靠新鲜感来维持的啊。人与动物的区别是，人有道德，有感情，知道怎么约束自己，知道什么样的行为是对的，什么又是错的。

"明知道是错的，还要去犯错，那只能说明这个人的道德感很低，没想过约束自己。说白了就是他衡量过成本，他的爱和感情没有价值，对他来说可以失去，也无关紧要。

"你要相信，人和人不一样，很爱一个人的时候，你付出的所有容不下背叛。除了新鲜感，难道就没有别的东西了？感情是有羁绊的，人是有礼义廉耻的，你知道婚姻存在的意义吗？

"它在为值得的爱情保驾护航，告诉我们什么是忠诚、坚贞，那是一个成年人该有的道德标准，我永远相信有真挚的感情和忠诚的爱人，你没有遇到过，那是你自己的问题。"

涂可看向他的目光，冷静又睿智。

楚昂心里突然泛起一阵恐慌，随之而来的，还有难以言喻的绝望。

他不肯认输，语气生硬："我亲眼看到的东西，你为什么不肯信？人总会在失去了什么之后，才会明白你说的意义，犯过错就该死吗？连寻求原谅的机会都不配有？"

"你说什么啊，如果是在说你自己，楚昂，我们早就不是一路人了。"

涂可莫名其妙地看着他："你犯了错那是你的事，原不原谅是我的事，我有权利奔赴更好的人。"

"可可……"

楚昂还欲说些什么，涂可的目光越过他，突然眼前一亮："老公！这里！"

回头看去，那眉眼端正的男人，正朝这边走来。他身边还跟着一人,正是那天餐厅里被楚昂拍了照的年轻女孩。

女孩看到涂可,率先跑了过来:"嫂子,我哥说你被追尾了,人没事吧?"

涂可摇了摇头,看了楚昂一眼,跟他介绍:"这是我老公姑姑家的表妹郑玲,她做自媒体的,我们家不是开饭店的吗,最近我老公在跟妹妹策划,想通过网络提高下饭店知名度。"

说话间,刘嘉易已经走了过来。

他漫不经心地看了一眼楚昂,问了涂可追尾的解决方式,然后不动声色地搂住了老婆的肩,声音低沉:"你和玲玲先带孩子回去,爸还在家,他听说追尾了很担心。"

涂可点了点头,没再跟楚昂多说什么,带着玲玲和孩子先走了。

刘嘉易看着她们走远,勾着嘴角,掏了一支烟递给楚昂:"我那天在餐厅,看到你了。"

他自顾自地叼着烟,点了火,声音浑不在意:"你挺关心我老婆啊,怎么,还没死心?"

楚昂同他站在街边,深吸了一口烟,笑了:"对,不瞒你说,我还想着她发现你出轨,然后离婚,我们还能有机会。"

"你想着吧,这辈子是没机会了。"

刘嘉易睨了他一眼,嘴角勾着笑,神情蔫坏:"我们是娃娃亲,知道不,当初我跟我妈回了山东,才被你钻了空子。

"你下辈子也没机会,我老婆说了,她就喜欢我,下辈子下下辈子,她还跟我在一起。"

"嗯,祝福你们。"

"谢谢,下辈子还请你喝喜酒。"

…………

相对无言，楚昂转身，挥了挥手，径直离开了。

刘嘉易熄灭了烟，目送他走远，冷哼一声，也转身离开了。

"什么玩意儿，玷污老子纯洁的爱情。"

彩蛋
▶ **守得云开见月明**

周末，正是饭店生意最好的时候。

下午放学，涂可把儿子送去画室学画画，然后先开车回了店里帮忙。

六点多，前来吃饭的客人络绎不绝。

涂可在前台忙着招待的时候，手机响了，接听之后是画室的姜老师："辰辰妈妈，不好意思，刚才小朋友抢夺颜料板，辰辰被人推了一把，摔倒的时候碰到了头，我现在带他在医院检查……"

涂可一瞬间着急起来，拿着车钥匙赶忙离开。

走出店门的时候，还不忘给刘嘉易打了个电话："老公，辰辰在画室撞到了头，你赶快去医院一趟。"

去年，他们家的饭店在世纪城开了家分店，被做自媒体的表妹郑玲宣传了一番，生意比老店还要好。

刘嘉易此时正在世纪城的分店，闻言顾不上别的，当下就开车出发。

夫妻俩在医院门口见了面，直接往二楼跑。

市中心医院的二楼，辰辰已经做完了头部CT，正等待拿片子。

现场除了姜老师和辰辰，还有另外两个小孩和他们的家长。

辰辰看上去并无大碍，刘嘉易直接将他抱起在肩头，他趴在爸爸的脖颈处，呜呜地哭。

姜老师十分抱歉地将事情来龙去脉说了一遍。

学国画时，每个小朋友面前都有颜料板，辰辰那个是花瓣形状的，坐在他旁边的池桑榆要跟他换，辰辰不肯。另一名叫浩浩的男孩跟池桑榆关系一直很好，于是伸手帮她换。

辰辰拿着自己的颜料板不撒手，浩浩推了他一把，摔倒的时候后脑勺刚好碰到了桌子上。

这下大家全都老实了，姜老师一边联系三个孩子的家长，一边先带着辰辰去了医院。

涂可和刘嘉易赶到的时候，另外两个孩子的家长也已经到医院了。

池桑榆的爸爸主动递过来一张名片，他外表矜贵，斯文儒雅，直言是自己的女儿不对在先，他们愿意承担医药费和后续一切赔偿。

名片上写着：海上集团行政总裁——池野。

涂可尚未说话，刘嘉易直接冷笑一声，对他道："是钱的事吗？我儿子要是摔出个好歹，你赔多少有用吗？"

都是做父母的人，很能体谅对方的心情，池野再次致歉，直接把女儿池桑榆拎了过来。

池桑榆和辰辰一般大，不过是个七岁的孩子。

她眼泪汪汪，含着哭腔哽咽："叔叔、阿姨，对不起，我错了，爸爸已经狠狠地批评了我，是我不对，不该要辰辰的颜料板。"

"不不，是我们家浩浩的错，东西是他抢的，人也是他推的，回去后我们一定好好教训他，辰辰家长你们放心，该负责的我们一定负责。"一旁的浩浩爸妈，言辞诚恳。

显然，真诚是解决一切问题最好的助攻，就连姜老师也抱歉道："事情发生在我们画室，我们也有不可推卸的责任。"

事已至此，刘嘉易和涂可已经平复了心情，又见儿子好端端的没说有什么不舒服的地方，于是涂可开口道："小孩子打闹在所难免，我们不是不讲道理的人，都是做家长的，希望你们体谅我们的心情，只要孩子没事，我们不需要任何人负责。"

十几分钟后，姜老师取来了 CT 结果，显示一切正常。

刘嘉易和涂可不再追究，直言天不早了，大家都带孩子回去吧，这事就算完了。

家长们又是一番客套，浩浩爸妈也是爽快人，留了涂可的联系方式，说改天要请大家吃饭，正式向辰辰小朋友表示歉意。

事情在友好的氛围中解决，浩浩爸妈带着孩子先走了，随后是池野带着女儿池桑榆离开。

小姑娘一边走，一边拉爸爸的手："这件事别告诉妈妈行吗？"

"不好吧，妈妈早晚会知道的。"

"求你了爸爸，妈妈肯定会批评我的。"

"批评你听着呗，我不也批评你了？"

"那不一样，我不希望妈妈生气，我好爱她。"

"呵，你不爱我吗？我接送你上学，给你开家长会，带你去露营，你不希望妈妈生气，我就活该被你气？"

"小气的爸爸，我当然也爱你了，所以帮我瞒着妈妈好吗？"

"狡猾的小鱼，我是不会欺骗我老婆的，回去就告诉她。"

"爸爸，好爸爸……"

父女二人渐行渐远，涂可和刘嘉易还在医院，和姜老师又聊了几句。

姜老师名叫姜晴，她并非是教画画的老师，平时只负责画室的招生咨询等问题。

斯年画室在中心商业街区，是挺有名的一家画室。

姜晴说刚好她们老板在附近，听说了这件事，人已经到医院楼下了。

辰辰学画画已经两年了，涂可对姜晴还算比较熟悉，她一向是个脾气好的人，很爱笑，跟谁都能聊得很好。

涂可曾经一度以为这家画室是姜晴开的。

后来姜晴说不是，画室的老板叫代嫣，是个新派画家。涂可没有见过她，因为她喜欢往外面跑，到各地采风找灵感。

涂可第一次见代嫣，是在医院的电梯口。

跟她想象中的画室老板不同，这个女人看上去过分温柔，气质云淡风轻，五官干净，美得毫无攻击性。

她长发随意地被抓夹盘在脑后，没有化妆，但皮肤很白。

她很抱歉地向涂可表示，画室的颜料板应该统一款式，是她们的疏忽，才造成了今天这种意外。

她给辰辰买了玩具，一个看起来很高档的汽车模型。

辰辰很喜欢，抱在怀里爱不释手。

代嫣摸了摸辰辰的脑袋，眼睛里有温柔的亮光。

涂可表示了感谢，最后同她和姜晴愉快地告别。

和刘嘉易走出医院时，他们与一位身穿黑色衣服的男人擦肩而过。

那男人很高，样貌出众，涂可之所以会注意到他，是因为他五官太过锋锐，棱角分明的脸显得冷硬。

涂可也不知为何，突然就想到方才那位温温柔柔的画室老板，下意识地觉得他们应该很般配。

一个过分的温柔，一个过分的冷硬。

女人的第六感使她脚步放慢，频频回头。

果不其然，隔着不远的距离，她看到那位和姜老师一起走出来的画室老板，笑着站到了男人面前。

那面容冷峻的男人在看到她的那刻，嘴角勾起，有了深深的笑意。

刘嘉易顺着涂可的目光，忍不住蹙眉："媳妇儿，你看什么呢？"

涂可不由自主道："我感觉，送咱儿子玩具的代嫣老师和那个男人，好像有一段很长的故事。"

"嗯？是吗？"

刘嘉易一边看，一边伸手搂她的肩："这世上的每一个人都有故事，每天与我们擦肩而过的人，饭店的客人，每个人都是故事的主角。"

"嗯，老公你说得对，那我希望每一个人的故事，都能有个好的结局，就像我们一样，你呢？"

"什么？"

"你有什么愿望？"

"世界和平。"

刘嘉易继续笑道："无灾无难，国泰民安，所有人都来咱家饭店吃饭。"

"哈哈哈，很好，老公你志向很远大。"

涂可和刘嘉易牵着儿子的手，一家三口走在街上。

着急了一晚上，他们打算先带儿子去吃饭。

城市霓虹闪耀，高楼林立，人流如潮。

他们的身影融入人群，消失不见。

但是没关系，这世上形形色色的人，形形色色的故事，终有一日，春暖花开，大家还会遇见。